ENDSTATION WALDVIERTEL

Günther Pfeifer wurde in Hollabrunn geboren, lernte ein Handwerk und war Berufssoldat. Er schreibt für Magazine, außerdem Theaterstücke und Kriminalromane. Günther Pfeifer lebt in Grund, einem kleinen Dorf im Weinviertel.

GÜNTHER PFEIFER

ENDSTATION WALDVIERTEL

Kriminalroman

emons:

Bibliografische Information der Deutschen Nationalbibliothek
Die Deutsche Nationalbibliothek verzeichnet diese Publikation in der Deutschen Nationalbibliografie; detaillierte bibliografische Daten sind im Internet über http://dnb.d-nb.de abrufbar.

FSC www.fsc.org
MIX
Papier aus verantwortungsvollen Quellen
FSC® C083411

Umschlagmotiv: Vladimir163rus/Pixabay.com
Umschlaggestaltung: Nina Schäfer, nach einem Konzept von Leonardo Magrelli und Nina Schäfer
Umsetzung: Tobias Doetsch
Gestaltung Innenteil: DÜDE Satz und Grafik, Odenthal
Lektorat: Lothar Strüh
Druck und Bindung: CPI – Clausen & Bosse, Leck
Printed in Germany 2021
ISBN 978-3-7408-1140-2
Originalausgabe

Gewidmet allen Aktivisten, Mitgliedern,
Sponsoren und sonstigen Unterstützern
des Waldviertler Schmalspurbahnvereins (WSV).
Möge der Wackelsteinexpress noch lange fahren.

Endstation Mexiko

Als er zu sich kam, herrschte ringsum absolute Finsternis. Es war laut, unglaublich laut. Als ob ein Sturm brausen würde, dazu kam ein gewaltiges Stampfen und Rattern und Zischen. Alles um ihn herum vibrierte, schwankte, hüpfte, schlingerte. Und er mit, als wäre er mit dem Boden verwachsen. Der Lärm nahm zu. Dann kamen die Schreie.

***

Mit einem Mal verlangsamte sich die Fahrt extrem, die Bremsen kreischten, und bald darauf kam der Zug mit einem mächtigen Ruck zum Stehen. Die Kinder reckten die Hälse aus den Fenstern, und einige beugten sich über die schwarzen Geländer der Plattformen zwischen den Waggons, um zu sehen, was passiert war. Vorne stampfte die Lok verhalten am Stand weiter, ließ zischend Dampf ab und stieß kleine Rauchwölkchen aus. Unter den jugendlichen Spähern, den immer besorgten Eltern und den sonstigen Eisenbahnfreunden begann sogleich die ebenso eifrige wie lautstarke Ursachenforschung.

»Was ist los?«

»Ich weiß nicht – ich seh nix.«

»Ist da eine Station?«

»Ich seh nix!«

»Wieso sind wir stehen geblieben?«

»Ich weiß nicht!«

»Vielleicht ist was passiert! Vielleicht ist uns ein Reh reingelaufen!«

Wie auf Kommando zückten alle ab dem Alter von sechs Jahren aufwärts die Handys und stürmten in Richtung der Ausgänge. Die Profis, die statt der handlichen Telefone ihre Spiegelreflexmonstren in Anschlag gebracht hatten, begannen fluchend die 300er Teles abzunehmen und wühlten in ihren Fototaschen nach 18-55ern für den Nahbereich. Bei einem vom Zug fein filetierten Reh ist ein 300er völlig fehl am Platz.

Dabei war die Reh-Hypothese mehr als gewagt. Die Dampflok 298.207, von Bedienpersonal und Schmalspurbahnfreunden gerne salopp als Zweinullsiebener bezeichnet, kam unter Volldampf auf eine Höchstgeschwindigkeit von fünfunddreißig Kilometern pro Stunde. Mit fast vollem Wassertank, gut gefülltem Tender und den fünf Waggons schaffte sie die Steigung im Langegger Wald mit gerade einmal zwanzig Kilometern pro Stunde. Dieses Tempo entspricht dem eines Durchschnittsradfahrers, wenn er ein wenig engagierter in die Pedale tritt. Ein von solch einem Zug erwischtes Reh hätte also überaus langsam, ja geradezu gebrechlich sein müssen und außerdem schwerhörig, da die Zweinullsiebener bergauf einen Höllenlärm machte und kilometerweit zu vernehmen war. Aber möglicherweise war das Tier ja auch depressiv und hatte Suizidabsichten gehegt.

»Nicht aussteigen, da gibt's keine Haltestelle!«

»Aber da steigt einer aus!«

»Das ist der Heizer, der sieht nach, was los ist.«

»Wo ist das Reh?«

»Ich weiß nicht, ich seh nichts.«

»Der geht in den Wald.«

»Mama, geht der Mann Lulu?«

»Vielleicht ist das Reh nur verletzt und in den Wald gelaufen …«

»So ein Blödsinn, wenn der Zug drüber ist, dann ist das nur mehr Rehgulasch, und zwar unter dem dritten oder vierten Waggon.«

»Er kommt wieder!«

»Mit einem Reh?«

»Nein, mit einem Schwammerl! Der hat ein Superschwammerl gefunden!«

»Haha, ein Wahnsinn, wir sind wegen einem Schwammerl

stehen geblieben. Dabei hängt doch auf der Plattform ein Schild: ›Aussteigen und Schwammerl brocken während der Fahrt verboten‹[1].«

»Er ist eh nicht während der Fahrt ausgestiegen, wir sind eh stehen geblieben.«

»Haha, diese Waldviertler!«

»Papa, darf ich auch Schwammerl suchen gehen?«

»Nein, setz dich jetzt wieder nieder, wir fahren sicher gleich.«

Als schließlich alle Kinder eingesammelt, alle Fotos geschossen und alle Sprüche losgelassen worden waren, pfiff der Schaffner in seiner schmucken Uniform durchdringend, rief: »Bitte alle einsteigen, Zug fährt ab.«

Der Heizer stieg auf die Lok, hielt triumphierend nochmals den Pilz in die Höhe, dann pfiff die Lok und setzte sich unter größten Anstrengungen wieder in Bewegung. Planmäßig gab Paschinger gleich am Anfang Volldampf, und die Räder der Lok drehten durch. Der Zug kam nicht von der Stelle. Die Videomacher hätten wer weiß was dafür gegeben, die durchdrehenden Räder von der Seite zu filmen. Schließlich schob der Zug unter dem Gejohle der Kinder fast zwei Kilometer zurück, bis die Steigung moderater wurde, nahm Anlauf und donnerte schließlich erfolgreich durch den Langegger Wald hinauf. Die Leute lachten, und etliche begaben sich in das »Waldviertler Jausenwagerl«, um die Sondereinlage gebührend zu feiern.

Auf dem Führerstand der Lok grinsten sich der Heizer und sein Chef an.

»Wo hat er denn das Prachtexemplar her?«, schrie Paschinger, der Lokführer, um sich gegen den Lärm der jetzt unter Volldampf stehenden Lok durchzusetzen.

»Keine Ahnung! Sicher wieder aus irgendeinem Supermarkt, und die kriegen sie wahrscheinlich aus Serbien«, gab der Huber Hans zurück und begann Kohle in das hungrige

1 Der Text dieser beliebten Schilder variiert je nach Gegend. Bei Bergbahnen lautet er meist »Aussteigen und Blumen pflücken während der Fahrt verboten«.

Maul der Feuerbüchse zu schaufeln. Mittlerweile hatte der Zug schon wieder auf fast zwanzig Kilometer in der Stunde beschleunigt.

»Irgendwann einmal kriegt er auch im Supermarkt keine, und dann kann er eines aus Plastik aufstellen«, prophezeite Paschinger und kontrollierte routiniert den Kesseldruck.

Diese Befürchtung kam nicht von ungefähr. Seit vor vielen Jahren einmal ein riesenhafter Steinpilz neben der Strecke förmlich darum gebettelt hatte, mitgenommen zu werden, war das »zufällige« Erblicken eines Schwammerls und die gekonnt inszenierte Bergung desselben ein sorgfältig gepflegtes Highlight jeder Ausfahrt.

Leider war nicht jedes Jahr ein Schwammerljahr, und in den schon seit Jahren viel zu heißen und zu trockenen Ferienmonaten Juli und August war auch im sonst so schwammerlreichen Waldviertel nicht einmal die Chance auf verkümmerte Eierschwammerl, von Steinpilzen ganz zu schweigen. Um dennoch nicht auf die Einlage verzichten zu müssen, hatte man vereinsintern beschlossen, dass bei jeder Fahrt ein Schwammerl zu verstecken sei.

Zunächst war jedes Vereinsmitglied einmal drangekommen, in letzter Zeit war es fast nur Hannes Dangl, dem der Arzt Bewegung und viel frische Luft verordnet hatte, der die »Zufallsfunde« aus irgendeinem Supermarkt besorgte und vor jeder Fahrt versteckte.

»Plastikschwammerl sind stillos«, brüllte der Huber Hans über das Fauchen der Lok dem Lokführer zu. »Wenn uns da wer draufkommt, ist das ein Imageschaden, das können wir nicht brauchen.«

Wie immer wusste der G'schaftlhuber etwas zum Thema zu sagen, wie er eigentlich zu jedem Thema etwas zu sagen wusste. Er kümmerte sich zwar um vieles, wovor sich andere drückten, aber manchmal konnte er einem mit seiner Art doch ziemlich auf die Nerven gehen.

Der Lokführer kam nicht mehr dazu, zu antworten. Und die Fahrgäste, die sich im Speisewagerl darüber unterhielten, dass der Zug laut Fahrplan bald nach »Mexiko« käme, hatten ein gemeinsames Déjà-vu[1]-Erlebnis:

Mit einem Mal verlangsamte sich die Fahrt extrem, die Bremsen kreischten, und bald darauf kam der Zug mit einem mächtigen Ruck zum Stehen. Die Kinder reckten die Hälse aus den Fenstern, und einige beugten sich über die schwarzen Geländer der Plattformen zwischen den Waggons, um zu sehen, was passiert war. Vorne stampfte die Lok verhalten am Stand weiter, ließ zischend Dampf ab und stieß kleine Rauchwölkchen aus. Unter den jugendlichen Spähern, den sofort besorgten Eltern und den sonstigen Eisenbahnfreunden begann sogleich die ebenso eifrige wie lautstarke Ursachenforschung.

»Was is jetzt los?«

»Is was passiert, Luise?«

»Glaub ich nicht.«

»Vielleicht jetzt ein Reh?«

»Geh, sicher nicht!«

»Na, hat er wieder ein Schwammerl entdeckt, der Heizer?«

»Oder is es doch ein Reh?«

»Kannst du was sehen, Peter?«

»Schau einmal vor, Valerie!«

»Verdammt, jetzt hab ich gerade das 28-55er wieder eingepackt!«

»Komm schnell da weg, Lotte!«

»Geh, wieso, sie soll doch auch –«

»Und wenn es doch ein Reh ist?«

»Moritz, siehst du was?«

Aber Moritz sah nichts, und es war auch kein Reh gewesen. Leider auch kein Schwammerl.

---

1 Déjà-vu: wörtlich: »schon gesehen«. Eine Erinnerungstäuschung. Man glaubt, etwas soeben Erlebtes auch schon früher einmal genau so erlebt zu haben. Viele Menschen haben solche Erlebnisse, wenn Politiker auf ganz unterschiedliche Fragen ihre ewig gleichen Stehsätze abliefern: »Wir werden uns das sehr genau anschauen, dann in den Gremien besprechen und am Ende des Tages bla, bla, bla …« Oder wenn bei einem Länderspiel Deutschland gegen Österreich der österreichische Reporter unweigerlich von Cordoba 1978 faselt.

Vorne auf der Lok starrten sich Paschinger und Huber leichenblass an. Die Notbremsung war das eine gewesen, aber jetzt abzusteigen und nachzusehen, ob das, was man vor sich gesehen hatte und das sich jetzt unter dem vierten Waggon befinden musste, tatsächlich das war, was man befürchtete – das war noch mal eine andere Sache. Und natürlich dachten sie an die Leute hinten im Zug!

»Die Leut, die Leut müssen drinnenbleiben«, krächzte Paschinger. Huber Hans nickte.

»Am besten, sie schauen auch nicht aus dem Fenster oder von der Plattform, da sind ja Kinder dabei!«

Huber Hans nickte nochmals, aber dann sagte er: »Das kannst ihnen schlecht verbieten, umso neugieriger sind sie, und dann steigen sie vielleicht erst recht aus.«

»Was ist los?« Auf der Leiter, die zum Lokführerstand hinaufging, tauchte Ableidinger auf, der heute Schaffner war.

»Ich glaub, da ist einer gelegen.«

»Was? Auf den Schienen?«

»Ja. Nach der Kurve. Keine Chance zum Stehenbleiben. Ich hab eh gleich gebremst, aber –«

»Scheiße!«

»Ja.«

»Wieso liegt da wer?«

»Keine Ahnung, wir haben den ja nur drei, vier Sekunden gesehen. Vielleicht … vielleicht war's ja eh nix.«

»Nix?«

»Na«, übte Huber sich in Zweckoptimismus, »vielleicht war das nur eine Puppe, verstehst du, ein Lausbubenstreich oder so …«

»Nein.« Paschinger murmelte vor sich hin, durch das Zischen der Lok war er kaum zu verstehen, »das war schon das, wonach es ausgesehen hat. Ein Mensch. Das hab ich … bei so was täuscht man sich nicht.«

»Glaubst du, ein Selbstmörder?«

»Ich weiß nicht. Was machen wir? Einer muss nachschauen. Hast du was gesehen, wie du vorgekommen bist?«

Ableidinger schüttelte den Kopf. »Nein, ich bin ja vom ersten Waggon abgestiegen. Wenn es so ist, wie ihr sagt, dann liegt er ja weiter hinten, oder?«

Paschinger setzte sich auf den Boden, zog die Knie an und verbarg sein Gesicht in den Händen. Huber Hans holte geistesgegenwärtig seine alte Feldflasche mit kaltem Pfefferminztee hervor und gab sie dem Lokführer. Während der trank und sich hoffentlich bald wieder unter Kontrolle hatte, ergriff Ableidinger die Initiative.

»Ich geh durch die Wagen und sage, dass wir ein kleines technisches Problem haben und die Leute doch bitte sitzen bleiben sollen. Währenddessen schaust du nach, okay?«

Huber nickte. »Wir treffen uns am Zugende«, setzte er noch hinzu.

»Halt die Stellung, Peter«, sagte er zu Paschinger, der den Tee mittlerweile ausgetrunken hatte, »bleib da ruhig sitzen und atme tief durch, ich komme dann und erzähl dir, wie es ausschaut.«

Dann stieg er hinter Ableidinger die Leiter hinab, und während dieser durch den Zug marschierte und das Märchen vom kleinen technischen Defekt verbreitete, sah er unter den Waggons nach. Er konnte nicht verhindern, dass er immer langsamer wurde, je weiter er nach hinten gelangte. Über ihm beugten sich die Kinder aus den Fenstern, und er überlegte fieberhaft, wie er sie dazu bringen konnte, sich hinzusetzen. Den meisten war langweilig, und das taten sie auch lauthals kund. Ein Zug, der nicht fährt, ist nur halb so lustig. Bestenfalls.

»Ich seh, ich seh was, was du nicht siehst, und das ist … rot.«

»Ist es im Waggon oder draußen?«

»Draußen.«

»Ist es der Stein dort neben dem Schild?«

»Nein.«

»Ist es … aber da ist nichts Rotes mehr draußen.«

»Doch.«

»Ich seh nichts.«

»Doch! Dort!«

Huber, der auch in die angezeigte Richtung geschaut hatte, erstarrte. Dann stürzte er geistesgegenwärtig vorwärts, hob den blutigen Kopf auf und verbarg ihn unter seiner Arbeitsjacke.

Frau Wirtin

Das Wirtshaus »Zur Liesl« war keineswegs das größte in Heidenreichstein. Übrigens auch nicht das modernste. Und eigentlich auch nicht das populärste. Hochzeiten, Taufen, Firmungen – kurz Feiern aller Art – wurden hier nicht abgehalten. Dazu fehlten die Räumlichkeiten, das Personal, vor allem aber der – ähm – Glamourfaktor, den junge Brautleute ihren meist im SUV vorfahrenden Freunden gerne bei der sogenannten »Location« präsentieren. Allerdings stimmt es auch nicht ganz, dass gar keine Feiern hier abgehalten wurden. »Die Schmalspurfreunde«, der örtliche Trägerverein des Schmalspurbahnbetriebes im Bereich Heidenreichstein–Alt-Nagelberg (und retour), hielten hier alljährlich die Generalversammlung, die Weihnachtsfeier und ein Treffen zum Saisonbeginn ab. Bei solchen Gelegenheiten wurde der alte Saal aufgesperrt und im Winter drei Tage vorgeheizt.

Ansonsten war die Wirtin nicht gewillt, irgendwelche Extratouren zu machen. »Das zahlt sich nicht aus« war eine ihrer Lieblingsantworten, wenn ein übereifriger selbst ernannter Ratgeber ihr wieder einmal vorschlug, was sie alles modernisieren, verbessern und ausbauen könnte.

Sie hatte vor einigen Jahren die Toiletten auf den neuesten Stand gebracht, hatte in der Küche allerlei elektrische Helferlein einbauen lassen, aber Gaststube, Extrazimmer und der (ziemlich kleine) Saal sahen noch genauso aus wie in den 1960ern. Holzboden, Holzlamperie, Holzverkleidung der Schank und der Kühlgeräte – ein nikotingelber Anstrich aus Ölfarbe und solide Tische samt ebensolchen Eckbänken.

Es gab keine Spielautomaten, keine Jukebox, keine »Happy Hour«, somit lag der Altersschnitt der Gäste bei deutlich über fünfzig. Es gab zwei Biersorten (eine vom Fass und eine in der Flasche), roten und weißen Schankwein (sonst keinen), Cola und ein Himbeerkracherl sowie Mineralwasser. Kaffee und Tee (schwarz, Pfefferminz oder Hagebutte) rundeten dieses überreiche Getränkeangebot ab. Im Winter ließ sich die Wirtin dazu überreden, STROH-Inländer-Rum für den Tee ins Angebot aufzunehmen. Ansonsten schenkte sie ein paar selbst gebrannte und unter der Schank versteckte Schnäpse aus und am Finanzamt vorbei. Sonstige Spirituosen gab es nicht. Essen à la carte gab es schon gar nicht (von Toast und Frankfurter abgesehen). Denn zum Essen gab es genau das, was es zum Essen gab[1]. Liesl Lang beschloss es am Vorabend, schrieb es vor dem Schlafengehen auf die schwarze Tafel vor ihrem Wirtshaus und konnte sicher sein, dass am nächsten Mittag die Gaststube voll war.

Denn egal, was die Wirtin kochte – es war hervorragend. Liesl Lang war einfach eine verdammt gute Köchin, und dass sie hauptsächlich sogenannte Hausmannskost und Waldviertler Spezialitäten zubereitete, schmälerte den Genuss keineswegs. Das sprach sich herum. Etliche Jahre lang waren Spione aus Gasthöfen, Hotels, Golfresorts und sonstigen Tourismus-Hotspots in das kleine Wirtshaus gekommen, hatten die Nase ob des Angebotes, der Ausstattung, des Zustandes der Gaststube und eines halben Dutzends anderer »unverzeihlicher Fehler« beim Führen eines Gastronomiebetriebes gerümpft und bei sich gedacht, dass sie den Weg umsonst gemacht hatten.

Dann hatten sie gegessen.

Dann hatten sie nachgedacht.

Dann hatten sie der Wirtin ein Angebot gemacht, das diese nicht ablehnen konnte. Ganz bestimmt nicht. Niemals! Keine halbwegs vernünftige Inhaberin einer Bruchbude wie dem Wirtshaus »Zur Liesl« konnte ein Angebot ablehnen, das sie plötzlich zur Chefköchin des Golfresorts »Waldviertel Royal« machte. Ebenso wie niemand die Stellung des Chefkoches im Hotel »Imperial Waldviertel« ablehnte.

---

1 Wer in den sechziger, siebziger Jahren in Österreich aufgewachsen ist, erinnert sich sicherlich noch gerne an den beliebten Satz: »G'essn wird, wos am Tisch kummt« – womit die Auswahl schon ein wenig eingeschränkt war.

Liesl Lang lehnte ab.

»Entschuldigung, Frau Lang, die Summe, die ich Ihnen genannt habe, die haben Sie aber schon verstanden, gell? Und das war netto, das heißt bar auf die Hand, vierzehn Mal im Jahr, gell!«

»Ja, hab ich verstanden.«

»Entschuldigung, dann hab ich etwas nicht verstanden, gell. Was spricht dagegen, dass Sie nächste Woche die Bruchb– Ihr Gasthaus zusperren und zu uns kommen, Frau Lang?«

»Ich will nicht.«

»Oh!«

Nach einigen Monaten hatte sich auch das herumgesprochen, und es wurden keine lukrativen Stellenangebote mehr an die Wirtin herangetragen. Auch den wohlmeinenden Rat vieler Bekannter und Gäste, doch ein Kochbuch zu schreiben, befolgte sie nicht.

»Da bin ich mein eigener Herr, da schafft mir keiner was an, und zum Leben hab ich genug, mir geht nichts ab, alles andere zahlt sich nicht aus«, wie sie ihren Stammgästen versicherte.

Apropos Stammgäste, dies waren zumeist ältere, alleinstehende Herren, die es gewohnt waren, dass sie ihr Mittagsmahl pünktlich um zwölf bekamen, alles andere hätte eine gefährliche Abweichung von der Routine bedeutet und wäre einer mittleren Krise gleichgekommen.

»Ihr Alten brauchts eure Rituale wie die kleinen Kinder. Gott sei Dank muss ich mich nur darum kümmern, dass ihr anständig essts, und mir nicht auch noch den Zirkus antun, euch ins Bett zu bringen«, pflegte die Wirtin zu seufzen, wenn wieder einmal ein Stammgast eine Abweichung von der Norm bekrittelte. Natürlich wurde daraufhin in der Runde gejohlt und gepfiffen, und viele der alten Herren schwangen sich zu ungekannten Höhen der Verbalerotik auf.

Liesl Lang war zwar bereits »in reiferen Jahren«, hatte aber eine durchaus anregende Ausstrahlung und verfügte nebenbei über einen sehr weiblich gerundeten Körper. Kein Wunder also, dass sich die gute Frau immer wieder mit mehr oder weniger schmeichelhaften Komplimenten und Anträgen konfrontiert sah.

Aber die Liesl lehnte ab.

Die Jobangebote ebenso wie die Ehe-, Liebes- und zeitlich begrenzten Zärtlichkeitsangebote aller Art.

Die Liesl lehnte stets ab. Bei den Beziehungsangeboten übrigens mit einem ganz ähnlichen Wortlaut wie bei den Jobangeboten (und meist auch mit derselben Antwort des Abgewiesenen): »Ich will nicht.«

»Oh!«

Und auch die Erklärung für Stammgäste und sonstige Bekannte hörte sich verdächtig bekannt an.

»So bleib ich mein eigener Herr[1], da schafft mir keiner was an, und zum Leben hab ich genug, mir geht nichts ab, alles andere zahlt sich nicht aus.«

So weit, so gut, aber Männerphantasien sind zwar äußerst vielfältig und gehen in alle möglichen Richtungen – nur in eine nicht: Für eine gesunde Männerphantasie ist der Gedanke, dass eine Frau – »noch dazu so ein Vollblutweib wie die Liesl« – keinen Mann haben/brauchen/wollen könnte, einfach nicht vorhanden. Also muss die Lösung woanders liegen, also muss es einen Mann geben, also weiß die Wirtin ihren Teilzeitsexualkameraden einfach nur sehr gut geheim zu halten und zu verstecken. Sehr durchtrieben, die Liesl. Und er, der Hund, natürlich auch. Aber hier sind die Männerphantasien dann doch wieder in ihrem Element, und weil ältere, alleinstehende Herren viel Zeit haben, begann man die Wirtin genau zu beobachten. Und weil Männerphantasien auch immer mit einer gehörigen Portion Eifersucht angereichert sind, begann man sich bei der Gelegenheit auch gleich gegenseitig zu beobachten.

Denn eines ist klar: Wenn eine Wirtin vormittags einkauft und dann ungefähr ab zehn kocht, damit das Essen pünktlich

---

1 Es war bezeichnend für den Feminismus von Liesl Lang, dass sie ihr eigener »Herr« bleiben wollte und nicht etwa ihre eigene Dame, Frau oder Herrin. Wirklich unabhängige Wirtinnen haben es nicht nötig zu gendern, weder mit noch ohne Sternchen, sie sind Herr über ihre Sprache.

um zwölf auf den Tisch kommt, und wenn diese Wirtin dann am Nachmittag zwei, drei Stunden zu hat und am Abend ab fünf wieder offen, bis Mitternacht oder länger, und auch an ihrem Ruhetag manchmal in Heidenreichstein und Umgebung gesehen wird – dann kann diese Frau kein Verhältnis in, sagen wir, Linz oder Wien oder auch nur in Gmünd haben. Somit bleibt eigentlich nur ein Einheimischer, der ein falsches Spiel spielt. Abends sitzt er mit den anderen am Stammtisch, isst, trinkt, spielt Karten und rätselt in der Runde lautstark, wer es denn nun sei, der die Liesl glücklich macht – und hernach, wenn alle heimgegangen und die Fenster des Wirtshauses erloschen sind, schleicht er sich durch den Garten, um hinterher die halbe Nacht … Oder sogar die ganze Nacht? Nein, sie waren doch alle nicht mehr die Jüngsten … Also eher doch nur eine halbe Stunde mit der Wirtin herumzuturnen.

Eine Zeit lang war also das Heimgehen vom Wirtshaus eine komplizierte Angelegenheit. Man gähnte, murmelte etwas von einem harten Tag und zahlte alsbald. Danach verließ man das Wirtshaus, um sich in sicherer Entfernung zu postieren. Nachdem fast alle Stammgäste dasselbe taten, waren die Verstecke in der Umgebung bald überfüllt. Man trat sich gegenseitig auf die Zehen und blieb unsicher: War dieser oder jener Zechkumpan nun deshalb nicht zur Liesl eingestiegen, weil man ihn »erwischt« hatte, oder wollte er tatsächlich auch nur beobachten? Nach ein paar Wochen wurden die erfolglosen nächtlichen Observationen langweilig, und die Männerphantasien beschränkten sich wieder auf das Naheliegende, sprich die körperlichen Vorzüge der Liesl und die eigene Leistungsfähigkeit, die man an den Tag legen würde, sollte sich die spröde Wirtin doch noch entschließen, und so weiter …

Aber bleiben wir doch bei der eingangs erwähnten Routine, nach der das Essen pünktlich um zwölf auf dem Tisch steht. Das galt selbstverständlich auch am Sonntag, und wenn zwei, drei Portionen übrig blieben, dann konnten entweder Ausflügler, die sich am Nachmittag noch »Zur Liesl« verirrten, oder Stammgäste, die am Abend der Hunger packte, etwas abhaben. Wenn nichts überblieb, dann nicht. Aber für eines sorgte die Liesl immer: Die wackeren »Schmalspurfreunde«, die am Sonntag ihre Tour fuhren und vor lauter Vorheizen, Fahren, Erklären, Für-Fotos-Posieren, Remisenverschließen et cetera erst gegen Abend heimkamen und dann natürlich müde und hungrig waren – die bekamen immer etwas ab, denn deren Portionen waren schon reserviert und wurden niemals verkauft – und wenn der Bundespräsident persönlich bei der Liesl erschienen wäre.

Mit den Zugbesatzungen war erst nach sechs zu rechnen, bis dahin waren sie eingespannt, aber dann kämen sie so sicher wie das Amen im Gebet. Umso erstaunlicher war es, dass sich schon um eins der erste Schmalspurfreund blicken ließ.

»Hast du heute keinen Dienst gehabt? Habts ihr getauscht, oder was is los, dass du schon ins Wirtshaus darfst?«, fragte die Liesl den Eintretenden verwundert.

»Ich brauch an Schnaps«, antwortete Wadlegger, der eigentlich immer im Bahnhof werkelte und gar nicht gut aussah.

»Na, wenn's sein muss, muss's sein«, antwortete die Wirtin und schenkte ein. Wadlegger leerte das Glas und machte eine Geste, die »Mehr« bedeutete. »Es is was passiert«, sagte er und sah die Wirtin in stummer Verzweiflung an. Diese schenkte erneut ein und wartete ab, was kommen würde.

»Sie haben einen derführt[1].«

»Was? Wer? Mit dem Zug derführt?«

»Ja. Tot.«

»Aber ... das gibt's doch nicht! Mit dem Zug kannst doch nicht einmal einen Schneck derführen. Wo is denn das passiert?«

»Vor Aalfang, der Huber Hans hat mich angerufen, vom Handy.«

Liesl Lang sah auf die Uhr. »Aber in Aalfang müssen s' ja schon um elf gewesen sein, jetzt ist es eins, was haben –«

»Es war eh um elf, wo sie ihn derführt haben. Eh um elf, aber dann haben sie erst einmal auf die Polizei warten müssen, und die haben dann den Habersam angerufen.«

---

1 Eigentlich: »Se haum an dafiahrt« – überfahren.

»Warum denn den Habersam?«

»Na, weil der Busse hat. Die Polizei und der Ableidinger sind mit den Leuten aus dem Zug nach Mexiko gegangen, und dort hat sie der Habersam dann in den Bus eingeladen und zu uns am Bahnhof gebracht, die haben ja alle die Autos da stehen gehabt, und da hat der Habersam sie alle hergebracht, und jetzt sind sie alle heimgefahren oder was weiß ich wohin.«

»Na und die unseren? Der Huber, der Paschinger, der Ableidinger?« Kein Zweifel, wenn man Wirtin ist und seit jeher Weihnachtsfeier, Generalversammlung und Saisonauftakt der »Schmalspurfreunde« ausrichtet, dann kennt man den Verein, den Fahrplan und den Dienstplan der Akteure.

»Die sind alle noch beim Zug, weil die Polizei ja die Spuren sichern muss und weiß der Teufel.«

Der dritte Schnaps wurde eingeschenkt.

»Und wie ist das mit dem Derführten? Hat den wer gekannt?«

»Das war schwer, sagt der Huber Hans, weil ja die Lok und vier Waggons über den Körper drüber sind, aber das Ärgste ist, dass der mit dem Hals auf der einen Schiene gelegen sein muss, und da hat's ihm den Schädel abgetrennt!«

»Geh, hör auf!«

»Ja, und der is ein paar Meter weiter weg gelegen, blutüberströmt, aber der Huber Hans sagt, trotzdem kann man irgendwie was erkennen, er meint, es könnt der Dangl Hannes sein!«

Und genau an dieser Stelle von Wadleggers Erzählung geschah das Unglaubliche. Liesl Lang, Inhaberin des Wirtshauses »Zur Liesl«, eine gestandene Frau Mitte fünfzig, seit Jahrzehnten an Herrenwitze, Stammtischgespräche und mehr oder weniger verhaltensauffällige Männer gewöhnt, stieß einen kleinen Schrei aus – und fiel mitten in der Wirtsstube in Ohnmacht.

Von dem Moment an brauchte die Männerphantasie vom Wadlegger natürlich keine Kapriolen mehr zu schlagen, um zu erraten, wer denn der geheime Liebhaber der Liesl war – Pardon, *gewesen* war.

Eine Seele von Mensch

Dieser Lärm! Er wollte sich die Ohren zuhalten, konnte sich aber nicht bewegen. Absolut nicht! War das ein Traum? Wo war er hier? Vor sich sah er nur Dunkelheit – nein, das stimmte nicht, es war Nacht, aber dennoch konnte er jetzt vor sich etwas erkennen. Gleise, Schwellen, Schotter – kein Zweifel, das war eine Bahntrasse. Schmalspur!

***

»Ich hab nicht nachgedacht, überhaupt nicht nachgedacht, einfach hin, den Schädel genommen, wie er war, und schwups unter die Jacke damit, gar nicht nachgedacht.«

»Na ja, das ist ja auch kein Wunder, dass du da nicht nachdenkst, und das war sicher besser, wie wenn da alle Leute … und die Kinder vor allem!«

»Ja, eh, wahrscheinlich hab ich das eh instinktiv wegen der Kinder gemacht, damit die so was Grausliches nicht sehen müssen, aber instinktiv, verstehst du, gedacht hab ich das sicher nicht, das war – na ja, instinktiv wahrscheinlich.«

Huber Hans, der von schlecht gelaunten Zeitgenossen in Abwesenheit gerne »G'schaftlhuber« genannt wurde, wiederholte sich zum ungefähr achten Mal.

»Ja«, sagte Ableidinger, »aber der Polizei hat das Instinktive gar nicht gefallen. Die hättet ihr hören sollen! Gerade, dass sie ihn nicht verhaftet haben, den Hans.«

»Das kann ich mir vorstellen, das hört man ja eh immer wieder, bei solchen Sachen soll man nichts angreifen, alles so lassen, wie es ist, und so weiter, wegen der Spuren halt«, wusste Wadlegger, der unglaublich angespannt wirkte. Auch das war kein Wunder, einerseits wollte er natürlich von der Zugsbesatzung alle Details erfahren, andrerseits suchte er nach einem Weg, den anderen sein spezielles Detail zu der Sache groß zu präsentieren. Das war allerdings nicht ganz leicht, weil die Liesl Lang, mittlerweile wiederhergestellt, immer in der Nähe war, und auch wenn sie in der Küche verschwand, war die Zeit zu kurz, um der Runde genüsslich die Identität ihres mutmaßlichen – inzwischen leider verstorbenen – Liebhabers zu enthüllen.

»Und wie ich dann wieder vorne auf der Lok war und den Schädel abgelegt hab«, schilderte Huber zum wiederholten Male, »da trau ich mich erst gar nicht, dass ich ihn richtig anschaue, aber ihr kennts das ja, irgendwie kann man dann doch nicht anders als hinschauen, und dann seh ich …«, er nahm einen Stärkungsschluck und schüttelte den Kopf, »… dann seh ich, dass es der Dangl ist. Der Dangl! Ausgerechnet der Dangl!«

Liesl Lang verschwand in der Küche und rumorte mit den Töpfen. Als die örtliche Polizei und die Spurensicherung des LKA Niederösterreich die Reste des Opfers geborgen und weggeschafft, gefühlte tausend Fotos geschossen und Dutzende Zeugenaussagen aufgenommen hatten, war der Zug endlich freigegeben worden. Paschinger, der einen Schock erlitten hatte, konnte ihn allerdings nicht mehr nach Heidenreichstein steuern, er war zuerst von einem Arzt und dann von einer Psychologin des LKA betreut und mittlerweile zur Beobachtung ins Horner Krankenhaus eingeliefert worden. Huber hatte extra Koppensteiner angerufen, der auch die Prüfung hatte, und ihm die Lage erklärt. Dieser war dann schleunigst nach Mexiko gekommen – so hatten sie den Zug dann heimgebracht. Dann gemeinsam die Nachbereitung durchgeführt (eine Dampflok dreht man nicht einfach ab und stellt sie in die Remise). Jetzt saßen praktisch alle »Schmalspurfreunde« bei der Liesl und besprachen den Unfall.

»Ein Unfall! Ich meine, ein unglaublicher, ein furchtbarer, aber ein Unfall! So was gibt es. Ein Unfall. Was willst du da machen?«

»Nichts kannst du da machen.«

»Gar nichts!«

»Eh. Gar nichts kannst du da machen.«

»Aber so ein Pech musst du einmal haben, dass du genau so auf die Gleise fällst, dass der Kopf so liegt, dass dir die Maschine den Kopf abtrennt. So ein Pech hast du nicht oft.«

»Das fängt ja schon damit an, dass du so ein Pech haben musst, dass du stolperst, oder sagen wir, dass dir schlecht wird, und du wirst ohnmächtig, und dann fällst du so deppert, dass dein Kopf genau –«

»Ich kann es mir überhaupt nur so vorstellen«, erklärte Ableidinger, »der Dangl hat sein Schwammerl versteckt, mit dem Fahrrad, wie immer. Und dann ist er gemütlich seine Runde fertig gefahren, und bei Mexiko hat er sich gedacht, da schaut er sich einmal die Gleise beim Waldausgang an. Ihr wissts doch, letzte Woche haben wir doch geredet, weil der Paschinger gesagt hat, da war so ein komisches Ruckeln. Und wir haben doch geredet, dass wir uns das bei Gelegenheit anschauen.«

»Stimmt«, sagte Koppensteiner.

»Ja«, nickte Huber Hans.

»Und da wird er halt ein Stück auf der Strecke gegangen sein, und dann – zack – wird ihm schlecht, und er fällt zusammen und – na ja«, schloss Ableidinger.

»Ausgerechnet der Dangl«, seufzte Biedermann. »Eine Seel von einem Menschen.«

»Ja, das war er«, bestätigte Huber.

»Stimmt.«

»Auf jeden Fall.«

»So isses.«

Mehr oder weniger beeilten sich alle, Biedermann beizupflichten. Aber anders als sonst üblich waren das keine Anstandsfloskeln nach dem Motto: »Über die Toten nichts Schlechtes«, Hannes Dangl war tatsächlich ein überaus beliebter Mann gewesen. Man würde weit gehen müssen, um jemand zu finden, der Dangl nicht gemocht hatte.

In jedem Verein gibt es Tausende Aufgaben zu erledigen. Bei den »Schmalspurfreunden« waren es noch mehr! Die Gleisanlagen mussten untersucht und gewartet werden, entlang dieser gehörte immer wieder abgeholzt, gemäht und am Unterbau Schotter aufgebracht. Die Zuggarnituren waren naturgemäß alt und anfällig, stets musste an den Waggons herumgeschraubt und gestrichen werden, ständig gab es etwas auszubessern, zu reparieren, zu reinigen und zu pflegen. Nicht zuletzt musste der Fahrbetrieb organisiert und durchgeführt werden, dazu kamen dann unzählige administrative Aufgaben und Beziehungspflege zu Partnern und Sponsoren. Kurz, die Arbeit nahm kein Ende.

Und wie überall gab es natürlich besonders beliebte, weil prestigeträchtige Arbeiten. Eine der besten zum Beispiel war, bei den Fahrten als Schaffner zu agieren. Man war ein Star der Kinder, wenn man mit einer echten alten Schaffnerzange kleine Löcher in die Kartonkarten machte. Das war schön. Und wenn man die Kleinen dann auch in eine Karte zwicken ließ, erntete man manch dankbaren Blick einer feschen jungen Mutti, und das war fast noch schöner. Außerdem prestigeträchtig war es, als Heizer dabei zu sein, als Fahrdienstleiter den Zug abzufertigen, am Büfett zu arbeiten und als Techniker mit dem Hammer herumzugehen und prüfend gegen die Räder der Lokomotive zu schlagen. Der absolute Star jeder Ausfahrt war natürlich der Lokführer, das war klar. Meistfotografiert, meistbewundert und meistbeneidet, da waren die vielen Arbeitsstunden zur Restaurierung, Reparatur und Wartung der Maschine leicht vergessen.

Aber die vielen, vielen undankbaren Arbeiten! Die meisten im Winter, lange bevor die Saison losgeht. In kalten Garagen und Hütten, oft auch im Freien! Da ist es kein Wunder, dass der eine oder andere oft ein wenig mürrisch ist oder sich nach einiger Zeit wieder vom Verein verabschiedet.

Hannes Dangl aber war nicht so gewesen. Er hatte sich wirklich eingebracht und war sich für keine Arbeit zu schade gewesen. Hatte geputzt, geschrubbt, geholfen, wo er gebraucht wurde, und murrte auch nicht, wenn er wieder einmal nur »niedere« Hilfsdienste zugeschanzt bekam, statt in einer schmucken Schaffneruniform herumstolzieren zu dürfen.

Stets gut gelaunt, meistens breit grinsend, was er sich wegen seiner auffallend schönen Zähne auch im fortgeschrittenen Alter noch leisten konnte (manche Frauen behaupteten, er hätte geradezu ein Zahnpastawerbungslächeln), oft pfeifend und singend, hatte er immer alles gemacht, was gerade anfiel. Da er schon in Pension gewesen war, alleinstehend und viel Zeit hatte, waren seine Verdienste um die »Schmalspurfreunde« beträchtlich.

»Eine Seel von einem Menschen«, beteuerte Höller gerade wieder, und die anderen nickten.

»Und wie geht die Sache jetzt weiter, werden wir weiter fahren dürfen?«, fragte Biedermann niemand Bestimmten in der Runde.

»Hab ich schon gefragt«, antwortete Huber wie aus der Pistole geschossen. Natürlich! Er wäre nicht der Huber Hans gewesen, wenn er sich, Schock hin oder her, nicht sofort den ermittelnden Beamten vorgestellt und über den weiteren Fahrplan verhandelt hätte.

»Nachdem das ja nichts mit dem Zug zu tun gehabt hat, ich meine, mit einem technischen Gebrechen oder so, ist die Strecke nach dem Ende der Spurensicherung wieder freigegeben worden, und unserem Fahrbetrieb kommender Woche steht nichts im Wege. Ich meine, das klingt jetzt ein bisschen blöd, aber das Leben muss ja weitergehen. Es ist zwar furchtbar, was dem Dangl passiert ist, grade ihm, so einer Seele von einem Menschen, aber wir müssen ja auch an die Zukunft denken. An den Verein, an die Schmalspurbahn, an die Gäste, die Kinder. Nächste Woche fahren wir wieder!«

Ringsum wurde beifällig genickt. Dann fragte Biedermann: »Und der Paschinger? Wird der wieder?«

»Aber sicher«, antwortete Huber, »ganz sicher. Wirst sehen, in zwei Tagen ist er wieder auf dem Damm, und am Wochenende fahren wir wieder mit Dampf. Der lässt doch sein Baby nicht alleine.«

»Ich glaub auch«, bekräftigte Koppensteiner. »Alles wird wieder gut.«

»Nur der Hannes nicht«, ließ sich jetzt die Wirtin ein wenig heiser vernehmen.

»Nein, der nicht«, seufzte Ableidinger, der immer noch die Schaffneruniform trug. Eine Weile herrschte düsteres Schweigen. Dann stellte Biedermann die entscheidende Frage.

»Und wer wird uns jetzt die Schwammerl verstecken?«

Der Dolmetscher

Ungefähr vierundzwanzig Stunden nachdem die Schwammerlversteckproblematik im Wirtshaus erörtert worden war, fuhr ein Tesla Richtung Heidenreichstein. An Bord befand sich ein etwas ungleiches Paar, das sich seit einer guten halben Stunde durch hartnäckiges Schweigen auszeichnete. Die Frau am Steuer trug ein perfekt sitzendes, sündteures Businesskostüm (dunkelgrau mit hellgrauen Nadelstreifen), rote Pumps und dezenten, deshalb aber um nichts preiswerteren Schmuck und eine Hochsteckfrisur. Zusammen mit der äußerst geschmackvollen Brille ergab das ein Outfit, das jeder Managerin zur Ehre gereicht hätte. Aber auch einer zukünftigen Polizeipräsidentin.

Genau das war übrigens auch das Ziel von Frau Dr. Philippa Limbach. Sie war im noblen Wiener Gemeindebezirk Döbling aufgewachsen, hatte mit Auszeichnung maturiert, ihr Jus-Studium in der Mindestzeit absolviert (Abschluss summa cum laude) und durchlief soeben den praktischen Teil der Polizeiarbeit beim LKA Niederösterreich als leitende Kriminalbeamtin. Ihre Beliebtheitswerte in der Kollegenschaft waren – nun ja – ausbaufähig. Sie selbst legte auch gar keinen großen Wert darauf, ein besonders herzliches Verhältnis zu irgendjemandem von der Dienststelle zu pflegen. Am allerwenigsten aber zu dem Mann neben ihr.

Dieser war ein paar Jahre jünger als sie, hatte eine strubbelige Frisur und war lässig, um nicht zu sagen nachlässig gekleidet. Turnschuhe, Jeans und ein T-Shirt ließen Andreas Hajdusic eher wie einen Schüler oder Studenten als wie einen Ermittler aussehen. Was den beiden allerdings gemeinsam war, war eine zutiefst herzliche Abneigung gegeneinander. Schon als die Limbach am frühen Abend aus der Bereitschaft zunächst ins LKA gerufen wurde und dort erfuhr, mit wem sie sich ins Waldviertel aufmachen sollte, hatte sie umgehend den niederösterreichischen Polizeichef angerufen.

»Nicht mit dem Trottel«, hatte sie gesagt.

»Frau Kollegin, ich weiß ja ihre direkte Art zu schätzen, aber das Leben ist kein Wunschkonzert.«

»Nicht mit dem Trottel.«

»Und die Polizeiarbeit ist erst recht kein Wunschkonzert, weil es hier um Teamwork geht.«

»Nicht mit dem Trottel!«

»Und dann ist es so, Frau Kollegin, Sie sprechen zwar hervorragend Englisch, Französisch und Spanisch, soweit ich weiß, aber Ihr Deutsch beschränkt sich auf Hochdeutsch, was ja auch in Ordnung ist, aber im Waldviertel, da könnte es ein wenig schwierig werden, weil die Einheimischen gerne reden, wie ihnen der Schnabel gewachsen ist, und dann kann es zu gewissen – Verständigungsschwierigkeiten kommen. Und zufällig ist der Hajdusic in Gmünd aufgewachsen, soll heißen, er versteht den Dialekt dort oben und hat aufgrund seiner Herkunft schnell eine Vertrauensbasis zu den Leuten aufgebaut. Betrachten Sie ihn doch einfach als eine Art Dolmetscher.«

»Nicht mit dem Trottel!«

Die Limbach war ein wenig laut geworden, und Magister Bischof, der Polizeichef, der sonst eher ein umgänglicher Vorgesetzter war und bisher seine Abneigung gegen sie ganz gut kaschiert hatte, wollte keine weitere Diskussion mehr.

»Das ist ein Befehl, Frau Dr. Limbach. Ihr Partner bei dieser Ermittlung ist der Hajdusic.« Dann hatte er aufgelegt.

Der Dolmetscher selbst hatte den Polizeichef nicht angerufen. Er hatte sich nur im Kollegenkreis über die Zuteilung zur Limbach beschwert. »Wenn ich die nur seh, krieg ich schon Schädelweh. Und jetzt soll ich mit der ins Waldviertel? Wie komm ich dazu? Wer zahlt mir das Schmerzensgeld? Schon alleine die Fahrt dauert fast zwei Stunden!« Aber es hatte nichts geholfen, jetzt saß er neben der Limbach und überlegte, wie er es anstellen könnte, ihren Tesla zu fahren.

Natürlich war das kein offizieller Dienstwagen, das Landeskriminalamt Niederösterreich stellte auch leitenden Beamten bestenfalls Wagen der sogenannten »gehobenen« Mittelklasse zur Verfügung, und der Tesla Modell S mit Sonderausstattung und einem Preis jenseits der hunderttausend Euro war definitiv kein Mittelklassewagen (auch kein noch so gehobener).

Aber Frau Dr. Volltrottel Limbach, die angschwammerltste[1] Tussn zwischen Scheibbs und Nebraska, hat anscheinend zu viel Marie[2] am Konto und leistet sich daher einen Wagen um einen Preis, um den andere ein Haus kaufen. Und weil ihr die Dienstwagen der Polizei zu minder sind, führt sie ihn auch im Einsatz Gassi und fährt wie eine gesengte Sau, damit sie mir zeigt, wie toll sie ist, dachte Hajdusic. Und natürlich würde sie sich lieber die Füße abhacken, als mich auch einmal mit ihrem Spielzeug fahren zu lassen. Und genau da werde ich ansetzen. Warum das eine *oder* das andere? Warum nicht beides? Den Wunsch mit den Füßen kann ich ihr erfüllen! Im Waldviertel gibt es genug Holz, und da wird sich ja wohl auch eine Hacke finden lassen. Zur Not tut's auch eine Säge … Nein, natürlich nicht, ich bin ja nicht blöd und geh wegen der in den Häfen[3], außerdem würde sie mich dann z'fleiß[4] nicht fahren lassen, ich werde es ganz anders machen. Ein Unfall. Klar! So wie die Sache, die wir da untersuchen müssen – nur anderes Ende, nicht den Kopf auf die Gleise, sondern die Füße und – »Ups! 'tschuldigung, Frau Doktor, so ein blöder Unfall, der Rettungshubschrauber kommt gleich, keine Angst, ich bring derweil Ihren Tesla sicher heim. Soll ich mich gleich um den Umbau kümmern, die Pedale weg, meine ich, weil Sie doch ab jetzt fußfrei sitzen?« Bei diesen schönen Gedanken grinste Hajdusic über das ganze Gesicht und lehnte sich gleich viel entspannter im Ledersitz zurück. Philippa Limbach sah es aus den Augenwinkeln.

Ich möchte zu gerne wissen, was diesen Schnösel so amü-

---

1 Angeschwammerlt: nicht etwa mit Pilzen aufmunitioniert, sondern einfach verrückt. Möglicherweise aufgrund übermäßigen Konsums von Magic Mushrooms.

2 Marie: Geld.

3 Häfen: Gefängnis.

4 Z'fleiß, zu Fleiß: jemandem etwas mit Vorsatz antun. Nicht nur zulassen, sondern aktiv betreiben. Vielleicht sogar mit Fleiß.

siert, überlegte sie. Wenn er glaubt, gleich etwas besonders Witziges von sich geben zu müssen, um die Atmosphäre aufzulockern, dann wird er eine Überraschung erleben. Ich werde nämlich nicht reagieren. Ich lache nicht über Trottelwitze. Und falls er mir gar ein Kompliment machen will, was ich nicht glaube, weil er das Benehmen einer Wildsau hat und offenbar schlechte Manieren für eine Art Qualitätskriterium für echte Kerle hält, aber trotzdem: falls er mir ein Kompliment machen will, dann wird er die nächste Überraschung erleben, weil ich nicht reagieren werde, schon gar nicht geschmeichelt, weil es zwar pure Schmeichelei ist, von einem spätpubertierenden Beamten der unteren Gehaltsstufe, dessen unmittelbare Vorgesetzte ich jetzt bin und dessen höchste Chefin ich in – sagen wir – fünf, sechs Jahren sein werde, Komplimente zu bekommen, aber es ist eine berechnende Schmeichelei, um nicht zu sagen Speichelleckerei.

Und wenn die Füße ab sind, dann kümmern wir uns um die Hände, dachte Hajdusic. Vielleicht muss sie ja in einem dieser verstellbaren Spitalsbetten liegen. Wenn das von der Hochstellung in die Waagrechte zurückgeht und man leichtsinnigerweise nicht auf die Hände aufpasst, schrecklich, was da alles passieren kann.

Wahrscheinlich träumt der Tölpel davon, mich ins Bett zu kriegen, für ihn ein besonderer Kick. Genau! Das will er. Sex mit einer Vorgesetzten, die bald die höchste Beamtin im Land sein wird. Ist ungefähr so, wie wenn ein Schuljunge davon träumt, mit der Lehrerin zu schlafen. Ein ekelhafter Gedanke! Aber eher würde ich diesem Idioten sein Ding abschneiden, als das zuzulassen.

Aber vielleicht ist ja das alles gar nicht nötig. Vielleicht führt ja eine Spur auf die Blockheide. Wackelsteine! »Schauen Sie doch einmal, Frau Doktor, da unten hat sich etwas bewegt, ich glaube, da liegt etwas unten, ja, greifen Sie zu! Was? Der tonnenschwere Stein hat sich bewegt, und jetzt ist Ihre Hand eingeklemmt? Das ist ja furchtbar! Warten Sie hier, ich hole schnell Hilfe. Nicht weglaufen, gell!«

Hajdusic steigerte sich mit immer größerem Vergnügen in seine Phantasien hinein. Knapp daneben überlegte die Limbach kurz, ob sie ihn nicht mit einer Anzeige wegen sexueller Belästigung loswerden könnte. Es bedürfte gar keiner großen Falle, sie könnte es einfach behaupten. Aussage gegen Aussage. Wem würde wohl eher geglaubt, einer Topjuristin aus bestem Hause oder einem verhaltensoriginellen Jungbeamten?

Mittlerweile waren sie am Städtchen Horn vorbeigefahren, und die Straße stieg leicht an. Das Korn auf den Feldern wurde vom Abendrot golden gefärbt, aber während in weiten Teilen des Burgenlandes und Niederösterreichs die Ernte bereits in vollem Gang war, würde man im Waldviertel noch ein paar Wochen Geduld brauchen, überhaupt oberhalb des Brunner Berges, der nicht umsonst »die Wild« heißt und den die Limbach mit gut hundertvierzig Sachen hinaufglühte. Mittlerweile hatte sie die Klimaanlage auf Maximalleistung gedreht, in der Hoffnung, dass sich Hajdusic mit seinem T-Shirt vielleicht eine Lungenentzündung holen würde. Ihr selbst machten Luftzug und Kälte weniger aus, außerdem trug sie Bluse und Blazer, war also wesentlich besser gerüstet. Die Idee mit der angeblichen sexuellen Belästigung hatte sie schon wieder aufgegeben. Um glaubhaft zu wirken, müsste sie sich als Opfer inszenieren, und Frau Dr. Philippa Limbach war nicht für Opferrollen geschaffen.

»Wildhäuser«, stand auf einem Schild neben der Straße, und die Limbach war nicht sicher, ob das ein Ortsname oder eine Warnung vor einer illegal errichteten Siedlung sein sollte. Nach dem Berg waren die Wälder näher an die Straße herangerückt, und die von der bereits untergegangenen Sonne noch beleuchteten Wolken sorgten für ein mysteriöses Licht.

Vielleicht hilft aber auch Psychologie, überlegte Hajdusic, der erbärmlich fror, aber sich sicherlich nicht die Blöße geben würde, die Döblingtussi zu bitten, die Klimaanlage auszuschalten oder ihn seine Jacke aus der Reisetasche holen zu lassen. Vielleicht werde ich sie einfach psychologisch fertigmachen. Eine Spukgeschichte inszenieren. Wenn wir ein paar Tage dort sind, wird sie vielleicht einmal in der Nacht Stimmen hören. Oder wir müssen eine Spur verfolgen, nach Einbruch der Dämmerung kann das sehr unheimlich werden, vielleicht werden wir durch die Umstände getrennt, und sie verirrt sich im Wald oder im Heidenreichsteiner Moor. Das wäre bestimmt sehr leiwand[1]. Die blöde Kuh stöckelt durchs Moor, und ich sorg für ein paar seltsame Lichtspiele und grunz wie eine Wildsau, und sie brunzt sich vor Angst an. Oder die Natur tut einmal ihre Pflicht, lässt sie langsam, aber sicher im Moor versinken, und im Laufe der nächsten Jahre vermodert sie und wird zu wertvollem Humus und ist auch einmal für etwas gut.

Um der Wahrheit Ehre zu geben – und auch Andreas Hajdusic wusste das im Grunde seines Herzens –, Philippa Limbach war keine Frau von der ängstlichen Sorte. Möglich, dass er sie im Moor verschwinden lassen konnte, aber die Wahrscheinlichkeit, dass sie vor Gespenstern in die Knie ging, war äußerst gering. Eher würden die Spukerscheinungen vor ihr Reißaus nehmen. Momentan jagte sie den Tesla auf das in der Abenddämmerung liegende Waidhofen an der Thaya zu, und wenn sie etwas fürchtete, dann nur, dass ihre Phantasie nicht ausreichte, um Hajdusic bald loszuwerden, ohne physische Gewalt anwenden zu müssen.

Auf jeden Fall werde ich ohne ausdrücklichen Befehl dort oben nicht einmal ein Wörtchen sagen. Nichts. Nada. Nothing. Rien.

Ich werde mit dem Trottel dort oben überhaupt nicht reden. Keine Bitte, kein Befehl. Es wird auch keine Besprechungen oder sonst was geben. Er wird mir hinterherdackeln und genau das darstellen, was er ist. Ein Beiwagerl.

Aber nicht nur alleine ihr Begleiter sorgte für schlechte Laune bei der Limbach. Auch insgesamt gesehen war dieser Fall nicht ihr Fall. Sie rekapitulierte kurz die Fakten. Am Vortag war irgendein älterer Mann von einem Museumszug

1 Leiwand: in Ordnung, großartig, fein, schön, kostbar. Möglicherweise von »Leinwand« abgeleitet, weil diese im Mittelalter eher hochpreisig war.

überfahren worden. Unfall, bestenfalls Selbstmord, hatten die Uniformierten vor Ort gedacht. Aber eine amtsärztliche Untersuchung hatte etwas Interessantes zutage gebracht. Bevor der Mann von der Lokomotive und den nachfolgenden Waggons überrollt worden war, hatte jemand ihm K.-o.-Tropfen verabreicht. Erst dann war er auf den Gleisen so abgelegt worden, dass der herannahende Zug nicht mehr rechtzeitig bremsen konnte und ihm den Kopf abtrennte. Somit wurde das Landeskriminalamt informiert und eine Mordermittlung in Gang gesetzt.

Das war noch nicht das Problem der Limbach. Gegen Mordermittlungen war nichts einzuwenden. Aber diese würden keinerlei Publicity bringen. Es fehlte der Glamourfaktor. Bei diesem alten Mann handelte es sich um keinen Spitzenpolitiker, Opernstar oder Filmschauspieler. Er war nicht einmal Industrieller! Zu einer Pressekonferenz über die Ermittlungen würden drei Tageszeitungsreporter und vier Lokalreporter erscheinen, möglicherweise ein pickeliger Junge von einem Waldviertler Webradio mit dem Handy als Aufnahmegerät, und Fernsehsender würden ohnehin durch Abwesenheit glänzen. Sollte sie diesen Fall auch in kürzester Zeit auflösen, woran sie nicht zweifelte, so war das für ihre weitere Laufbahn ungefähr so nützlich, wie wenn sie ihre Klopapiermarke wechselte.

Sie wollte schon einen Frustschrei loslassen, als ihr einfiel, dass sie ja nicht alleine im Auto war. Außerdem war Jammern und Klagen unwürdig. Etwas für Verlierer und Schwächlinge. Sie hingegen war stark und würde sich in jeder Situation wieder aufzurichten und selbst zu motivieren wissen. Positiv denken! Krise als Chance verstehen! Aktiv werden!

Genau! Denn wenn ich die Gelegenheit wenigstens dazu nützen kann, diesem Trottel hier ein grobes Dienstvergehen mit anschließendem Disziplinarverfahren anzuhängen, und damit erreiche, dass er mir nie, nie, nie wieder zugeteilt wird, dann hat die Sache vielleicht doch ihr Gutes.

Einige Minuten später erreichten sie Heidenreichstein, und

das Navigationsgerät meldete die Zielankunft. Die Limbach parkte sich allerdings nicht ein, sondern sah Hajdusic aus schmalen Augen an und richtete zum ersten Mal seit St. Pölten das Wort an ihn.

»Nehmen Sie Ihr Gepäck raus und melden Sie sich in dem Wirtshaus an. Die Dienststelle hat hier Zimmer für uns reserviert. Ich erwarte, dass Sie morgen früh pünktlich um acht Uhr genau hier sind! Nüchtern und den mitteleuropäischen Hygienestandards entsprechend körpergepflegt. Das ist ein dienstlicher Befehl. Guten Abend, Kriminalassistent Hajdusic.«

Hajdusic hatte seine Reisetasche noch nicht halb aus dem Kofferraum gezogen, als der Tesla mit quietschenden Reifen davonschoss. Er hätte zu gerne gewusst, wo der Trampel jetzt noch hinfuhr.

»Hoffentlich gegen einen Baum«, murmelte er halblaut. Dann betrat er den Gasthof.

Rätselraten

Die Bahngleise bewegten sich! Ihm entgegen, unter ihm durch, unentwegt. Das konnte doch nur ein Traum sein! Es war ja auch ganz anders als sonst, wenn er aus über zwei Metern Höhe auf die Gleise hinuntersah. Jetzt waren es nur wenige Zentimeter. Er machte die Augen zu und öffnete sie wieder. Schon das alleine war kräfteraubend und kostete ihn einige Mühe. Er wäre gern wieder weggesackt, wollte den Traum einfach verschlafen, aber der Lärm und das Rumpeln verhinderten das.

***

Die letzten »Schmalspurfreunde« hatten das Wirtshaus »Zur Liesl« verlassen, ohne groß darauf zu achten, dass einer der ihren so lange trödelte, bis er schließlich alleine mit der Wirtin war. Die Zeit des gegenseitigen Belauerns war ja vorbei, seit Wadlegger das Geheimnis gelüftet hatte. Es herrschten noch ein paar Trauertage wegen des Anstandes, dann würden die Herren die Wirtin verstärkt »anbraten«, jetzt, wo sie wieder frei war.

Aber deswegen war der Huber Hans nicht dageblieben. Ihm ließ die Sache mit den K.-o.-Tropfen keine Ruhe. Davon wusste die Polizei zwar auch erst seit einem halben Tag, aber so was sprach sich schnell herum.

Franz Kienast, der örtliche Sheriff, hatte keine Zeit verloren, um sich wichtigzumachen, war sofort in die Apotheke gestürmt und hatte den gesamten Arzneibestand als beschlagnahmt erklärt, bis definitiv ausgeschlossen werden konnte, dass die K.-o.-Tropfen aus der Apotheke stammten.

Die Apothekerin, eine äußerst geduldige Frau, hatte ihm erklärt, dass sogenannte K.-o.-Tropfen nicht in Apotheken verabreicht würden. Der Sheriff hatte ihr nicht geglaubt. Weiter hatte sie ihm gesagt, dass es grob fahrlässig sei, wenn man eine Apotheke einfach so zusperren würde, »um den Warenbestand unverändert zu lassen«. Sie hatte es einmal erklärt, dann noch einmal in einfacher Sprache und dann ein drittes Mal in ganz einfacher Sprache. Vergeblich. Kienast bestand auf der vorübergehenden Schließung der Apotheke.

Die geduldige Frau hatte ihm ruhig auseinandergesetzt, dass sie ihn für einen geistig minderbemittelten Trottel hielt, der gerade eine gemeingefährliche Straftat beging. Daraufhin hatte er sie wegen Behinderung der Behörden, Flucht-, Verabredungs- und Verdunkelungsgefahr sowie schwerer Beamtenbeleidigung vorübergehend festgenommen. Seinen jungen Kollegen Höbarth, der leichte Bedenken gegen die Aktion äußern wollte, hatte er mit Androhung einer Dienstaufsichtsbeschwerde zur Ruhe gebracht.

Als Sheriff, Hilfssheriff und Gefangene schließlich im Streifenwagen verschwunden waren, hatte eine beherzte Nachbarin die Polizei angerufen. Nicht den örtlichen Polizeiposten, denn dort war ja der Sheriff selbst Chef, sondern die (wie viele Einheimische sie nannten) »richtige Polizei«, sprich das Bezirkspolizeikommando Gmünd. Dort hörte man sich die Sache an, seufzte tief und versprach Abhilfe. Zehn Minuten später hatte die Apothekerin wieder aufgesperrt, und Sheriff Kienast war ob eines telefonischen Donnerwetters schwer geknickt, wenn auch nicht gebrochen.

Im Gegensatz zu den früheren Eskapaden des Sheriffs war diese Aktion aber nicht Hauptthema der Stammgäste im Wirtshaus »Zur Liesl« gewesen. Die Eisenbahnfreunde hatten sich über die neueste Entwicklung im Todesfall Hannes Dangl unterhalten und waren ehrlich erschüttert. Es ist eine Sache, wenn eine Seele von einem Menschen durch einen Unfall stirbt, aber wenn diese Seele von einem Menschen offenbar mit K.o.-Tropfen wehrlos gemacht und dann ebenso offenbar in Tötungsabsicht auf den Gleisen abgelegt wird, dann ist das … Mord!

»Das ist Mord, purer Mord! Und das dem Hannes! Warum

denn eigentlich? Wer kann denn gegen den was gehabt haben?« So und so ähnlich der allgemeine Tenor.

Jetzt saß Huber Hans also alleine am Stammtisch und grübelte. Das hätte er natürlich zu Hause auch tun können, er wollte aber ein Gegenüber, mit dem er die Grübelei besprechen konnte. Seit Menschgedenken haben sich grübelnde Männer, die ein Gegenüber brauchen, in dieser Situation an Fachkräfte der Gastronomie gewandt und sind damit gut gefahren. Barkeeper, Kellnerinnen, Schankburschen und Wirtsleute aller Art haben schon immer prächtige Partner für tiefsinnige Gespräche abgegeben.

Und Liesl Lang spielte in Hubers Überlegungen gleich eine Dreifachrolle. Erstens als reflektierendes Gegenüber seiner eigenen Überlegungen, zweitens als intelligente, erfahrene Frau, die Leben, Land und Leute bestens kannte, und drittens als kürzlich enttarnte (im wahrsten Sinne des Wortes) intime Kennerin vom Dangl. Darüber hinaus war ihm die Liesl immer schon sympathisch gewesen, und er hatte sich eingebildet, dass sie ihren Menüplan oft nach seinem Gusto gestaltet hatte. Diesbezüglich war er jetzt ein bisschen desillusioniert und dachte, dass sie den Menüplan wohl eher dem Geschmack vom Dangl angepasst hatte. Zum Glück waren der Tote und er kulinarisch auf einer Linie gewesen.

Natürlich ging Huber behutsam und ausgesprochen taktvoll vor. »Mir will das nicht in den Kopf, und mir geht das nicht aus dem Kopf«, brummelte er, während er das beim Zahlen georderte letzte Achtel an die Lippen hob. Die Wirtin ließ sich mit einem Seufzer und einem Glas Wermut ebenfalls am Stammtisch nieder.

»Na, was jetzt, nicht raus oder nicht rein?«, fragte sie, aber ihre Stimme klang weniger spöttisch als sonst.

»Sowohl als auch«, antwortete Huber. »Mir will das nicht in den Kopf, dass der Hannes tot ist. Letzten Freitag haben wir noch geredet, und das ist keine Woche her – und jetzt ist er tot. Das versteh ich nicht, das ist bei mir noch gar nicht richtig angekommen, mir will das nicht in den Kopf.«

»Mhm«, machte die Wirtin und starrte vor sich hin.

»Und das mit dem Mord, das geht mir wieder nicht aus dem Kopf«, erklärte Huber weiter. »Weil ein Mord, okay, also, natürlich nicht okay, aber so was gibt's. Ich kann es mir zwar nicht vorstellen, warum und wieso jemand den Hannes – aber gut, sagen wir einmal, es gäbe so jemand, wir wissen nicht, wieso und warum der oder die den Hannes umbringen will, aber nehmen wir es einmal an. Ja? Nehmen wir es nur einmal an.«

»Mhm«, knurrte Liesl Lang wenig begeistert. Vielleicht hörte sie Huber aber auch gar nicht richtig zu.

»Dann gibt es doch hunderttausend Arten, ihn umzubringen, oder? Hunderttausend! Es muss ja kein Revolver sein. Gewehr auch nicht. So was muss ja nicht sein! Weil, das sagt sich immer so leicht, und im ›Tatort‹ haben die auch immer gleich eine Puffn einstecken. Aber wenn du heute keine hast und morgen wen umbringen willst, dann kannst du schauen, wo du so schnell eine daherkriegst. Und dann ist das natürlich verdächtig. Am Dienstag kaufst du wo eine, und am Mittwoch derschießen sie wen. Na, da fragt sich die Polizei dann schon auch einmal ... Überhaupt bei uns am Land. In der Stadt werden natürlich immer wieder Waffen gekauft und Leute erschossen, und dann muss das kein Zusammenhang sein, aber bei uns. Da wäre es natürlich schon ein Vorteil, wenn man in der Stadt wohnen würde. Ich meine, wenn man einen Mord plant, meine ich jetzt. Sonst nicht. Aber wie gesagt, es muss ja keine Schusswaffe sein, verstehst du? Man kann einen auch vergiften, und wenn kein Gift da ist, dann derschlagt man ihn halt, oder man stößt ihn von mir aus auch in eine Grube, einen Brunnen, eine Senkgrube oder einen Bauschacht, irgendein Loch wird sich schon finden, auch in unserer Gegend, man muss nur mit offenen Augen durch die Welt gehen.«

»So ist es«, murmelte Liesl, »mit offenen Augen.«

»Und dann die Landwirtschaft«, setzte Huber Hans seine Überlegungen fort, »die Geräte in der Landwirtschaft, aber auch in der Forstwirtschaft sind ja wie geschaffen dafür, wenn du einen umbringen willst. Es muss ja nicht gleich ein Mähdrescher sein oder ein Traktor mit Zwillingsreifen, oft tut es ja schon eine einfache Sense oder Hacke, hab ich recht?«

»Eh.«

»Na eben! Und von einer Sichel red ich da gar nicht, wenn du einem den Hals durchschneiden willst, dann gibt es ja gar nichts Besseres wegen der Rundung, da ist nicht die Gefahr wie beim normalen Messer, dass du die Halsschlagader verfehlst, weil du vielleicht ein bisserl nervös bist. Mit der Rundung von der Sichel ist der ganze Halsbereich abgedeckt, einmal rundherum fahren, und du bist auf der sicheren Seite.«

»Sicher.«

»Und die Heuwender? Wenn die jetzt überall herumstehen, am Wiesenrand, in einem Stadl oder auf jedem zweiten Hof, dann ist das ja praktisch eine Einladung für so einen Mörder, dass der mit dem Opfer ein Gespräch anfangt, mit ihm zum Heuwender spaziert, und schon ist der Arme auf einem Kreisel aufgespießt wie ein Schmetterling, die Zinken schauen ihm aus dem Bauch und fertig.«

»Ja. Fertig.« Die Wirtin verfiel immer mehr.

»Aber am schnellsten und unauffälligsten ist immer noch der gute alte Verkehrsunfall. Du fährst über den drüber und aus. Wenn du einen derführst, kannst du es entweder vertuschen, sprich, du meldest es gar nicht, oder aber du meldest es ganz bewusst. Sagst, der war auf einmal vor dem Wagen. Holterdiepolter! So. Und dann soll einmal jemand beweisen, dass das Absicht von dir war. Der Dangl Hannes war ja viel mit dem Fahrrad unterwegs, da geht es noch leichter. Wenn der in der Nacht von dir heimge–«, hier unterbrach sich Huber gerade noch rechtzeitig und hüstelte, das war ihm so rausgerutscht, »also vom Wirtshaus heimgeradelt ist, ein bisschen was getrunken hat er ja auch immer, na, und stell dir vor, das Licht ist nicht richtig gegangen, oder sagen wir, es ist eh richtig gegangen, und er fährt und fährt so die Straße entlang, und du sagst – also, nicht du sagst, sondern der Mörder sagt später –, er wollte gerade mit dem nötigen

Sicherheitsabstand beim Fahrradfahrer vorbeifahren, aber da macht der Fahrradfahrer plötzlich einen unvorhergesehenen Schlenkerer, und dann sind Fahrrad und Fahrer auf einmal unter dem Auto. Früher war das vielleicht ein Risiko, weil mit einem VW Käfer oder einem Mini hättest du das Radl und den Mann vor dir hergeschoben, aber mit den neuen SUVs ist das gar kein Problem mehr, die sind so hoch, da rollst du drüber wie nix, und da hast du das Sperrdifferenzial noch gar nicht dazugeschalten.«

»Huber?«

»Ja?«

»Was erzählst du mir da eigentlich? Der Hannes ist tot! Mir is leid um ihn, er war ein feiner Kerl. Ehrlich, mir is zum Rean[1]! Und du zählst mir da lustig auf, wie man wen umbringen kann. Wozu?«

»Ja, das hab ich ja schon gesagt, weil es mir nicht aus dem Kopf will.«

»Was denn?«

»Wenn jemand den Hannes Dangl umbringen will – ich sage ›wenn‹ –, dann hat er tausend, nein hunderttausend Möglichkeiten, es schneller und unauffälliger und sicherer zu machen als so, wie er es g'macht hat, verstehst du?«

»Zähl die jetzt nicht noch einmal alle auf, du!« Die Liesl hatte sich erhoben und hielt drohend ihr leeres Wermutglas über den Kopf. Huber Hans beeilte sich, den Kopf zu schütteln, und machte eine beschwichtigende Geste. Liesl nickte erleichtert und schenkte ihnen beiden nach.

»Also, um die Sache zu einem Abschluss zu bringen«, meinte Huber nach dem ersten Schluck, »dem Dangl Hannes irgendwie die K.-o.-Tropfen zu verabreichen, ihn dann dort zum Waldausgang bei Mexiko zu bringen, ihn dann auf die Schienen zu legen, dass die Lok ihm den Schädl abtrennt –«

»Huber!«

»Entschuldigung, bin schon ruhig. Aber du wirst mir doch

1 Rean: österreichischer, bayrischer Dialektausdruck für »weinen«. Ursprünglich von »röhren«, also einen inbrünstigen Laut (hier: Klagelaut) von sich geben.

recht geben, dass das alles sehr aufwendig ist und auch gefährlich.«

»Wieso gefährlich?«

»Na, aus Sicht vom Mörder schon. Wenn dich dort draußen im Wald jemand sieht, wie du einen auf die Schienen legst, dann tust du dir schwer mit dem Erklären. Und schon sitzt du zwanzig Jahre in Stein[1].«

»Stimmt irgendwie.«

»Und jetzt ist die Frage: Warum? Wer könnte den Dangl so hassen, dass er sich das ganze Risiko und die ganzen Strapazen antut, damit der Dangl nur ja keine schöne Leich ist? Und warum auf der Bahn? Was will er uns damit sagen?«

»Wer?«

»Na, der Mörder.«

»Ah so.«

»Oder die Mörderin.«

---

1 Stein, Ortschaft bei Krems: Dort steht das bekannteste österreichische Gefängnis.

Don Juan

Dr. Philippa Limbach hatte hervorragend geschlafen und ausgezeichnet gefrühstückt. Dann hatte sie sich auf den Weg gemacht und war um genau fünf nach acht am Stadtplatz von Heidenreichstein vorgefahren. Natürlich hätte sie auch Punkt acht kommen können, sie hätte es sogar bis fünf *vor* acht geschafft, aber sie war extra kurz vor dem Ortsanfang stehen geblieben und hatte gewartet, um ihre Ankunftszeit genau zu timen. Schließlich war der Trottel ihr Untergebener und hatte ab acht parat zu stehen, bis sie erschien. Sie fuhr den Tesla also sehr bewusst um fünf nach acht vor. Vom Trottel keine Spur. Natürlich nicht! Das war gut, das war sogar sehr gut. Um sechs nach acht nahm sie ihr iPhone und sprach eine Audionotiz.

»6. Juli, acht Uhr sechs. Trotz ausdrücklichen Befehls erschien Bezirksinspektor Hajdusic nicht am vereinbarten Treffpunkt und verzögerte somit die Ermittlungen.«

Zufrieden steckte sie das iPhone wieder ein und gestattete sich ein leichtes Grinsen. Noch vor Ende der Woche würden seine Verfehlungen ausreichen, um ihn, wenn schon nicht endgültig aus dem Polizeidienst, dann wenigstens aus diesen Ermittlungen abziehen zu lassen. Sie musste nur immer alles schön dokumentieren, den Rest seiner Demontage erledigte der Trottel ganz von selbst.

Weiteres Merkmal ihrer Taktik war es, dass sie sich nichts anmerken lassen würde. Soll heißen, kein Donnerwetter, wenn Hajdusic jetzt aus dem Gasthaus käme. Keine Vorwürfe wegen der – mittlerweile über sieben Minuten – Verspätung. Darauf hätte er wahrscheinlich gewartet. Aber den Gefallen tat sie ihm nicht. Sie würde das alles ganz gelassen hinnehmen, jede seiner Blödheiten mit leicht ironischem Lächeln ertragen und erst am Schluss, ganz am Schluss, würde sie ihm die Rechnung präsentieren. So macht man das, mein Freund!

Sie musterte den Stadtplatz. Wenige Fußgänger, noch weniger Autos, Kleinstadtidylle. Sehr gut. Da wären sie bald fertig. Um was ging es denn eigentlich? Um eine Enthauptung, darum ging es! Wenn ein Typ einen anderen auf diese seltsame, leicht bizarre Art umbringt, dann muss er einen Schaden haben. In einer Großstadt gibt es viele Schäden, da sucht man verzweifelt die paar Glücklichen ohne, aber in einer Kleinstadt ist man bald durch mit den üblichen Verdächtigen.

Sobald der Trottel endlich aufgetaucht war, würden sie sich den örtlichen Polizisten holen, mit ihm zum Tatort fahren, sich unterwegs etwaige neueste Erkenntnisse von der Gerichtsmedizin übers Telefon durchgeben lassen, nach der Tatortbegehung Verwandte, Nachbarn, Freunde und Bekannte befragen und sich ein Bild von der finanziellen und sozialen Lage des Opfers machen. Anschließend die Mitglieder der »Schmalspurfreunde«, des Betreibervereins der Schmalspurbahn, interviewen. Ganz besonders würden sie natürlich dem Lokführer, dem Heizer und dem Schaffner des Unglückszuges auf den Zahn fühlen. Das musste sich an diesem Vormittag ausgehen. Frau Dr. Philippa Limbach war keine Frau, die es liebte, herumzubrodeln. In drei Tagen würde die Sache erledigt sein.

In der Zwischenzeit saß der Regisseur des diesjährigen »Heidenreichsteiner Theatersommers« auf den Stufen der noch nicht ganz fertig aufgebauten Tribüne im Hof der Wasserburg und versuchte, zu Wort zu kommen.

»Es ist ein Zeichen«, erklärte der blaue Baron und sah dem Regisseur tief in die Augen. »Ein Zeichen, das bedeutet, dass es so sein soll. Besser kann man das nicht ausdrücken. So ist es, und so soll es sein. Da gibt es keinen Interpretationsspielraum.«

»Also, das sehe ich ande–«

»Ein Zeichen ist ein Zeichen ist ein Zeichen. Wenn Gott ein Zeichen setzt, dann soll der Mensch nicht herumdoktern und versuchen, das Zeichen zu missachten oder überhaupt gar nicht wahrzunehmen! Sicher, sicher, ich weiß schon, dass man über den Gottesbegriff diskutieren kann. Ich glaube auch nicht an einen alten Mann mit Rauschebart, der zwischen den Wolken herunterschaut und seine Zeichen als eine Art Rätselrallye inszeniert. Nein, das tue ich nicht, aber ich glaube an ein … wie sagte das der Qualtinger als Herr Karl so schön? ›An ein höheres Wesen‹, richtig. An so ein höheres Wesen glaube ich, und dazu stehe ich auch, das hat mit dem christlichen Glauben und schon gar mit dem katholischen Glauben nichts, aber auch rein gar nichts zu tun, das kannst du mir glauben.«

»Ich glaube nicht, dass –«

»Aber ich glaube! Ja, ich glaube! An eine natürliche Ordnung der Dinge und der Ereignisse, an einen Sinn des Daseins, ich glaube an so etwas wie einen göttlichen Plan! Und – ja – ich glaube auch an ein Zeichen. Und das war eines. Aber selbst ohne dieses Zeichen liegt es ja auf der Hand, wer den Don Juan spielen wird, du selbst hast mir ja gesagt, dass du mich im Auge gehabt hast, als du das Stück ausgesucht hast, dass du dabei eigentlich an mich gedacht hast und nur aus Mitleid und Nächstenliebe den Dangl vorgezogen hast. Ein Fehler, wie ich dir damals schon gesagt habe. Aus Mitleid oder Freundschaft zahlt man jemand vielleicht ein Bier oder hilft ihm in schweren Stunden, aber man besetzt keine Theaterproduktion nach diesen Gesichtspunkten. Das ist unprofessionell! Die Kunst muss unbestechlich sein, und wir müssen ihr dienen, wenn das Ergebnis gut werden soll. Also ein Fehler damals. Und unprofessionell!«

Beim Stichwort »unprofessionell« hätte der Regisseur einhaken können. Da kannte er sich aus, da hätte er viel dazu sagen können, besonders im Zusammenhang mit dem blauen Baron. Abgesehen davon, dass die Gruppe, die den »Heidenreichsteiner Theatersommer« zu einem überaus gut besuchten Fixpunkt des Waldviertler Kulturlebens gemacht hatte, ausschließlich aus Amateurschauspielern bestand, hatte man hier tatsächlich ein professionelles Niveau erreicht, von dem andere Bühnen nur träumen konnten.

Aber der blaue Baron bildete hier eine Ausnahme. Er vergaß Probentermine fast ebenso häufig wie seinen Text, er legte

Regieanweisungen äußerst großzügig aus und bestand nahezu immer darauf, eine Rolle zu bekommen, bei der er seine Bühnenpartnerin zu küssen hatte. Gerade diese Küsse wurden von seiner Seite sehr lebensecht (also unprofessionell) gestaltet, was zur Folge hatte, dass jede Schauspielerin nur eine Produktion lang seine Partnerin sein wollte und dann »Nie wieder mit dem Blauen« sagte.

Was aber alle am meisten fürchteten, war seine Leidenschaft fürs Extemporieren. Er betrachtete sich als Meister darin und konnte auch unter Gewaltandrohung nicht davon abgehalten werden. Wie alle Rampensäue und Selbstdarsteller hatte er keinerlei Gefühl dafür, wann es dem Publikum zu langweilig wurde. Dass er seine Mitspielerinnen und Mitspieler damit aus dem Konzept brachte, nahm er in Kauf und baute in jedes Stück zwei bis drei derartige Extravaganzen ein, bei denen er dann mit viel Pathos und großen Gesten seine Fähigkeit zur Improvisation zur Schau stellte.

Von dieser war schon früher hauptsächlich er selbst angetan gewesen, in den letzten Jahren hatte sich aber zusätzlich zu allen anderen Peinlichkeiten seine Vergesslichkeit ihren Fixplatz erkämpft, und so passierte es ihm immer wieder, dass er bei seinen Soli immer weiter ausholte und sich immer mehr verrannte und verstrickte, sodass er nicht mehr zurückfand, nicht zum Beginn des Extempores und schon gar nicht zu dem eigentlichen Text des Stückes, der die Handlung vorantreiben sollte.

Über diese Tatsachen dachte der Regisseur nach, während er den Monolog des anderen ausblendete. Leider ließ sich das nicht lange durchhalten, der blaue Baron war einfach zu penetrant.

Sein richtiger Name war Walter Viktor Pfeifensteiner, aber er hatte ihn schon vor Jahren amtlich ändern lassen. Seither schrieb er sich Walther V. Pfeifenstein, in der Hoffnung, seinen Vornamen durch das Einfügen des »h« älter und vornehmer klingen zu lassen und dem Nachnamen durch das Streichen der Nachsilbe »er« einen adeligen Anstrich zu geben. Dazu sollte auch die Abkürzung V. dienen. Er schrieb das V. immer so klein, dass es durchaus als Abkürzung des »von« gelesen werden konnte.

Nun sind in Österreich die Adelstitel zwar seit über hundert Jahren abgeschafft, das tut aber dem Ansehen, das die Träger alter Namen in der Gesellschaft genießen, keinen Abbruch. Selbstverständlich wussten die Heidenreichsteiner (und dazu das halbe Waldviertel) über Pfeifensteiner bestens Bescheid und grinsten sich vielsagend an, wenn er sich wieder einmal mit »Walther Pfeifenstein« vorstellte oder schwungvoll mit »Walther v. Pfeifenstein« unterschrieb. Sein Spitzname »der blaue Baron« rührte einerseits von diesem Adelsfimmel, andrerseits von – es ist nicht schwer zu erraten – seiner Neigung zu alkoholischen Getränken aller Art. Praktischerweise wurde »der blaue Baron« daher oft auch zu »der Blaue« gekürzt.

Wenn im Sommer die Burg für Theaterbesucher geöffnet war, gab er, vor allem für jüngere Frauen aus dem Publikum, mit Vorliebe den charmanten Museumsführer, wobei er unterschwellig durchblicken ließ, dass er weitläufig mit den heutigen Besitzern verwandt sei[1] und eigentlich sein Familienzweig ursprünglich auf der Burg sitzen sollte. Das kam immer gut an.

»… also du selbst hast es ja gesagt, dass eigentlich ich für die Rolle prädestiniert bin und du nur aus Rücksicht …«

Das stimmte leider. Der Regisseur hatte lange überlegt, wie er dem selbstverliebten alten Lustmolch die Hauptrollenbesetzung von Dangl verkaufen konnte.

»Du bist ein schlechter Schauspieler mit einem völlig überzogenen Selbstwertgefühl und Allüren, außerdem bist du ein Alkoholiker und mit einem Charakter ausgestattet, der im Vergleich zu dem eines gewissen amerikanischen Präsidenten diesen in die Nähe der heiligen Teresa von Kalkutta[2] rückt. Und würde

---

1 Und er log nicht einmal. Wenn wir nur weit genug in der Geschichte zurückgehen, sind wir doch alle irgendwie verwandt miteinander.

2 Vor ihrer Heiligsprechung war Anjezë Gonxhe Bojaxhiu als »Mutter Teresa« bekannt. Vor seiner nur vierjährigen Präsidentschaft war Donald Trump als Donald Trump bekannt.

ich jeden künstlerischen Anspruch weit hintanstellen und dich aus mir unvorstellbaren Gründen doch besetzen wollen, dann gäbe es im Umkreis von fünfzig Kilometern keine vernünftige Frau, die sich von dir als Bühnenpartner begrapschen oder küssen lassen würde. Übrigens auch keinen vernünftigen Mann.«

Ganz genau so hatte der Regisseur seine Absage an Pfeifensteiner, der sich seit der ersten Besprechung über das diesjährige Theaterstück selbstverständlich in der Hauptrolle gesehen hatte, formuliert. Allerdings nur zu Hause vor dem Spiegel, in Vorbereitung auf das Gespräch.

Es war nämlich so, dass Pfeifensteiner vor Jahren eine Erbschaft gemacht und diese zu einem Gutteil in die Ausstattung des Theatervereines investiert hatte. Nur der Hof der Wasserburg und das Gebäude als malerische Kulisse selbst wurden von der Besitzerfamilie gegen geringes Entgelt zur Verfügung gestellt, alles andere gehörte ihm. Die Tribüne, die Sitze, die Scheinwerfer, Lautsprecherboxen, Dimmerpacks, Tonanlage, Lichtanlage und so weiter, ja sogar die kleine Halle am Rande des Städtchens, in der das ganze Zeug außerhalb der Spielzeit gelagert war, waren Eigentum des blauen Barons. Und der ließ es sich nicht nehmen, bei jeder Produktion eine der männlichen Hauptrollen für sich zu reklamieren – ohne Rücksicht auf das Alter der Bühnenfigur (er selbst ging auf die siebzig zu) –, Hauptsache, sie kam auf der Bühne mit dem weiblichen Geschlecht in Kontakt.

Es wäre also unklug gewesen, Pfeifensteiner mit der Wahrheit zu kommen. Daher die Notlüge mit Dangl. Der Regisseur hatte dessen selbstlose Art, sich in allen möglichen Vereinen einzubringen und nie etwas dafür bekommen zu haben, ins Treffen geführt. Außerdem hatte er, um das Ganze noch ein bisschen theatralischer zu gestalten, etwas von einer geheimnisvollen Krankheit Dangls angedeutet.

»Wer weiß, wie lange er es noch macht, wer weiß, wie oft er überhaupt noch Theater spielen kann«, hatte er mit besorgter Miene gesagt.

»Was?« Der Blaue hatte sich interessiert vorgebeugt.

»Kein Wort zu irgendjemand darüber«, hatte der Regisseur gezischt und einen bühnenreifen Blick über die Schulter hinterhergeschoben. »Er will es geheim halten, ich weiß auch nichts Näheres, aber meine Schwägerin ist Krankenschwester, und sie hat erzählt …«

Das war frei erfunden, aber Pfeifensteiner hatte es geschluckt. Unter Protest. Damals schon! Aber jetzt würde er nicht lockerlassen.

Verfluchtes Pech, verdammter Mist!, dachte der Regisseur verzweifelt. Warum hat nicht jemand statt dem Dangl den blauen Baron auf die Schienen gelegt und ihm den Schädel abtrennen lassen?

Mittlerweile focht der Huber einen besonders schweren Kampf aus. Gegner war er selbst, und deshalb war es ja so besonders schwer. Auch wenn sie ihm subtil klargemacht hatte, dass er ein unsensibler Klotz war, der auf ihren Gefühlen für den Ermordeten herumtrampelte, war er sich am Vorabend noch mit der Liesl einig geworden, dass man die Aufklärung des Mordes nicht irgendwelchen Kriminalisten überlassen konnte und wollte. Soll heißen, schon überlassen, aber sich nicht zu viel vom Ergebnis erwarten. Kein hundertprozentiges Vertrauen, dass die Herrschaften tatsächlich die Wahrheit ans Licht bringen würden. Lieber selbst noch ein wenig nachforschen. Und genau das war ja der Ausschlag für den Kampf Huber Hans gegen Huber Hans. Denn ganz ohne amtliche Quellen ging es leider auch nicht.

Gerichtsmedizinische Fakten, Laborberichte, heiße Spuren, Verdächtige, Fahndungsmeldungen, Sonstiges – jeder Krimileser, jede Fernsehdetektivkennerin weiß, dass diese Dinge, zu denen Miss Marple üblicherweise keinen Zugang hat, entscheidend zur Aufklärung eines Falles beitragen. Wenn aber schon Miss Marple keinen Zugang dazu hat, wie kann ihn dann ein Huber Hans haben?

Huber Hans, siebenundsechzig Jahre jung, Immobilienmakler in Pension, mit einer ziemlich großen Nase gesegnet, der immer, immer, immer, wenn über seinen Riechkolben, Zinken, Rüssel oder was es sonst noch für schmeichelhafte Ausdrücke gab gespottet wurde, mit bescheidenem Lächeln entgegnete »Ja, ja, wie die Nase eines Mannes, so auch sein Johannes«, dieser Huber Johann mit seinem Huber Johannes war Mitglied im Theaterverein, im Gesangsverein und beim Bläserensemble der Jägerschaft (auch wenn er gar kein Jäger war, aber Jagdhorn spielte er hervorragend). Und natürlich Mitglied bei den »Schmalspurfreunden«. Und weil er überall engagiert war und sich überall einzubringen wusste und diskussionsfreudig war und wollte, dass die Dinge ihre Ordnung hatten, und die Dinge auch in ihre Ordnung bringen wollte und Zustände hinterfragte und ändern wollte – nannte man ihn mehr oder weniger offen oft auch »G'schaftlhuber[1]«. Er hatte es gehört, er hatte es verdaut, und er hatte damit zu leben gelernt. Dann war er es eben! Besser ein »G'schaftlhuber« als ein »Duckmauser[2]«, ein »guada Lotsch[3]«, ein »falscher Fufz'ger[4]«, ein »Grindbotzen[5]« oder ein »Bodentürldepp[6]«.

Aber zurück zu den amtlichen Quellen. Da kam für einen Normalsterblichen, beruflich pensionierten, hauptamtlich ehrenamtlichen G'schaftlhuber nur eine in Frage, und die war ... na ja, ein wenig schwierig. Der Sheriff!

Und weil der Huber Hans nicht dumm war, gelang es ihm bald, den, mit dem er rang, also sich selbst, im Kampf davon zu überzeugen, dass es ohnehin keine Alternative gab. Ein K.-o.-Argument. Huber gab auf und begab sich zur Heidenreichsteiner Polizeidienststelle.

---

1 G'schaftlhuber: Wichtigtuer (auch Vereinsmeier, Hansdampf in allen Gassen).
2 Duckmauser: Feigling.
3 Guada Lotsch: jemand, dessen arglose Hilfsbereitschaft ausgenutzt wird.
4 Falscher Fufziger: ein unehrlicher Mensch.
5 Grindbotzen: schmutziger, übel riechender Mensch.
6 Bodentürldepp: jemand, dem das Bodentürl, also die Falltür zum Dachboden, beim Hochklettern auf denselben so oft auf den Kopf geknallt ist, dass er zum kompletten Trottel wurde.

Dienst ist Dienst

Die Schreie, die sich zunächst kaum wahrnehmbar in den Lärm gemischt hatten, schienen von weit her gekommen zu sein, aber jetzt wurden sie immer deutlicher. Es war ein unheimliches Heulen, und er versuchte erneut, seine Hände an die Ohren zu bringen – vergeblich.

Es ist ein Traum, es ist ein Traum, dachte er verzweifelt. Und ein Traum vergeht. Es wird vergehen! Gleich wache ich auf.

***

Es gibt Polizeistationen, sogenannte Wachzimmer, die sind eine Schande für die Zunft. Unaufgeräumt, schmutzig oder zumindest nur sehr flüchtig geputzt, früher oft auch noch mit fragwürdigen Kalendern an den Wänden, deren freizügige Bilder den vorgeschriebenen Konterfeis von Bundespräsident und -adler Konkurrenz machten, dazu ein Sammelsurium alter, sehr alter und noch älterer Büromöbel, denen eines gemeinsam ist – sie passen nicht zusammen, weder in der Farbe noch im Stil.

Die Unordnung und die lieblose Behandlung der Einrichtung, auch die Sauberkeit generell, all diese Missstände sind meist dem Umstand geschuldet, dass sich niemand so richtig verantwortlich fühlt. Die Polizisten haben ihr »Radl«, also ihren Schichtbetrieb, und da sind sie auf Streife, und wenn sie nicht auf Streife sind, dann haben sie genug Papierkram zu erledigen, da achtet man nicht auf die hässlichen Diensträume. Und wenn die anderen der Fleck an der Wand stört, dann sollen doch die ein Ansuchen schreiben, dann wird vielleicht in fünf, sechs Monaten einmal ein Maler genehmigt. Oder man ergreift die Eigeninitiative und malt selbst einmal aus. Also, nicht »man« persönlich, sondern die anderen eben.

Aber es gibt auch Ausnahmen. Es gibt tatkräftige Männer (und Männerinnen), die sich nicht davor scheuen, Verantwortung zu übernehmen, und es sich zu ihrer ureigenen Aufgabe gemacht haben, ihre Diensträume in Ordnung zu halten, zu gestalten und zu pflegen.

Und so einer war Bezirksinspektor Franz Kienast. Er hatte erkannt, dass zur vollendeten Erfüllung des Dienstes zunächst einmal die Rahmenbedingungen stimmen mussten. Kienast, von wenig wohlgesonnenen Zeitgenossen spöttisch »Sheriff« genannt, war Meister darin, sich die Rahmenbedingungen perfekt zu machen. Disziplin und Ordnung, und zwar in allen Lebensbereichen, das entsprach seinem Wesen.

In den Räumlichkeiten der Polizeidienststelle Heidenreichstein hätte man vom Boden essen können. Schmutz aller Art hatte hier keine Überlebenschance! Der Waschraum und die Toiletten konnten es mit den antiseptischen Operationsräumen einer Klinik aufnehmen. Das ganze Wachzimmer war eine Trutzburg der Ordnung und der Sauberkeit, was heißt Sauberkeit, der absoluten Reinheit!

Sicher, eine Zeit lang hatte Sheriff Kienast die Putzfrauen gewechselt wie seine Unterwäsche. Und er wechselte die Unterwäsche oft!

Natürlich gab es eine allgemeine Vorschrift der Landespolizeidirektion, in der über die Sauberkeit und Pflege in den Räumlichkeiten der Polizeidienststellen nachzulesen war. Diese oberflächlichen Anweisungen waren so allgemein gehalten, dass sie einen gewaltigen Spielraum ließen. Und der Umfang erst! Siebzehn Zeilen (à zweiundfünfzig Zeichen samt Leerzeichen), Kienast hatte genau nachgezählt, es war lachhaft. Er selbst hatte eine wesentlich umfangreichere und detaillierte Vorschrift (zweiunddreißig Seiten mit zahlreichen Fotografien) für die Reinigungskräfte des Heidenreichsteiner Wachzimmers ausgearbeitet.

Jawohl, Reinigungskräfte, also Mehrzahl, denn was passiert, wenn man endlich einmal eine gute Putzfrau gefunden hat und diese sich dann den Fuß bricht oder nach Wels heiratet? Herkömmliche Polizeidienststellenleiter hätten dann ein Problem. Clevere nicht! Clevere hätten nämlich immer schon zwei derartige Bodenkosmetikerinnen eingesetzt. Die eine das Back-up der anderen sozusagen.

Der Sheriff hatte drei.

Die Sauberkeit in einem Wachzimmer ist das eine. Das andere ist die Ordnung. Natürlich kennen wir alle die Sprüche »Das Genie überblickt das Chaos«, »Wer Ordnung hält, ist nur zu faul zum Suchen« und so weiter. Sehr lustig! Aber jeder Soldat, jeder Feuerwehrmann, jede Notärztin wird bestätigen, dass es schon seinen Sinn hat, wenn die Dinge immer an ihrem angestammten Platz zu finden sind. Warum sollte das also für die Polizei und ihre Diensträume nicht gelten? Und Kienast war Polizist, und Kienast war verantwortlich für das Heidenreichsteiner Wachzimmer und für die Ordnung ebendort. Also, Schluss mit lustig!

Es gab hier für jedes Ding seinen Platz, und dieser Platz blieb, wo er war, und das hieß, die Dinge blieben ebenfalls, wo sie waren. Natürlich waren das zusätzliche Herausforderungen für die Putzfrauen. Es hatte ja auch nie jemand gesagt, dass der Job hier einfach sein würde.

Die Heftklammern zum Beispiel lagen also immer am selben Platz in derselben Lade, und es waren nahezu immer gleich viele. Eine angebrochene Packung, eine volle in Reserve. Kurz bevor die angebrochene Packung leer zu werden drohte, wurde nachgekauft. Nur so war ein lückenloser Betrieb möglich, nur so machte Dienst wirklich Spaß. Nicht nur die Heftklammern, auch der Druckertoner, das A4-Papier und die Flüssigseife, alles hatte seinen Platz, und alles hatte eine vorgegebene Mindeststückzahl. So hielt es Sheriff Kienast, und das war gut so.

An sich selbst und seinen jungen Kollegen Höbarth, von allen anderen nur »Joe«, von ihm jedoch »Inspektor« genannt, legte er ebenso strenge Maßstäbe. Das fing bei der Pünktlichkeit und der Disziplin an, führte über die Sauberkeit der Person selbst, die der Adjustierung, des Dienstwagens und der Ausrüstung und endete erst bei der allergenauesten Hütung der Gesetze (unter Einhaltung aller Dienstvorschriften). Die Beziehung unter den Kollegen war ein wenig schwierig. Kienast scheute sich nicht, Verantwortung zu übernehmen und wahrer Vorgesetzter zu sein. Kein noch so langer Nachtdienst konnte bei ihm zur Fraternisierung mit einem Untergebenen führen. Kumpelhaftigkeit war ihm fremd. Er war der Chef. Punkt.

Als Huber Hans die Polizeistation erreichte, fielen ihm zwei Dinge gleichzeitig auf. Erstens war kein Polizeiwagen zu sehen, was bedeutete, dass er umsonst gekommen war, weil der Sheriff und Höbarth auf Streife waren. Zweitens war ein Fenster offen, und leise Musik erklang aus dem Inneren. Da stimmte etwas nicht! Huber kannte den Sheriff schon ein paar Jährchen und wusste, dass bei dem niemals ein Fenster offen bliebe, wenn er das Wachzimmer verlassen musste. Und dass einer der beiden alleine unterwegs war, kam ebenfalls nicht in Frage, weil es gegen die Vorschrift verstieße. Polizisten hatten stets zu zweit auf Streife zu sein, und eine »kurze Besorgungstätigkeit« (Stichwort Wurstsemmeln) eines einzelnen Beamten erlaubte man sich vielleicht anderswo, aber sicher nicht im Verantwortungsbereich von Sheriff Kienast.

Der Sache musste auf den Grund gegangen werden. Huber betrat die Dienststelle. Der junge Höbarth war damit beschäftigt, Unterlagen auszudrucken.

»Griaß di![1] Hat er dich ganz alleine gelassen, der Sheriff?«

»Glück muss der Mensch haben, seit mich die Sagl-Sisters nach dem letzten Faschingsgschnas[2] zu zweit vernascht haben, ist es mir nicht mehr so gut gegangen.«

»Wie hast du denn das geschafft?«

»Alkohol. Die waren so besoffen, dass sie doppelt gesehen haben. Da hat sich wahrscheinlich jede gedacht: ›Ein Polizist

1 Der besseren Lesbarkeit wegen werden die Dialektunterhaltungen hier in Schriftdeutsch wiedergegeben.

2 Gschnas, auch G'schnas: Kostümfest. Das Wort wurde ursprünglich für »wertloses Zeug« (das nach außen hin jedoch schön aufgeputzt war) verwendet.

für mich und einer für dich.‹ Und wie sie dann daheim draufgekommen sind, dass ich nur einer bin, haben sie schwesterlich geteilt.«

»Bravo«, sagte Huber trocken, »aber eigentlich hab ich gemeint, wie du es geschafft hast, ihn loszuwerden.«

»Den Tripper? Das ist ja das Verwunderliche, dass ich mir gar keinen geholt hab, obwohl die zwei ja wirklich –«

»Red nicht so blöd, den Sheriff meine ich!« Huber Hans musste sich eingestehen, dass er beeindruckt war. Die Sagl Anni und die Sagl Evi waren nicht nur Schwestern, jung und promiskuitiv, sondern auch sehr hübsch. Manch junger Mann in Heidenreichstein (übrigens auch manch älterer Mann) hätte viel dafür gegeben, einmal mit einer der beiden im Bett zu landen, aber dass es der Höbarth gleich mit allen beiden geschafft hatte ... Donnerwetter! Vielleicht ging ja von der Montur immer noch ein Zauber aus. Möglich aber, dass die betrunkenen Sagl-Sisters die Polizeiuniform für eine Faschingsverkleidung gehalten hatten.

Höbarth selbst war noch nicht lange am Posten in Heidenreichstein. Erst vor einem halben Jahr war er von der Polizeischule in den aktiven Dienst ausgemustert worden. Ursprünglich nach Gmünd, und dort hatte man ihm gleich die Feuertaufe verpasst: Dienstzuteilung nach Heidenreichstein! Gut möglich, dass ein weiser Kommandant gedacht hatte: »Wenn er das übersteht, kann er überall eingesetzt werden.« Bisher schlug sich Höbarth auch ganz gut, er war jung, groß, kräftig gebaut, leidenschaftlicher Handballtormann und hatte Humor. Und den brauchte er hier auch.

»Der ist vor einer guten Stunde mit dem Krimineser weggefahren. Tatort anschauen. Und weil sie eh zu zweit im Wagen sind, darf ich hier sitzen und die Unterlagen ausdrucken, also alles, was wir bis jetzt haben halt.«

»Und was habts ihr?«

»Na, nix natürlich! Tot is er, der Dangl, aber das wissen eh alle. Was die bei der Gerichtsmedizin rausgekriegt haben, das wissen mittlerweile auch alle, dass er nämlich irgendwas gekriegt hat, damit er wehrlos war. Wahrscheinlich Gamma-Hydroxybuttersäure oder noch wahrscheinlicher Gamma-Butyrolacton, irgendwas aus Nagellackentferner oder Felgenspray.«

»Nagellackentferner? Felgenspray?«

»Das weiß doch jedes Kind. Die Anleitung, wie du aus einem chemischen Reiniger Liquid Ecstasy machst, findest du im Internet.«

»Ecstasy – ist das nicht so eine Droge?«

»Liquid Ecstasy heißt nur so, ist aber mit Ecstasy nicht vergleichbar, schon gar nicht chemisch.«

»Ja, aber was hat denn der Dangl mit dem zu tun? Der hat doch sein Lebetag keine Drogen genommen, der Hannes!« Huber schüttelte energisch den Kopf.

»Außer Alkohol, Nikotin und Koffein – aber wurscht, du kannst schon recht haben. Wahrscheinlich hat er die K.-o.-Tropfen ja auch nicht freiwillig genommen. Das Komische ist nur: Normalerweise nimmt man das Zeug, um es auf einer Party oder in der Disco den Mädels in den Drink zu schütten, damit sie … ein bisschen lockerer werden. Und das Praktische an dem Zeug ist, dass sie sich am nächsten Tag nicht mehr genau erinnern können, werwiewaswannwomitwemundüberhaupt.«

»Ach, das hast du gemeint. Dann ist das Likör-Ecstasy also nichts anderes als K.-o.-Tropfen! Also eine Vergewaltigungsdroge«, stellte Huber fest. Nur weil man Pensionist in Heidenreichstein ist, heißt das nicht, dass man noch nie Fernsehkrimis oder Reportagen gesehen hat. »Aber den Dangl wollte keiner vergewaltigen, den wollte einer auf die Schienen legen.«

»Ja schau, ob du eine flachlegen willst oder einen flachlegen, ist den Tropfen wurscht, und ob das dann auf einer Matratze in einer Junggesellenbude passiert oder auf einem Autorücksitz oder auf Schienen kurz vor Mexiko, das ist den Tropfen genauso wurscht. Die sorgen nur dafür, dass er oder sie schön mitmacht und –«

»Guten Morgen!«

Die Stimme, die das gesagt hatte, verhieß eher keinen solchen. Sie war laut, scharf, bestimmend, um nicht zu sagen gebieterisch, und schien keinen Widerspruch zu dulden. Seltsamerweise gehörte sie keinem rotgesichtigen Mann, dem man den Feldwebel schon aus der Entfernung ansah, sondern einer ziemlich gut aussehenden Frau. Sie trug ein sehr knapp sitzendes Kostüm, dessen Schnitt nun vom jungen Höbarth und vom älteren Huber genau in Augenschein genommen wurde.

Allerdings nur kurz.

»Wenn Sie dann fertig sind mit Ihren Ausführungen über ermittlungsrelevante Details gegenüber einem Zivilisten und möglichen Zeugen und/oder Tatverdächtigen, denn vorläufig sind alle Personen in Heidenreichstein und Umgebung, die wir nicht mit Sicherheit ausschließen können, Tatverdächtige und/oder potenzielle Zeugen, wenn Sie also dann fertig sind, Informationen nach außen zu geben, die unter das sogenannte Amtsgeheimnis fallen und selbstverständlich der dienstlichen Verschwiegenheitspflicht unterliegen, was bedeutet, dass Sie kurz vor einem Disziplinarverfahren stehen, Herr Kollege, wenn Sie also dann fertig sind, dann würde ich Sie gerne sprechen.«

»Was?« Höbarth stand der Mund offen. Es war nicht klar, ob wegen seines unvollendeten Satzes, den die Eintretende unterbrochen hatte, wegen des Schnittes ihres Kostüms und dessen, was dieses mehr betonte als verhüllte, oder weil ihn die Formulierung ihrer kurzen Ansprache überforderte.

»Ich will Sie intellektuell nicht überfordern, Herr Kollege. Nur so viel, mein Name ist Dr. Philippa Limbach, und ich bin vom Landeskriminalamt Niederösterreich, Abteilung Gewaltverbrechen. Ich bin die zuständige Leiterin der Ermittlungen, und man hat mir gesagt, dass ich hier Bezirksinspektor Kienast finden werde, der mir eine kurze Einweisung in den Fall geben wird, das heißt mir etliche Fakten und Unterlagen zukommen lässt und sich auch sonst zu meiner Verfügung hält, um mich bei der raschen und kompetenten Lösung des Falles bestmöglich zu unterstützen. Er sollte mich heute ab acht Uhr hier am Posten erwarten. So. Sie sind kein Bezirksinspektor und außerdem ein wenig jung. Daher nehme ich an, Sie sind es nicht. Daher meine berechtigte Frage: Wo ist er?«

Höbarth sah Huber an, wohl um ihn loszuwerden. Natürlich war es ihm peinlich, hier so heruntergeputzt zu werden. Vom Sheriff war er das gewohnt, aber das war tatsächlich sein direkter Vorgesetzter, außerdem gaben die Ausfälle des Sheriffs immer guten Stoff für Geschichten und Parodien in diversen Lokalen und Freundesrunden. Höbarths Frauenbild war nicht ganz kompatibel mit Frau Dr. Philippa Limbach, das war klar. Aber davon abgesehen dachte der G'schaftlhuber auch sonst nicht im Traum daran, hier zu verschwinden. Er wollte einfach wissen, wie es weiterging.

»Bevor ich diese einfache Frage wiederhole, noch ein Themenwechsel: Wer sind Sie, und was wollen Sie hier?« Als hätte sie seinen festen Vorsatz hierzubleiben erkannt, wandte sich die Kriminalistin jetzt an ihn direkt. Sein Blick wurde von ihrem festgehalten und wagte sich nicht mehr an die Verarbeitungsdetails des Kostüms und der darunterliegenden Basics.

»Ich wollte auch zum Sheriff«, murmelte er.

»Zu wem?«

»Zum Sher– also zu Bezirksinspektor Kienast«, erklärte Huber nun mit etwas festerer Stimme. Sein Trotz war erwacht. Jeder Bürger hatte schließlich das Recht, sich an seinen Freund und Helfer zu wenden. Was bildete sich die Person eigentlich ein?

»Wie es aussieht, ist er nicht hier«, versetzte sein Gegenüber und wandte sich erneut an Höbarth. »Haben Sie sich mittlerweile genug gesammelt, um mir eine einfache Auskunft zu geben, Herr Kollege? Wo ist Bezirksinspektor Kienast?«

»Der ist mit Ihrem Kollegen zum Tatort gefahren. Ich hab geglaubt, das wissen Sie eh.«

Am Tatort

»Ich fürchte, das ist noch nicht genug«, sagte Hajdusic seufzend zum Sheriff und schüttelte bedauernd den Kopf.

»Nicht?« Es war noch nicht ganz zehn Uhr, trotzdem hatte es bereits achtundzwanzig Grad. Der Sheriff schwitzte gewaltig. Dennoch nahm er die Kappe nur kurz ab, um sich den Schweiß von der Stirn zu wischen, dann setzte er sie sofort wieder auf.

»Wir brauchen eine relevante Menge. Die DNA des Täters kann sich im Umkreis von bis zu zehn Metern finden. Selbstverständlich überfordert die dort zu findende Menge des Schotters jegliche Testkapazität. Aber wenn wir circa fünf Prozent der oberen Steine sammeln, ist das eine relevante Menge, mit der kann das Labor etwas anfangen. Es wundert mich echt, dass die von der Spurensicherung das nicht gleich gemacht haben. Eine Schlamperei!« Erneut schüttelte der Kriminalbeamte den Kopf – diesmal mehr ärgerlich als bedauernd. Der Sheriff nickte zustimmend. Wirklich eine Schlamperei, die sie beide jetzt ausbaden mussten. Er wischte sich nochmals den Schweiß ab und machte sich wieder auf den Weg zum Gleis.

Hajdusic war pünktlich um acht aus dem Gasthof gekommen und hatte befriedigt festgestellt, dass die Limbach nicht da war. Ausgezeichnet! Sie wollte ihm seinen Platz im Team zeigen und lag sicher mit der Stoppuhr in der Hand auf der Lauer, um ja nicht zu früh einzutreffen. So wie er sie einschätzte, würde sie vermutlich um fünf nach acht kommen. Das musste sich ausgehen. Er wartete ungeduldig bis drei nach, dann sprintete er zum Wachzimmer. Wenn er die Doktortussi richtig beurteilte, würde sie ungefähr zehn Minuten warten und in der Zwischenzeit eine Meldung wegen seiner Unpünktlichkeit vorformulieren oder gleich machen. Diese zehn Minuten galt es zu nutzen – und das tat er.

Es hatte ungefähr zwei Minuten gedauert, den Postenkommandanten von seiner Vermutung zu überzeugen, dass die leitende Ermittlerin sich zwar um acht mit ihnen hatte treffen wollen, jedoch sicherlich einen ermittlungsrelevanten Tipp bekommen hatte und deshalb wegen Gefahr im Verzug schon vorausgefahren war. Das hatte genügt, um den Sheriff zur Eile anzutreiben, er hatte Höbarth einige schneidige Befehle gegeben, und bald darauf waren sie Richtung Aalfang gebraust. Während sie durch die sommerliche Waldviertelidylle fuhren, vorbei an Fischteichen, Wiesen und Roggenfeldern, hatte Hajdusic bald gemerkt, wie der Sheriff tickte. Mit dem würde er eine Menge Spaß haben, dessen war er sicher.

Nun saß er im Schatten, gemütlich an einen Baum gelehnt, und tat, als scanne er die Steine, die der andere ihm brachte. »Diese Speziallinse, die unser Kriminallabor in mein Handy eingebaut hat, ermöglicht eine Vergrößerung bis auf DNA-Ebene«, hatte er dem Sheriff erklärt, »und die App wurde ursprünglich vom FBI entwickelt. Die Österreicher haben sie nicht bekommen, deshalb finden Sie auch keine Berichte in der Öffentlichkeit. Glücklicherweise habe ich meine Beziehungen. Aber bitte kein Wort zu meiner Kollegin, sie weiß es natürlich, aber sie darf es offiziell nicht wissen, deshalb reden wir nicht darüber.«

»Selbstverständlich«, hatte der Postenkommandant in die Konspiration eingewilligt.

»Gut.« Hajdusic klopfte ihm auf die Schulter. »Sie sind mein Mann. Bravo!«

Seither schleppte der Sheriff in zwei Müllbeuteln Schottersteine vom Gleiskörper in den Schatten, wo sie mittels Handy genau analysiert wurden. Zwischendurch schloss Hajdusic ein bisschen die Augen und genoss die Stille, die nur vom leisen Rauschen der Baumwipfel, dem Gesang weit entfernter Vögel und dem am Bahndamm schnaufenden Sheriff ein wenig unterbrochen wurde. Das Leben war schön im Waldviertel, und er fühlte sich großartig.

Indessen stand Huber am Heidenreichsteiner Stadtplatz und überlegte. Die wütende Kommissarin hatte dem jungen Höbarth eine genaue Wegbeschreibung entlockt, Hubers Angebot, ihr den Weg zu zeigen, brüsk abgelehnt und war in ihrem Tesla davongebraust. Nachdem sie weg war, hatten der Inspektor und er noch ein paar Gedanken ausgetauscht. Obwohl die von Huber angestrebten Themen eigentlich alles Wissenswerte zum Tod von Dangl ans Licht bringen sollten, drehte sich das Gespräch dann doch hauptsächlich um Dr. Philippa Limbach.

Grundsätzlich waren die beiden einer Meinung über sie und den Auftritt von soeben, aber es lässt sich nicht leugnen, dass der altersbedingte Unterschied im Hormonhaushalt der Herren ihre Überlegungen stark beeinflusste. Während Höbarth sich intensiv über den Schnitt des Kostüms, das mögliche Aussehen der Unterwäsche (beziehungsweise einer ebenso möglichen Abwesenheit derselben) und schließlich die körperlichen Vorzüge der Kostümträgerin selbst ausließ, äußerte sich Huber hauptsächlich über deren Hochnäsigkeit und ihre amtlich-gespreizten Formulierungen. Während Höbarth sogleich die Ursache für die Unentspanntheit der »Doktarin« diagnostizierte und auch gleich ein altes Hausmittel dagegen wusste[1], malte sich Huber lieber aus, was die Dame dem Sheriff und ihrem offensichtlich etwas eigenwilligen Mitarbeiter flöten würde, wenn sie diese endlich gefunden hätte. Und während Höbarth den anderen verbal an seinen geplanten besonderen Extraleistungen bei der anstehenden Kur der Kommissarin teilhaben ließ, stellte dieser sich vor, wie wohl seine Waldviertler auf die forsche Frau reagieren würden.

»Gar nicht«, sagte er mitten auf dem Stadtplatz stehend vor sich hin. »Die werden gar nicht reagieren, sondern sich in Schweigen hüllen.« Dieses Verhalten war übrigens nicht sexistisch. Auch bei sie befragenden Männern würden die

---

1 Wissenschaftlich nicht ganz fundiert und nur in bestimmten Männerkreisen unumstritten. Schulmedizinisch kaum beachtet. Nur so viel sei verraten: Es sind keine Moorheilbäder, obwohl gerade um Heidenreichstein genug Moor vorhanden ist.

Waldviertler so reagieren. Schweigen und in die Luft starren. »Wir sind, wie wir sind«, stellte Huber halblaut fest.

»Da sprichst du ein großes Wort gelassen aus. Huber, du bist ein Philosoph!«, dröhnte es in sein rechtes Ohr. Pfeifensteiner hatte sich dem Grübelnden unbemerkt genähert und schlug ihm zur Begrüßung fest auf die Schulter. Er war glänzend gelaunt.

»Was stehst du da und redest vor dich hin, mein lieber Freund? Komm, stärken wir uns da im Kaffeehaus.«

Offenbar hatte sich der Blaue schon vorab ein wenig gestärkt, seine Fahne war zwar kaum wahrnehmbar (also Wodka, wie Huber tippte), aber die gute Laune am Vormittag kam sicher nicht von ungefähr. Huber wollte eigentlich ablehnen, aber nachdem der Sheriff nicht greifbar war und es bis zum Mittagessen bei der Liesl noch ein wenig dauerte, willigte er schließlich ein.

»Meine gute Laune kommt nicht von ungefähr«, verkündete der Baron, während er sich an einem der Tische im Freien vor dem Café niederließ.

Als ob er gerade meine Gedanken gelesen hätte, durchfuhr es Huber. Oder hab ich schon wieder laut gedacht und es gar nicht bemerkt? Das wäre dann allerdings bedenklich.

»Bedenklich ist, dass ich es wusste, dass ich es immer schon gespürt habe. Das ist wirklich bedenklich«, dröhnte Pfeifensteiner jetzt laut und verankerte seinen Blick fest im Ausschnitt der sich nähernden Kellnerin. Diese lächelte nachsichtig. Huber bestellte Kaffee, der andere orderte Hopfenblütentee[1], ohne dass sein Blick den Halt verlor.

»Gespürt habe ich es, Huber, gespürt!«

»Ja, so sag's doch endlich, was hast du denn gespürt?«, fragte Huber, da er wusste, dass der andere sonst seinen Satz noch fünfmal wiederholen würde. Künstler wollen gebeten werden.

»Dass der Don Juan *meine* Rolle ist. Meine Lebensrolle, zumindest der Don Juan in Molières Bearbeitung des Stoffes!

1 Bier.

Da hast du mein ganzes Leben vor dir. Ich, Don Juan! Der Dangl Hannes war ein braver Mann, ein leidlich guter Schauspieler, aber doch kein Don Juan!«

Bei der Liesl schon, dachte Huber.

»Der Regisseur hat mich darum gebeten. Jetzt gerade. Ich habe natürlich abgelehnt. Theater ist eine ernste Sache. Man muss sich auf eine Rolle gut vorbereiten. Sie leben! Wenn man das so mir nichts, dir nichts von jetzt auf gleich übernimmt, leidet die Qualität. Ich habe ihm das gesagt, habe ihm das klipp und klar gesagt.«

Die Kellnerin brachte die Getränke, als sie wieder ging, setzte Pfeifensteiners Blick einen neuen Anker, etwas tiefer.

»Und? Hat er es eingesehen?« Huber konnte sich lebhaft vorstellen, wie der Regisseur sich an die gespielten Bedenken des Blauen geklammert hatte, um einen Vorwand zu haben, ihn *nicht* besetzen zu müssen.

»Ja. Aber was sollte er denn machen, der arme Teufel? Es gibt ja niemand, der das sonst übernehmen könnte. Nicht einmal ein Profi springt dir jetzt noch ein. Und ich habe ja, zum Glück, muss man jetzt sagen, die Rolle quasi nebenbei mitgelernt. Den ganzen Don Juan!«

»Tatsächlich?« Huber war plötzlich hellwach. Hatte er bisher nur aus Langeweile zugehört und Fragen aus Höflichkeit gestellt, so war nun sein Interesse geweckt. »Warum?«

»Hast du nicht zugehört? Ich habe es gespürt, davon rede ich doch die ganze Zeit. Ich habe es gespürt, dass das meine Rolle ist, ich habe dem Regisseur auch schon beim ersten Treffen gesagt, dass die Besetzung vom Dangl ein Fehler ist, und er –«, der Blaue unterbrach sich, beugte sich zu Huber und setzte für ihn ungewöhnlich leise fort, »… hat mir auch verraten, warum er diesen Fehler überhaupt gemacht hat. Weil er krank war.« Nach dieser Eröffnung lehnte sich Pfeifensteiner triumphierend zurück und trank sein Bier in einem Zug leer.

»Moment!« Huber richtete sich kerzengerade auf. »Der Dangl Hannes war krank? Und deshalb hast du schon die ganze Zeit seine Rolle gelernt?«

»Ja. Aber Krankheit hin oder her, ich habe es auch gespürt! Fräulein, noch ein wenig Tee.« Ein Wink mit dem Bierglas und der verzweifelte Versuch, zwei Anker gleichzeitig in die zwei Tische weiter im Profil stehende Kellnerin zu setzen. Es war, als folgten seine Augen einem Pingpongspiel.

»Der Dangl krank …«, murmelte Huber nachdenklich.

»So ist es. Aber erzähl das mit der Krankheit nicht weiter, der Regisseur hat mich um absolute Geheimhaltung gebeten, obwohl – jetzt, wo der Dangl tot ist, kann's ihm ja wurscht sein.«

Huber fühlte ein Kribbeln im Nacken. Wenn das nicht verdächtig war, dann war gar nichts verdächtig, oder? Er fasste zusammen: Pfeifensteiner hielt sich für einen großartigen Schauspieler und war Rampensau genug, immer die Hauptrolle eines Stückes für sich zu beanspruchen. Der Regisseur und die Vereinsmitglieder waren kunstsinnig genug, um alles zu unternehmen, dass er sie nicht bekam. Sie waren aber auch Realisten genug, um sich ausmalen zu können, was geschah, wenn das allzu direkt passierte. Der Blaue würde seine Unterstützung entziehen, sprich, man musste um teures Geld Tribüne und Technik anmieten, was die finanziellen Möglichkeiten der Gruppe einfach überstieg. Also war es Jahr für Jahr ein Eiertanz, Pfeifensteiner behutsam in die zweite Reihe zu bugsieren, wo er weniger anrichten konnte. Schadensbegrenzung. Möglicherweise hatte der Regisseur die Krankheit Dangls auch nur vorgeschoben – Huber nahm sich vor, ihn diesbezüglich zu befragen. Dass Dangl der bessere Schauspieler war und überdies besser aussah als der blaue Baron, war ohnehin klar.

Der Punkt ist aber doch, dachte Huber, dass er unglaublich scharf auf die Rolle war. Erstens, weil es die Hauptrolle ist, zweitens, weil er als Don Juan der Fuchs im Hendlstall gewesen wäre. Huber konnte sich vorstellen, dass es vor allem die Frauen gewesen waren, die Pfeifensteiner gereizt hatten. Eine außergewöhnlich hübsche Lehrerin gab die Donna Elvira, und außerdem wurden zwei junge Mädchen, die neu im Ensemble waren, als Mägde ebenfalls von Don Juan beglückt.

Die Frage ist – wie weit würde der Baron gehen, um an seine Beute zu kommen?, überlegte Huber jetzt.

»Die Frage ist – wie weit würde ich gehen?«, sagte der blaue Baron jetzt.

»Was?« Huber sah den anderen entgeistert an. Hatte er schon wieder halblaut gedacht?

»Wie weit würde ich gehen auf meiner radikalen Suche nach künstlerischer Wahrheit? Wäre ich skrupellos genug? Ich fürchte fast!« Das zweite Bier wurde ausgetrunken. Unruhig hielt der große Schauspieler Ausschau nach der Kellnerin.

»Was?« Huber verstand noch immer nicht.

»Ich würde sie austauschen. Ja, das würde ich.«

»Was?« Es half nichts, er kam nicht mit.

»Die Elvira. Austauschen, umbesetzen, es hilft ja nichts. Also natürlich nicht ich, sondern der Regisseur. Er muss! Es würde nicht gut gehen, sie hat nicht dieselbe Auffassung wie ich. Dangl war ein lieber Mensch, künstlerisch nicht gerade anspruchsvoll, deshalb war ihm alles recht, aber ich – ich kann nicht mit dieser Elvira!«

Jetzt verstand Huber. Der Blaue mochte vielleicht hinter einer Donna Elvira her sein, aber nicht hinter dieser Donna Elvira, und Huber glaubte jetzt auch zu wissen, warum. Letztes Jahr hatte diese dem Regisseur – und allen, die weniger als zwanzig Meter entfernt waren, lauthals verkündet, dass sie nie wieder mit »diesem Lustmolch und Arschloch« spielen würde, eher verließe sie die Gruppe.

»Sie passt nicht, sie kann es nicht. Dangl war nicht wählerisch, aber ich habe gewisse Ansprüche. Natürlich rede ich jetzt rein vom Künstlerischen.« Er grinste und leckte sich die Lippen.

»Natürlich«, bestätigte Huber und nickte. Er hatte jetzt seinen Hauptverdächtigen.

Mittlerweile hatte Hajdusic dem Sheriff eine Pause gegönnt, ließ ihn sich zu ihm in den Schatten setzen und befragte den uniformierten Kollegen über den Toten.

»Wie war er so?«

»In Ordnung. Ich meine, er war ein ruhiger Mitbürger. Kaum auffällige Vergehen.«

»Kaum?«

»Ja, ich hab nachgeschaut. Also nur dreiundzwanzig Abmahnungen und acht Anzeigen, seit ich in Heidenreichstein bin.«

»Und das ist ein ruhiger Bürger? Da hat sich das Waldviertel aber ganz schön geändert, seit ich weg bin.«

»Ja. Es gibt hier Leute, die haben über hundert Abmahnungen und vierzig Anzeigen«, bestätigte der Sheriff. Hajdusic betrachtete ihn unauffällig von der Seite. Er konnte sich lebhaft vorstellen, dass die Anzeigenstatistik seit der Versetzung des Sheriffs nach Heidenreichstein in die Höhe geschnellt war.

»Und was sind das für Vergehen?«

»Oh, meistens aus dem Verwaltungssektor, wiederholtes Falschparken, Schnellfahren, aber auch Beamtenbeleidigung und Widerstand gegen die Staatsgewalt.«

»Verstehe. Und unser Opfer? Was hatte der auf dem Kerbholz?«

»Elf Abmahnungen wegen mangelnder Beleuchtung auf seinem Fahrrad. Vier Abmahnungen wegen unerlaubten Fahrens auf dem Gehsteig mit seinem Fahrrad. Drei Abm–«

»Ja, passt schon, ich will die großen Fische, die wirklichen Kapitalverbrechen von diesem Terroristen, was ist mit den Anzeigen?« Hajdusic beugte sich ein wenig zu Kienast und fixierte seinen Blick wie bei einem Verhör.

Kienasts Augen leuchteten. Jetzt war er in seinem Element. Der andere konnte ihn fragen, was er wollte, er wüsste die Antwort. Er hatte seine Hausaufgaben gemacht.

»Am 24. März 2018 um zweiundzwanzig Uhr vierunddreißig musste ich die erste Anzeige gegen Herrn Dangl erstatten. Trotz mehrmaliger Abmahnung war er in alkoholisiertem Zustand mit dem Fahrrad unterwegs. Selbstverständlich wurde im Rahmen der Amtshandlung auch ein Alkotest vorgenommen, dessen Ergebnis eine starke Alkoholisierung der angehaltenen Person aufzeigte. Der daraufhin erfolgte Entzug der Lenkerberechtigung wurde von der angehaltenen Person mit abfälligen Worten kommentiert, meiner Aufforderung zur Mäßigung der Wortwahl wurde nicht nachgekommen, was noch am selben Abend zur zweiten Anzeige gegen Herrn Dangl wegen Beamtenbeleidigung führte. Diese zweite Anzeige erfolgte durch meine Person um dreiundzwanzig Uhr acht desselben Tages, wobei …«

Hajdusic ließ den anderen reden und schloss die Augen. Er hatte die bemerkenswerte Gabe, beim Nachdenken alles andere ausblenden zu können. Und jetzt dachte er nach. Ausnahmsweise nicht über die Döblingtussi und darüber, wie er sie ausschalten konnte, auch nicht über den Provinzsheriff und darüber, wie er ihn auf den Arm nehmen konnte, sondern über den Fall und darüber, wie er ihn klären konnte.

Jemand hatte sich die Mühe gemacht und den Typen, den er beseitigen wollte, hierhergeschleppt. Okay. Wie ging das? Wahrscheinlich hatte er ihn irgendwo betäubt, dann in den Wagen verfrachtet und war dann mit diesem über die L 66 bis Neulangegg gefahren, den Weg, den auch der Sheriff genommen hatte. Gut. Ein von Neulangegg kommender Wirtschaftsweg führte bis an den Gleiskörper heran. Auch gut. Dort könnte er den Wagen stehen gelassen haben. Aber dann waren es noch fast hundert Meter bis zu der Stelle, wo der Wehrlose abgelegt worden war. Die Stelle war mit Bedacht gewählt worden. Zu beiden Seiten dicht bewaldet, machte die Bahn hier einen Knick, selbst für einen langsam fahrenden Zug war das rechtzeitige Anhalten nach Erkennen des auf dem Gleis Liegenden nicht mehr möglich.

Okay. Aber jemanden bis zu dieser Stelle zu bringen war kein Honiglecken. Er wusste die Größe und das Gewicht des Toten nicht auswendig, ging aber von mindestens siebzig Kilo aus. Keine leichte Aufgabe für einen Mörder und noch weniger leicht für eine Mörderin. Er hatte den Bericht der Spurensicherung noch nicht gesehen, die Döblingtussi hatte es nicht für notwendig befunden, ihm die Mail weiterzuleiten, also wusste er nicht, ob am Toten Schleifspuren festgestellt worden waren beziehungsweise ob auf dem, was die Lokomotive vom Toten übrig gelassen hatte, überhaupt noch irgendwelche Spuren feststellbar waren oder nicht. Was wäre die Alternative? Jemand hätte das Opfer an diese Stelle locken und es dann hier betäuben können. Damit hätte er oder sie das Risiko minimiert, mit einem Bewusstlosen entdeckt zu werden. Allerdings –

An dieser Stelle wurde sein Gedankengang ebenso jäh unterbrochen wie der Redefluss des Sheriffs. Etwa zehn Meter von ihnen entfernt war plötzlich aus dem Wald Dr. Philippa Limbach aufgetaucht. Ihr Blick verhieß nichts Gutes.

Mittagstisch

Er hatte sich in die Zunge gebissen, um aufzuwachen, aber er wachte nicht auf. Der Lärm blieb gleich, das Heulen und Schreien wurde lauter, die Schwellen rasten immer schneller unter ihm durch. Oder bewegte er sich? Natürlich! Gleise und Schwellen waren ja fix, es musste er sein, der sich bewegte – schwebte er über den Schienen? Dann wurden die Schwellen unterbrochen, und ein dunkles Quadrat sauste unter ihm durch. Jetzt begriff er.

***

Im Wirtshaus »Zur Liesl« wurde um zwölf gegessen. Sicher, man bekam auch später noch was, aber dann lief man Gefahr, dass vielleicht der Tagesteller aus war. Diesem Risiko wollten sich nur wenige aussetzen, und deshalb kamen die Stammgäste meistens überpünktlich.

Der G'schaftlhuber war Stammgast mit Leib und Seele. Bis vor zwei Tagen vielleicht auch noch mit was anderem, das sich jetzt, auch wenn er es sich nicht ganz eingestand, ein bisschen zurückgezogen hatte. Aus Trotz sozusagen. Sein Herz nämlich. Das hatte ja schon ein klein wenig in Richtung Liesl geschlagen. Bis der Dangl post mortem als Liesl-Liebhaber entlarvt worden war. Jetzt war es geknickt, das G'schaftlhuberherz. Aber ein Magen ist ja vom Herz völlig unabhängig, und sooo wahnsinnig verliebt war er jetzt auch wieder nicht, dass ihm sein bisschen Herzensleid auf den Magen geschlagen wäre, also freute er sich an diesem Tag auf die Liesl'sche Küche. Eigentlich wie jeden Tag, weil die Liesl eben eine begnadete Köchin war. Außerdem könnte er vielleicht, wenn nicht allzu viel zu tun war, mit ihr seinen Verdacht besprechen. Der brannte nämlich ganz gewaltig in ihm. Dass der Verdächtige selbst im Wirtshaus anwesend war, konnte man getrost ausschließen. Die Liesl hatte den blauen Baron nach seiner Kussattacke schon vor Jahren eigenhändig vor die Tür gesetzt und ihm lautstark Hausverbot erteilt.

»Wassersuppe«, »Mohnnudeln«, stand auf der Tafel, und dem G'schaftlhuber lief das Wasser im Mund zusammen. Die »Wassersuppe«, früher ein Armeleuteessen, war eine von Liesls Spezialitäten. Sie schnitt altes Brot in kleine Stückchen, übergoss diese immer wieder langsam mit kräftiger Rinderbrühe, bis sie ganz vollgesaugt waren, röstete dann reichlich Zwiebel goldbraun (und manchmal auch ein paar Nuancen dunkler), gab am Schluss kurz angebräunten Knoblauch dazu und servierte das Ganze mit grob gewürfelten Kartoffeln.

Außer der Wirtin waren diesmal nur Ableidinger, Höller und Koppensteiner anwesend. Die Liesl trug gerade die ersten dampfenden Teller auf, als auch Paschinger das Lokal betrat.

»Na bitte, da ist er ja wieder.« Höller rückte ein Stück, um dem Eintretenden Platz beim Tisch zu machen.

»Haben s' dich doch wieder auslass'n ausm Spital?«

»Sie haben gesagt, da ist nichts mehr zu machen«, antwortete der Lokomotivführer und lächelte schwach. Es war offensichtlich, dass er noch nicht ganz der Alte war. Die anderen wechselten unauffällig Blicke und kamen stumm überein, vorerst nicht über die Sache zu reden, sondern dem Vereinskollegen Zeit zu lassen. In der Zwischenzeit gab man Belanglosigkeiten von sich.

»De Supp'n von der Liesl wird dich schon wieder aufpäppeln«, begann Ableidinger. Die anderen nickten beifällig. Dann schaufelten alle in sich hinein, als gelte es, ein Wettessen zu gewinnen. Eine Weile waren nur leise Schlürfgeräusche zu hören, bis die Liesl aus der Küche kam, um sich ihren Applaus abzuholen. Es war das übliche Ritual.

»Schmeckt's eich?«

»Na ja …«

»Geht so.«

»I waß ned so recht.«

»Früher war's besser, find ich.«

»Do woar oba de Liesl no goar ned in Hoarichstoa[1]!«
»Ah, deswegen!«
»Es seids lauter grausliche oide Mauna! Ofoin soll er eich!«
Wie erwähnt ein Ritual eben, das sich zuverlässig jeden Tag wiederholte. Der Text variierte leicht, auch die Sprecher wechselten, aber im Prinzip war der Ablauf derselbe. Die Frage, ob's denn auch schmeckte, stand am Anfang, und nach dem Part der Männer kam der fromme Wunsch der Liesl, dass sie ihres Gemächtes verlustig werden sollten. Danach folgte die Auflösung.

»Ehrlich, Liesl, so guat woar's scho laung ned!«, begann jetzt Paschinger.

»Stimmt, i kaun mi ned erinnern, dass i woanders je so a guade Wossasupp'n g'essn hätt!«, nickte Höller.

»Wirklich super!«, bestätigte Koppensteiner.

»Oba mir föhlt trotzdem wos!«, meinte Huber und schaute nachdenklich, während er langsam nachkaute, als versuche er das Fehlende herauszuschmecken.

»Wos denn?« Die Liesl schaute ihn misstrauisch an.

»A zweite Portion«, feixte der G'schaftlhuber und reichte seinen leeren Teller in dem Bewusstsein, sie gerade sehr glücklich gemacht zu haben, der Wirtin. Diese verschwand hochzufrieden wieder in der Küche. Die Männer grinsten sich an. Während Huber kurz darauf die zweite Portion in Angriff nahm, setzte sich die Liesl zu ihnen und fragte, was es Neues gab.

»Ich hab geglaubt, dass du uns das sagen kannst«, meinte Koppensteiner, »wozu geht man denn sonst ins Wirtshaus?«

»Mir sagt ja keiner was«, erklärte die Wirtin halb gekränkt, »ich weiß nur, dass jetzt zwei von der Kriminalpolizei da sind. Eine Kommissarin und ein – weiß ich nicht, was der ist, ein Assistent halt.«

»Blödsinn, Kommissare gibt's nur in Deutschland. In Österreich heißen die –«

1 Mundartbezeichnung der Eingeborenen für Heidenreichstein.

»Ja, wurscht jetzt, ich meine, dass da die Frau die Chefin ist und der andere das Beiwagerl. Der hat auch in Heidenreichstein geschlafen, im Gasthaus am Hauptplatz, und jetzt ratets einmal, wo die Kommissarin genächtigt hat?«

»Keine Ahnung. In der Burg, im Verlies?«

»Beim blauen Baron im Wasserbett?«

»Nein, im Golfresort Haugschlag, die feine Dame. Fahrt übrigens mit einem Tesla herum.«

»Oh, ganz was Feines!«

»Der blaue Baron«, konnte sich Huber jetzt nicht mehr zurückhalten, »wissts ihr übrigens, dass der jetzt der neue Don Juan ist?«

»Wohl eher ein alter Don Juan«, lachte Koppensteiner.

»Nein, ich meine, er erbt die Rolle vom Dangl Hannes. Er hat es mir gerade vorhin selbst erzählt.«

»Der arme Regisseur.«

»Die armen Weiber.«

»Das arme Publikum.«

»Wir armen Mitspieler.« Außer Huber, der in jedem Verein präsent war und seit ewigen Zeiten auch größere Rollen im Sommertheater übernahm, waren auch Höller und Koppensteiner für kleinere Rollen im »Don Juan« engagiert.

»Der arme –«

»Ja, ja, ja«, unterbrach der G'schaftlhuber ungeduldig, »aber wissts ihr nicht, was das heißt?«

Ratlose Gesichter um ihn herum. Manchmal waren sie einfach schwer von Begriff.

»Das heißt, dass er ein Motiv gehabt hat.«

»Was?«

»Der Blaue?«

»Wieso?«

»Weil er mir gerade vorhin erklärt hat, dass er diese Rolle unbedingt spielen wollte. Schon von Anfang an.«

»Klar, wegen der Weiber!«

»Klar, und die werden dafür gesorgt haben, dass er die Rolle nicht kriegt.«

»Klar, die sind ja nicht blöd.«

»Klar«, triumphierte Huber jetzt, »und deswegen hat der Dangl Hannes wegmüssen. Also, ich meine, aus seiner Sicht.« Es wurde ruhig im Wirtshaus. Alle schauten nachdenklich. Der Blaue war ein begnadeter Trinker vor dem Herrn, er war lästig, er schwafelte andauernd, war ein grottenschlechter Schauspieler, und Frau wollte man überhaupt keine sein, wenn er in der Nähe war. *Aber:* ein Mord? Das war doch was ganz anderes.

Höller räusperte sich. »Also, weißt du, Huber, mit so was wäre ich vorsichtig ...« Sogleich fielen die anderen in den Chor ein: »Nein, das nicht« – »Ich glaub's auch nicht« – »Das trau ich ihm irgendwie nicht zu« – »Der ist doch gar nicht in der Lage, der Blaue« – »Geh, hör auf«. So ging es eine Zeit lang unter viel Kopfschütteln hin und her, bis es Huber zu bunt wurde.

»Gut«, sagte er. »Dann war er es nicht. Aber eine Frage hätte ich da schon noch: Wer war es stattdessen?«

Rundum wurde mit den Schultern gezuckt.

»Na ... irgendwer halt«, murmelte Koppensteiner.

»Genau«, erwiderte Huber. »Irgendwer muss es schließlich gewesen sein, sonst tät der Dangl jetzt nicht im Leichenschauhaus liegen und sein Kopf vielleicht in einer Extralade daneben. Und weil ein Mörder auf der Durchreise sich mit einem zufälligen Opfer nicht die ganze Mühe machen tät, kommt eigentlich nur einer von uns in Frage.«

»Von uns?« Höller schrie fast. Er sprang auf und schien sich auf Huber stürzen zu wollen.

»Geh, red doch nicht so einen Blödsinn«, versetzte die Liesl und zog Höller wieder auf den Platz neben sich. Dann ging sie in die Küche, um die Mohnnudeln zu holen.

»Du spinnst doch!«, fuhr Paschinger Huber an.

»Aber ich meine doch nicht von uns da in der Runde«, verteidigte sich dieser. »Ich meine von uns Einheimischen. Aus Heidenreichstein. Oder Umgebung. Also zumindest aus dem Dangl Hannes seinem Bekanntenkreis. Verstehts ihr das nicht?«

»Ach so …« Allgemeines Gemurmel setzte ein. Erleichterung machte sich breit, und schließlich nahm man die Schlussfolgerung von Huber in die Überlegungen auf.

»Na ja, stimmt schon, irgendwie.«

»Eben, ein Fremder weiß ja gar nicht, dass der Dangl was mit der Bahn zu tun gehabt hat.«

»Der hätte ihn in der Nacht auf die Bundesstraße gelegt. Vor einen Lastwagen. Das ist einfacher.«

»Aber da wäre das mit dem Kopf schwerer gewesen.«

»Was?«

»Na ja, den Kopf von einem Lastwagen abtrennen lassen ist nicht so leicht wie von einem Zug«, erklärte ein Experte. Die anderen nickten. Die Wirtin kam aus der Küche, und die Männer vertieften sich andächtig in den Verzehr der Mohnnudeln. Ab und zu seufzte einer genüsslich, ansonsten war nur leises Schmatzen zu hören. Wie immer hatte Liesl beim Schwenken der Nudeln in Butter eine gute Portion Rum beigemischt und nicht an Staubzucker und Graumohn gespart. Der Huber plagte sich ein wenig, weil er zwei Riesenteller Wassersuppe intus hatte, aber überlassen konnte er doch nichts. Nach ein paar Minuten hatten es alle geschafft, rülpsten dezent hinter vorgehaltener Hand und mutmaßten weiter.

»Dann glaubst du, dass das Absicht war mit dem Kopf?«

»Na sicher!«

»Blödsinn, das kannst du gar nicht wissen, der hat ihn halt einfach so quer über die Gleise gelegt, und da ist der Hals eben genau auf der einen Schiene gelandet, und zack ist das Rad von der Lok drüber. Da muss ja der Kopf die Fliege machen!«

»Entschuldigt mich … ich –« Paschinger war aufgesprungen und stürzte kreidebleich in Richtung Klo. Die anderen verstummten und sahen ihm nach.

»Der Arme«, meinte Höller, »der hat es immer noch nicht ganz verarbeitet.«

»Das war aber auch blöd, dass du vom Kopf anfängst«, fuhr Koppensteiner jetzt Ableidinger an.

Der schaute ein bisschen trotzig. »Aber wenn es doch so ist.«

»So ist, so ist«, äffte ihn Koppensteiner nach. »Sicher ist es so, aber der Paschinger gibt sich halt doch irgendwie die Schuld, weil schließlich er es war, der die Lok gesteuert hat. Dabei hab ich ihm schon hundertmal gesagt, dass er keine Chance gehabt hat, rechtzeitig stehen zu bleiben. Das ist ein physikalisches Gesetz! Nimm die Gesamttonnage vom Zug, nimm die Geschwindigkeit, sagen wir fünfundzwanzig Kilometer in der Stunde, dann ergibt sich daraus der Bremsweg. Und bei Kilometer vier Komma drei ist halt einmal die Biegung, da siehst du nicht weit genug, und wenn du dann was siehst, geht es sich nicht mehr aus, und du fährst drüber. Punkt. Aus.« Er trank.

Die anderen nickten. Koppensteiner war ein wandelndes Eisenbahnlexikon. Und wenn es um die Schmalspurbahnen im Waldviertel ging, war er besser als jedes Lexikon. Wollte man Details zu einem Waggon wissen, fragte man den Koppensteiner. Der betete dann die Daten und Fakten herunter, bis einem schwindlig wurde. Länge, Achsabstand, Leergewicht, Baureihe, Jahr der Inbetriebnahme, Serviceintervalle, Schmierplan und so weiter und so weiter. Wenn also der Koppensteiner sagte, dass sich der Bremsweg nicht ausging, dann ging er sich nicht aus.

»Aber«, sagte der G'schaftlhuber nach einer halben Minute in das Schweigen hinein, »wenn jemand den Dangl Hannes genau dort abgelegt hat, wo es sich nicht ausgeht, dass der Zug stehen bleibt, dann hat er es gewusst. Dann hat er voll damit gerechnet. Dann muss er unsere Strecke gut kennen, oder? Das heißt, dass es doch einer vom Verein gewesen ist.«

Sie sahen sich an.

»Oder aber«, meinte Ableidinger nachdenklich, »jemand, der dem Verein schaden will.«

Hajdusic war mit sich und der Welt sehr zufrieden. Je mehr die Limbach geschrien hatte, desto ruhiger war er geworden. Höflich, sachlich und bestimmt hatte er erklärt, dass er sich schon fünf Minuten vor der Zeit am Treffpunkt eingefunden hatte.

Dass er auch einige Minuten nach der Zeit gewartet und dann, da er sich nicht habe vorstellen können, dass Frau Dr. Limbach, die er als überaus pünktliche Vorgesetzte kenne, jemals zu spät kommen würde, angenommen habe, dass sie bereits auf der Polizeiwache war, da diese ja nur ein paar Schritte entfernt sei und sie ihn, da sie beide ja ohnehin dorthin mussten, dort erwartete.

»Als ich Sie dort nicht antraf, Frau Doktor, habe ich den Herrn Bezirksinspektor Kienast gebeten, mit mir zum Tatort zu fahren. Ich dachte, dass Ihnen sicherlich etwas Wichtiges dazwischengekommen ist und Sie nicht die Zeit hatten, mich zu benachrichtigen. Ich meine, wer bin ich schon? Ich dachte, dass Ihnen der Dienst vorgeht und Sie mich zu gegebener Zeit schon informieren würden. In der Zwischenzeit wollte ich natürlich nicht untätig herumstehen und Steuergeld verplempern, sondern Sie nach bestem Wissen und Gewissen bei der Sache unterstützen, Frau Doktor.«

Die Limbach kochte. Zum einen, weil die Erklärung des Trottels die Dienstaufsicht vermutlich überzeugen würde, dass es sich hier um keine vorsätzliche Befehlsverweigerung, ja nicht einmal um ein Vergehen handelte. Sie würde also andere Gründe brauchen, um Hajdusic aus diesem Fall rauszukicken. Zweitens kochte sie wegen der gespreizten Ausdrucksweise, die ihr Assistent an den Tag legte. Er sprach ein unnatürliches Hochdeutsch, bemühte sich um eine besonders deutliche Aussprache, ungefähr so, als erklärte er einem schlecht Deutsch sprechenden Menschen den Weg zum Bahnhof. Das geschah natürlich in Anspielung auf ihre Döblinger Herkunft.

»Wenn Sie an meinem Vorgehen etwas auszusetzen haben, dann stehe ich natürlich nicht an, mir Ihre überaus berechtigte Kritik zu Herzen zu nehmen und Ihre geschätzten diesbezüglichen Anweisungen entgegenzunehmen. Ich werde mich selbstverständlich bemühen, Ihren Wünschen näherzutreten, selbst für den Fall, dass es keine eindeutigen Befehle sind.« Hajdusic schaute sie aus unschuldigen Kinderaugen an und lächelte süß, wobei er den Mund kurz ein ganz klein wenig anspitzte, als wolle er ihr einen Kuss schicken.

Du blöde Proletensau, dich kriege ich noch!, dachte Philippa Limbach. Und wenn es das Letzte ist, was ich tue. Intelligenz muss sich durchsetzen! Irgendwann tut sie das immer, sonst würden wir noch auf Bäumen leben. Es ist nicht die Muskelmasse der Primitivlinge, die sich durchgesetzt hat, sonst würde immer noch das Faustrecht herrschen. Tut es aber nicht! Es herrschen Kapital, Marketingstrategien, Medien und populistische Machthaber. Nicht gerade die schönsten Ausformungen von Intelligenz, aber immerhin. Und ich bin intelligenter als dieser Trottel, ich bin gebildeter, ausgebildeter, geschulter und ehrgeiziger. Deshalb werde ich ihn über kurz oder lang vernichten. Vernichten! Vor allem dieser finale Gedanke beruhigte sie, und sie lächelte sogar. Natürlich nur innerlich. Ohne im Geringsten auf seine Provokation einzugehen, deutete sie auf den Haufen Steine, den er »analysiert« hatte.

»Und was genau machen Sie damit?«

»Eine etwas unübliche Untersuchung, die drei Zwecke erfüllen soll, Frau Doktor. Zum Ersten tragen wir den Schotter bei den Gleisen ab, um etwaige Gegenstände, die der Täter oder das Opfer möglicherweise verloren haben, sicherzustellen.«

»Das hat die Spurensicherung bereits erledigt.«

»Natürlich, aber bedauerlicherweise ist es schon des Öfteren vorgekommen, dass diese Herrschaften etwas übersehen haben. Zum Zweiten betrachte ich die Steine einzeln, um etwaige Verfärbungen durch Flüssigkeiten festzustellen. Diese wiederum könnten durchaus vom Täter stammen und ein DNA-Profil ermöglichen.«

»Welche Flüssigkeiten?«

»Nun, der Täter könnte sich beim Transport oder beim Drapieren der Leiche eine kleine Verletzung zugezogen haben, die er gar nicht bemerkt haben muss. Es könnte also durchaus eine kleine Menge Blut auf einen der Schottersteine gelangt sein. Dann gibt es, wie Sie sicher wissen, Frau Doktor, leider auch ganz abartige Gehirne, die – für normale Menschen kaum vorstellbar – Lust dabei empfinden, andere leiden oder in einem völlig hilflosen Zustand zu sehen. Ja, es kommt vor, dass diese Menschen dabei sexuell erregt werden und sich an Ort und Stelle selbst befriedigen. Dabei werden ebenfalls DNA-trächtige Körperflüssigkeiten abgesondert.«

»Waren Sie diesbezüglich erfolgreich?«, fragte die Limbach jetzt mit süffisantem Lächeln. Sie war immer noch fest entschlossen, sich nicht provozieren zu lassen.

»Leider noch nicht.«

»Und der dritte Grund?«

»Tja, drittens wollte ich Bezirksinspektor Kienast ein bisschen in unsere Arbeit einbinden und beschäftigen. Sicherlich wollen Sie ja auch eine vertrauensvolle Basis mit der heimischen Exekutive aufbauen.«

Das wollte sie nun ganz und gar nicht. Kienast hatte, als sie aufgetaucht war, sofort eine stramme Haltung angenommen, zackig salutiert und Meldung gemacht. Sie hatte ihn als Trottel abgeschrieben und ihn zum Dienstwagen geschickt, wo er warten sollte.

»Gut«, sagte sie jetzt, obwohl gar nichts gut war, »Sie und ich werden jetzt zurück zum Posten fahren und uns dort von diesem … Menschen die Liste mit den Namen und Adressen der Zeugen aushändigen lassen, die wir dann zügig abarbeiten.«

»Eine glänzende Idee, Frau Doktor!«

Hajdusic schien vor Begeisterung ganz aus dem Häuschen zu geraten. Es fehlte nicht viel, und er hätte in die Hände geklatscht. Philippa Limbach drehte sich um und stapfte davon.

Der Sheriff

Bezirksinspektor Kienast war vieles, aber er war nicht dumm. Vom ersten Moment an hatte er Hajdusic durchschaut. Selbstverständlich gab es keine Wunder-App auf dem Handy des Kriminalbeamten, und selbstverständlich ließ ihn der die Steine völlig umsonst schleppen. Verarschung und Schikane also. Hajdusic verachtete ihn als dummen Dorfpolizisten, und in der Wahrnehmung der Limbach war er überhaupt nur ein Wurmfortsatz in den Ermittlungen. Kienast hatte beschlossen, mitzuspielen und sich vorläufig nichts anmerken zu lassen. Er hatte nämlich seine eigenen Pläne. Einen Lebensplan, einen Karriereplan und einen Plan, wie er der Erfüllung der ersten beiden Pläne näherkommen konnte. Zum Beispiel durch tadellose Ordnung und Sauberkeit im Wachzimmer, zum Beispiel durch die höchste Strafmandatsquote im ganzen Bezirk, zum Beispiel durch hundertprozentige Erfüllung aller Vorschriften im Dienst. Oder auch durch die selbstständige Aufklärung eines spektakulären Kriminalfalls.

Deshalb würden die ach so gescheiten und ach so guten Ermittler des Landeskriminalamtes natürlich von ihm bekommen, was sie wollten. Wenn sie danach fragten. Aber wenn sie nicht fragten …

Aus diesem Grund hatte der Sheriff den kleinen Anhänger mit dem Goldkettchen weder erwähnt noch abgegeben. Stattdessen hatte er ihn eingesteckt und dann weiter Schotter zu dem im Schatten sitzenden Hajdusic transportiert. War das ein Verstoß gegen die Dienstvorschrift? Unterschlagung von Beweismitteln? Nein. Sein Auftrag hatte doch nur gelautet, Schotter vom Tatort zur Untersuchung in den Schatten zu bringen. Es gab keinen Befehl, nach sonstigen Gegenständen zu suchen. Das hatte ja auch die Spurensicherung am Sonntag schon gründlich gemacht. Aber eben nicht gründlich genug. Keine zwei Meter nach der Stelle, wo Dangl vom Rad der Lok einen Kopf kürzer gemacht worden war, fand sich sechzig Zentimeter neben dem Schienenstrang im Moos das Ketterl samt Anhänger. Ein sehr dezenter Anhänger. Gold mit einem eingravierten Yin-Yang-Symbol auf der Vorderseite.

Aber was den Sheriff besonders interessierte, war die Rückseite des Anhängers. Auch hier war das Yin-Yang-Symbol eingraviert, die Punkte in den jeweiligen Hälften waren allerdings durch Buchstaben ersetzt. In der einen Hälfte durch ein »J« und in der anderen durch ein »E«. Dangl, den seine Bekannten nur Hannes nannten, hieß natürlich Johannes, und somit war das »J« logisch. Aber wer war das »E«? Soweit der Sheriff wusste, war Dangl verwitwet und, obwohl er für sein Alter recht gut aussah, keine neue Beziehung eingegangen. Zumindest in der Öffentlichkeit hatte man ihn nie mit einer Frau gesehen.

Es gibt zwei Möglichkeiten, überlegte der Sheriff, während er den Dienstwagen hinter dem Tesla der Limbach zurück nach Heidenreichstein lenkte. Entweder ist der Anhänger ein Andenken an seine verstorbene Frau, dann ist er für die Ermittlungen nutzlos, und ich werde ihn bei Gelegenheit abgeben – gefunden bei einer neuerlichen Suche am Tatort. Oder aber der Name seiner Frau hat nicht mit E angefangen, dann hat der Dangl eine heimliche Affäre gehabt. Eine sehr innige Affäre, sonst gäbe es den Anhänger nicht, weil man sich nach einem One-Night-Stand nicht gleich was eingravieren lässt. Wenn aber ein ungebundener Mann eine Affäre mit einer Frau oder von mir aus auch mit einem Mann geheim hält, kann das nur bedeuten, dass sie oder er nicht ungebunden ist. Logisch, oder? Und so eine heimliche Beziehung hat natürlich gewaltiges Konfliktpotenzial. Wenn der gehörnte Ehemann oder die gehörnte Ehefrau draufgekommen ist, dass seine oder ihre Frau oder ihr oder sein Mann fremdgeht, dann hätte die oder der Betreffende ein gewaltiges Motiv.

Sobald ich die Gelegenheit dazu habe, werde ich den Vornamen von Dangls toter Frau in Erfahrung bringen, dachte der Sheriff. Und falls sie keine »E« gewesen war, galt es, das

Gspusi[1] herauszufinden. Und wenn das Gspusi in festen Händen war – hatte er seine/n Hauptverdächtige/n.

Huber Hans war auf der Suche nach dem blauen Baron. Er hatte ihn noch nicht von seiner Liste gestrichen, denn dass dieser nicht zum engeren Kreis der »Schmalspurfreunde« gehörte, hieß nicht unbedingt, dass er keine Ahnung hatte, wo auf der Strecke man jemand so ablegt, dass der Zug nicht mehr rechtzeitig halten kann. Er würde ihn unauffällig testen. Die gefürchtete Redseligkeit des Blauen würde sich in diesem Fall als Segen erweisen. Nachdem Huber den »Wasserburgschauspieler«, wie sich Pfeifensteiner gerne selbst bezeichnete, in keinem Wirtshaus fand, versuchte er es bei dessen Haus, das ein paar Schritte links am Fuße der Apothekerstiege lag. Erst auf sein drittes Läuten hin öffnete der Blaue ziemlich derangiert in einer Art seidenem Morgenmantel. Im Hintergrund war Opernmusik zu hören, und Huber meinte einen Hauch von Parfüm wahrzunehmen.

»Stör ich?«, fragte Huber und streckte seine große Nase ein wenig vor. Eindeutig Parfüm. Der Blaue war im Türrahmen stehen geblieben und versperrte ihm die Sicht.

»Ich … eigentlich ja.«

»Ich habe unser Gespräch am Vormittag so interessant gefunden, da habe ich mir gedacht, ob ich dich vielleicht noch zu einem kleinen Umtrunk überreden kann.«

»Vielleicht am Abend, mein Lieber, vielleicht am Abend. Jetzt muss ich mich vorbereiten. Ich mache keine halben Sachen, mache ich nie. Der Don Juan ist nicht irgendeine Rolle, das begreifen viele nicht. Der Don Juan muss gelebt werden. Manche meinen, man lernt den Text, geht auf der Bühne von links nach rechts oder umgekehrt, je nach Vorstellungen der Regie, und das war's dann. Ich aber, ich lebe so eine Rolle, ich bereite mich vor, das Wollüstige, das Ausschweifende eines Don Juan, das ist –«

---

1 Eine Waldviertler Spezialität (wörtlich: Liebschaft, gerne auch heimlich).

»Gut, dann vielleicht am Abend im ›Speisehaus‹?«

»Ja, ja.« Pfeifensteiner schloss die Tür ziemlich schnell, und Huber grinste. Damenbesuch also. Er konnte sich nicht vorstellen, dass es eine hiesige war. Er tippte eher auf eine Professionelle. Dann überlegte er, wie er die Zeit bis zum Abend sinnvoll nutzen konnte. Sollte er raus nach Langegg fahren und sich den Ort des Geschehens noch mal ansehen? Gut möglich, dass die Spurensicherer irgendetwas übersehen hatten. Entlang der Strecke war tiefer Waldboden, viel Moos, ein kleiner Bach, das waren die Herrschaften wahrscheinlich nicht gewohnt. Bei den meisten Morden durchsuchten die doch Wohnungen und Häuser. Im Wald waren die doch glatt überfordert. Ein Schwammerlsucher wie er hingegen hatte einen jahrelang trainierten Blick, der den Waldboden regelrecht scannte!

Aber dann fiel ihm noch etwas Besseres ein. Natürlich! Die drei von der Tankstelle. Dass er nicht gleich daran gedacht hatte! Auf der Straße nach Langegg, bei Kleinpertholz, lag eine Tankstelle. Nicht irgendeine, sondern die nördlichste BP-Tankstelle Österreichs. Und betrieben wurde sie von den »drei Musketieren«. Dem Dimmel Fritz, dem Zimmel Gitz und dem Schimmel Spitz[1], der eigentlich Hagenauer hieß. Seit Jahrzehnten füllten die drei eisernen Junggesellen dort die Tanks der Einheimischen und der Durchreisenden, wechselten Reifen, bedienten die Waschanlage und waren nebenbei eine Informationsdrehscheibe. Wer ist mit wem wann im Auto vorbeigefahren, welche Mengen von Alkohol kauft wer an der Tankstelle, damit er im Geschäft seines Ortes nicht auffällt, wann begab sich wer ohne ersichtlichen Grund in eine Nachbarortschaft, und wer tankt nur um zwanzig Euro, weil er sich eine ganze Tankfüllung nicht mehr leisten kann? Und natürlich: In welche Richtung ist der Sheriff mit dem Dienstwagen gefahren? Soll heißen, wo fährt man besser nicht hin, wenn einem sein Führerschein lieb ist?

Außerdem bekam man unter der Hand äußerst günstige

1 Im Waldviertler Dialekt mit langem »i« ausgesprochen. Also: Frietz, Gietz und Spietz.

Zigaretten, noch günstigere Ersatzteile auf Bestellung (wobei böse Zungen behaupteten, dass die Ersatzteile zum Zeitpunkt der Bestellung ihren Dienst noch in anderen Fahrzeugen versahen), geprüfte Gebrauchtwagen (worin die Prüfung bestand, wusste allerdings niemand so ganz genau) und manche Adresse im Grenzgebiet, wo einem leicht bekleidet[1] geöffnet wurde.

»Griaß eich, es warad wengan Tankn«, eröffnete Huber die Partie, als er in den Verkaufsraum trat, nachdem er den Wagen neben der Zapfsäule geparkt hatte.

»Ah geh – und i hob scho glaubt wengan Rudlpudan«, versetzte der Zimmel Gitz routinemäßig, ohne seine Augen vom Computerdisplay zu nehmen.

»Ah, is er leicht eh do?«, spielte der G'schaftlhuber den Verblüfften.

»Wer?« Jetzt hob Gitz doch den Blick.

»Na, da Rudl. Wengan Pudan.«[2]

»Ah so«, lachte Gitz jetzt. »Heit is er im Krankenstand. Rohrbruch.«

Die Eröffnungszoten waren ausgetauscht, jetzt konnte geredet werden. Huber deutete auf seinen Wagen. »Soll ich selber tanken, oder hat wer Zeit?« Für eine vernünftige Gesprächsbasis musste natürlich auch das Geschäftliche stimmen. Sicher, manchmal tankte er auch in Gmünd, wo es etwas billiger war, aber jetzt war nicht der Moment, über die Preise nachzudenken. Die drei Musketiere rechtfertigten den Preisunterschied zu anderen Tankstellen mit dem besonderen »Service«, soll heißen, dass sie das Tanken für die Kunden erledigten und, wenn Aussicht auf ein Trinkgeld bestand, auch die Scheiben reinigten. Ganz wie in der guten alten Zeit.

---

1 Oft waren hochhackige Schuhe und ein Ketterl die einzige Bekleidung. Also tatsächlich sehr leicht.

2 Solche herzhaften Dialoge wurden im Zuge der Erschließung entlegener Regionen aus Wien importiert. Sie beruhen auf dem von Männern eines bestimmten Schlages immer wieder gerne neu entdeckten Gleichklang von »Rudel« im Sinne einer Ansammlung von Individuen und »Rudel« im Sinne der Abkürzung des Vornamens »Rudolf«. »Pudan« steht für Koitus. Das eine bedeutet also Gruppensex, das andere die Penetration eines Rudolfs.

»Selber tanken lassen wir nur die Depperten. Der Spitz kommt gleich«, brummte Gitz. Tatsächlich tauchte gleich darauf Hagenauer aus dem Inneren der Waschanlage auf und steuerte auf Hubers Golf zu. Zu seinem Kosenamen war er wegen seines spitzen, weißhaarigen Kopfes gekommen. Natürlich nannte man ihn im persönlichen Gespräch nur »Spitz« und ließ das »Schimmel« diskret weg.

»Das vom Dangl Hannes wissts ihr eh schon, oder?«, begann Huber vorsichtig.

»Sicher.«

»Echt traurig. Ein grausliches Ende.«

»Na ja, wenn das mit die K.-o.-Tropfen stimmt, hat er vielleicht eh nix mitbekommen. Und wie er aufgewacht ist, war er schon tot. Dann is es nicht so schlimm«, meinte Gitz gleichmütig.

»Aber trotzdem, ein paar Jahre hätt ich ihm schon noch vergönnt, dem Hannes. Der war doch okay, oder?«

»Ja. Eh okay.« Gitz war mäßig interessiert.

»Na eben. Hat doch auch bei euch getankt und so, oder nicht?« Huber blieb dran.

»Ja, und Zigaretten. Haufenweise.«

»Haufenweise? Hat er sie weiterverkauft?«

Gitz schüttelte den Kopf. »Nein, das war alles Eigenbedarf. Du bist doch eh in den ganzen Vereinen mit ihm gewesen. Musst ja mitgekriegt haben, was der an einem Tag so weggeraucht hat. Immer eine an der anderen angezündet.«

»Ja, geraucht hat er schon viel«, bestätigte Huber.

Der Schimmel Spitz kam rein und reichte ihm den Schlüssel. »Getankt und Scheiben poliert, soll ich Öl nachschauen?«

Huber winkte ab und drückte dem anderen einen Fünf-Euro-Schein in die Hand. Die zwei Musketiere sahen sich an, dann lachten sie.

»Also, Huber, was willst du?«, fragte ihn Spitz dann und setzte sich auf die Kühltruhe.

»Ich, wieso?«

»Fünf Euro Trinkgeld geben maximal Golfspieler auf der

Durchfahrt nach Haugschlag, denen ich tank, Scheiben wasch und Öl nachfüll. Von einem Heidenreichsteiner hab ich noch nie fünf Euro gekriegt, und du bist einer, der normalerweise höchstens fünfzig Cent dalasst. Wenn du fünf Euro am Schädel haust, muss was dahinterstecken. Also was brauchst du?«

»Ah, der G'schaftlhuber braucht was. Was darf's denn sein?«, ließ sich jetzt der Dimmel Fritz vernehmen, der soeben vom Klo kam. Sein roter Vollbart hing ihm fast bis zur Brust. Beim Film hätte er einen prächtigen irischen Schmied abgegeben.

Huber sah ein, dass Leugnen zwecklos war. Die drei Musketiere waren seit über zwanzig Jahren im Geschäft und kannten die Menschen im Allgemeinen und ihre Waldviertler im Besonderen.

»Was habt ihr denn so da?«, fragte er, um die gute Stimmung aufrechtzuerhalten. Fritz, Gitz und Spitz lachten wieder.

»Die Frage ist, was wir nicht haben, oder?«

»Osterbock[1] zu Weihnachten?«, probierte es Huber.

»Stimmt. Eins zu null für dich, Huber. Also?«

»Mich würd einfach interessieren, ob ihr was gesehen habts, wie der Dangl Hannes … überrollt worden ist.«

»Was sollen wir da gesehen haben, da waren wir doch nicht dabei!« Der Schimmel schüttelte seinen weißen Spitzkopf.

»Na, das ist mir klar, dass ihr nicht dabei wards, wie ihn die Lokomotive überrollt hat. Da hätte ich euch ja gesehen, weil ich dabei war, hab ja Dienst als Heizer gehabt. Aber das war kein schöner Anblick, das könnts ihr mir glauben. Ich hab ja seinen Schädel aufg'hoben und unter meiner Jacke versteckt, damit die Kinder im Zug nicht erschrecken!«

»Wirklich wahr?« Die Schädelgeschichte weckte ehrliches Interesse bei den Musketieren.

»Ja, die Jacke ist hin. Das Blut geht nicht mehr raus.«

»Blödsinn, du musst es mit kaltem Wasser probieren, dann geht's schon.« Gitz war der Waschexperte.

---

1 Ein um die Osterzeit gebrautes Starkbier.

»Aber bevor du daran herumreibst und -schrubbst!«, mahnte Fritz.

»Sicher, das ist klar, weil nachher hilft nix mehr«, bestätigte Spitz.

»Und wie hat er dreingeschaut?«, wollte Gitz wissen.

»Häh?«

»Na, der Dangl Hannes, wie er dreingeschaut hat, also sein Schädel.«

»Na, glaubst, den hab ich mir angeschaut? Ich bin, so schnell es geht, auf die Lok und hab ihn dort abgelegt. Dann haben wir den Rest gesucht, dann die Polizei angerufen, dann die Fahrgäste beruhigt, dann den Zug evakuiert ...«

»Ich hätt den Schädel zum Sheriff gebracht«, grinste Fritz. »Schön mit dem Packerl ins Wachzimmer, grüß Gott, Herr Inspektor, ich hab da was gefunden! Dann hätt ich ihm den Schädel hingelegt, aber so, dass er das Gesicht gut sehen kann, verstehst du? ›Ich schau dir in die Augen, Kleiner.‹« Die drei Musketiere lachten vergnügt.

Der Huber schüttelte sich. Aber nur innerlich. Dann sagte er: »Aber was ich wissen wollte, am Sonntagvormittag oder schon in der Früh, ist euch da was aufgefallen, auf der Straße?«

»Was soll uns aufgefallen sein?«

»Na, zum Beispiel, dass wer vorbeigefahren ist, den ihr kennts. Oder dass einer getankt hat, den ihr kennts.«

»Ah soooo!« Langsam dämmerte es dem Tankstellentrio. »Stimmt! Irgendwie muss der Dangl ja in den Langegger Wald gekommen sein, weil dass er hinausgewandert ist und sich freiwillig hingelegt hat, ist eher unwahrscheinlich.«

»Eben.«

Die Männer versanken in nachdenkliches Schweigen. Wer war am Sonntag alles an der Tankstelle vorbeigekommen?

»Der Wurzinger. Um acht, glaub ich, vielleicht auch erst um halb neun. Der ist wie immer einen heißen Vierziger gefahren und ist mit dem Gesicht an der Scheibe gepickt, weil er halbblind ist, aber sich keine neuen Brillen kauft.«

»Den Wurzinger könnt ihr vergessen, der ist zu alt, als dass er den Dangl auf die Gleise schleppen könnte.«

»Die Sagl-Sisters mit zwei Typen, die ich nicht kenn, die haben wahrscheinlich durchgemacht und sind erst heimgefahren.«

»Der Hauser Harry, die Zahnt Karin, der Döller Michl …«

»… später dann noch der Pöllerbauer Hansl, glaub ich zumindest.«

»Sonst noch wer?«

»Weiß nicht.«

»Glaub nicht.«

»Schätz nicht.«

»Das sind nicht viel, und von denen kann ich mir bei keinem vorstellen, dass er –«

»Ah ja, da fällt mir ein, die Liesl ist auch zweimal vorbeigekommen, einmal um neun herum rauszu und dann eine knappe Stunde später wieder zurück. Ihr linkes Rücklicht geht übrigens nicht.«

»Die Liesl? Die Liesl Lang? Die Wirtshaus-Liesl?«

»Genau.«

Das Fahrrad

Oh ja, er hatte begriffen. Das dunkle Quadrat zwischen den Schienen war Asphalt gewesen. Und wenn Asphalt die Schwellen unterbricht, bedeutet das, dass sich Schienen und Straße kreuzen – ein Bahnübergang also. Aber nicht irgendeiner! Es war ihm wie Schuppen von den Augen gefallen. Er kannte die Strecke, das war die Kreuzung mit der L 66 gewesen, und das bedeutete, dass er jetzt mitten im Langegger Wald war, und das wiederum bedeutete, dass er sich der Stelle näherte, wo der Dangl gelegen hatte.

***

Der Sheriff hatte ein Problem. In der Beliebtheitsskala seiner Mitmenschen hatte er noch viel Luft nach oben. Das heißt, er war ganz unten. Üblicherweise stand er über solchen Kleinigkeiten, denn wer Beamter mit Leib und Seele ist, wer einen Lebensplan, einen Karriereplan und einen Plan zur Verwirklichung der beiden zuvor genannten Pläne hat, der kann sich nicht immer um die Befindlichkeiten seiner Mitmenschen kümmern. Es hat nie jemand behauptet, dass das Leben eines Polizisten ein blühender Rosengarten sein muss. Der Sheriff hielt es eher mit dem römischen Kaiser, der gemeint hatte: »Mögen sie mich ruhig hassen, Hauptsache, sie fürchten mich.«[1] Ein gesunder Respekt vor der Exekutive kann nicht schaden, wie er dachte.

Aber wenn es ums Ermitteln geht, ist eine gewisse Vertrauensbasis unumgänglich. Schließlich will man ja etwas. Informationen zum Beispiel. Informationen zu einem »E« auf einem kleinen goldenen Anhänger.

---

1 Oderint dum metuant. (»Sie mögen (mich) hassen, solange sie (mich) nur fürchten.«) Gemeinhin Herrn Caligula in den Mund gelegt. Vermutlich aber aus der Feder des Dichters Lucius Accius (170 vor Christus bis 90 vor Christus).

Nachdem sie auf dem Wachzimmer angekommen waren, hatten sich die beiden Kriminalisten alle Unterlagen zum Fall aushändigen lassen, hatten den Sheriff ansonsten wie Luft behandelt und waren schließlich mit unbekanntem Ziel abgezogen.

Seither hatte er im Melderegister gestöbert und schließlich herausgefunden, dass die Verstorbene Renate geheißen hatte. Nachdem auch alle möglichen Abkürzungen des Namens beim besten Willen nicht mit E beginnen, konnte das nur eines bedeuten: Dangl hatte eine heimliche Geliebte gehabt. Und nun kam eben das Problem mit der Beliebtheitsskala. Sicher, er hätte Höbarth fragen können, was man denn so hörte über das Beziehungsleben von Dangl. Aber damit hätte er den anderen so gut wie eingeweiht, und wer wusste, wem Höbarth von den eigenmächtigen Ermittlungen des Sheriffs erzählen würde. Nein, seinen Kollegen würde er nicht fragen.

Aber wen sonst? Sollte er ins Wirtshaus »Zur Liesl« gehen und die dort meistens herumlungernden »Schmalspurfreunde« ausfragen? Unmöglich. Erstens war jeder von denen von ihm sicher schon ein halbes Dutzend Mal wegen eines Verkehrsdeliktes zur Kasse gebeten worden, was die Auskunftsbereitschaft stark verminderte, und zweitens würden die dann möglicherweise beim Verhör der Kriminalbeamten sagen: »Das haben wir eh schon dem Kollegen erzählt«, und seine Geheimermittlung würde auffliegen. Wen also konnte er unauffällig fragen? Wo konnte er was erfahren?

»Die sind nicht ganz ein Herz und eine Seele, oder?«, fragte Höbarth, der an seinem Schreibtisch eine Anzeige bearbeitete.

»Wer?«

»Na, die zwei vom LKA. Da herrscht dicke Luft. Sie lässt ein bisschen gar zu sehr die Chefin raushängen, und er verarscht sie, wo es geht.«

»Stimmt. Da haben sie uns ein Dream-Team geschickt.«

»Ob die da was reißen?«

»Das glaub ich nicht. Die kennen Land und Leute nicht, die wissen nichts vom Dangl, die haben keinen konkreten

Plan, die sind – völlig unprofessionell«, urteilte der Sheriff. Ein hartes, aber sachkundiges Urteil. Völlig unprofessionell! Professionell wäre es zum Beispiel gewesen, die örtlichen Beamten tatsächlich in die Untersuchung einzubinden, anstatt sie zu verarschen, Schotter schleppen zu lassen und ansonsten wie Untermenschen zu behandeln. Professionell wäre es zum Beispiel gewesen, ihn nach seiner Meinung zu fragen – was glauben Sie, Herr Kollege, wie schätzen Sie die Situation ein, wie denken Sie über die Sache? So machte man das als erstklassige Führungskraft.

»Sagen Sie einmal, Inspektor Höbarth, was glauben Sie?«

»Also auf jeden Fall nicht das, was der Pfarrer predigt.«

»Was?«

»Na, was man in Religion lernt. Dass sie den ans Kreuz genagelt haben und er trotzdem nach drei Tagen wieder herumspaziert ist. Und das mit der unbefleckten Empfängnis, das sollen sie mir auch erst einmal zeigen!«

»Nein, ich hab nicht Ihre religiösen Überzeugungen gemeint, sondern was Sie in dem Fall glauben. Wie Sie die Situation einschätzen, wie Sie über die Sache denken.«

Höbarth kratzte sich am Kopf. Eine knifflige Situation. Erstens wegen der Frage an sich, zweitens, weil da etwas im Busch war. Der Sheriff legte größten Wert darauf, alles Dienstliche ausführlich zu besprechen. Private Gespräche waren eher sehr selten und beschränkten sich auf das Notwendigste. Sportergebnisse, Wetter, politische Großereignisse. Nach seiner Meinung hatte er Höbarth, seinen Untergebenen, noch nie gefragt.

Und Höbarth hatte seinerseits selten das Bedürfnis, dem Sheriff seine Meinung mitzuteilen. Dabei hatte er eine. Sogar mehrere. Über alles Mögliche. Über die Sagl-Sisters, über Handball, über sein Geländemotorrad und über den Sheriff selbst. Diese Meinung hätte er demselben aber als Allerletztes mitgeteilt. Er hielt ihn für einen zu klein geratenen, vermutlich penismäßig zu kurz gekommenen, sexuell minderbemittelten Möchtegerndiktator. Diese Meinung tat er aber nur im engsten Freundeskreis kund. »Da Sheriff hod sei Probierspatzi no nirgends einegsteckt, sunst warad er ned so a klana Hitla.«

Wenn Bezirksinspektor Kienast also plötzlich an seiner Meinung interessiert war, konnte das nur eines bedeuten: Er wollte auf eigene Faust ermitteln und den Fall vor den LKA-Leuten aufklären. Grundsätzlich nicht schlecht, auch Höbarth hielt nicht viel von den Kriminalisten. Das heißt, von der Tante im Kostüm hielt er schon viel, zumindest von dem Teil von ihr, der in dem Kostüm steckte, aber sonst hätte er nichts dagegen, denen eins auszuwischen. Aber dem Sheriff Munition zu liefern, damit der dann vielleicht die Lorbeeren einheimste, dagegen hatte er schon was.

»Na ja, ich beurteile die Sache als ... komisch irgendwie«, sagte er gedehnt. »Rund um Heidenreichstein sind ungefähr zehn Teiche in bequemer Entfernung.«

»Ja, und?«

»Wenn ich einen umbringen will, dann schmeiß ich ihn in einen Teich, bind ihm irgendwas Schweres um, dass er unten bleibt, und bis die dann zum Abfischen ausgelassen werden, haben ihn schon die Karpfen so zugerichtet, dass keine Spuren mehr feststellbar sind, wenn er überhaupt gefunden wird.«

»Aha«, brummte der Sheriff und dachte nach.

»Das ist wesentlich weniger Aufwand als die Zugnummer, und die Wege sind auch kürzer«, setzte Höbarth nach.

»Stimmt«, musste der Sheriff zugeben. »Aber trotzdem, wer könnte dem Dangl was Böses wollen? Der war doch überall beliebt. Oder?« Er war stolz darauf, nicht allzu interessiert zu klingen, sondern eher, als würde er um des Gesprächs willen weiterfragen. Er hatte sich entschlossen, es doch bei Höbarth zu riskieren. Nachdem er das Gespräch schon so geschickt eingefädelt hatte, konnte er doch ein paar harmlose Fragen stellen, oder etwa nicht?

Du lässt nicht locker, Kleiner. Aber sogar wenn ich den Täter beobachtet hätt – von mir wirst du nichts erfahren. Zumindest nichts, was du brauchen kannst, dachte Höbarth amüsiert.

»Ja, ja, der war schon beliebt. Überall. Eh«, murmelte er.

Kienast spitzte die Ohren. Da war doch ein Unterton gewesen. »Aber?«

»Nix aber. Zumindest weiß ich nix anderes. Also, nichts Bestimmtes, und ich wüsste auch gar nicht mehr, wo ich das Nichtbestimmte aufgeschnappt hab. Sicher nur eine blöde Rederei. Wenn den Leuten fad ist, dann erfinden sie halt alles Mögliche über alle Möglichen.«

Den Sheriff hielt es nicht mehr auf seinem Sessel. Unbewusst war er aufgestanden und an Höbarths Schreibtisch getreten. »Was? Was reden die Leut, wenn ihnen fad ist?«

Hab ich dich, Haserl, dachte Höbarth. Leise sagte er: »Angeblich hat er manchmal Besuch gehabt. Hausbesuch.«

»Von wem?«

»Weiß ich doch nicht! Und die Leute auch nicht. Sie glauben doch nicht, dass sich solche ... Damen irgendwem vorstellen? Außer ihrem ... Auftraggeber. Aber für den heißen sie alle Lola und Kim und Jacqueline, also Künstlernamen.«

»Ach so!« Jetzt hatte der Sheriff begriffen. »Hausbesuche. Hurenbesuche! Aus Tschechien wahrscheinlich, oder?«

Höbarth nickte. Das Ganze war frei erfunden, er hatte nie etwas von Hausbesuchen bei Dangl gehört, und wenn, dann hätte er es dem Sheriff nicht erzählt.

Bei diesem sprang jetzt der Motor an. Seine grauen Zellen arbeiteten auf Hochtouren. Eine Professionelle also. Klar. Älterer Mann, verwitwet, lässt sich immer wieder Prostituierte ins Haus kommen. Okay. Dann – zack, zack, zack[1] – verliebt er sich in eine. Kommt immer wieder mal vor. Er hat ein Haus, hat früher nicht schlecht verdient, bisschen was gespart, alles klar, sie nimmt ihn aus. Tut auch verliebt, schenkt ihm einen Anhänger zum Zeichen ewiger Liebe. »J«ohannes und »E«...lena oder »E«...lvira, egal, sie gehören zusammen wie Yin und Yang. Jetzt ist der Dangl überzeugt, dass sie die Richtige

---

1 Zack, zack, zack: In Österreich (und Ibiza) mittlerweile ein so berühmtes (und weises) Politikerzitat, dass es schon in den alltäglichen Sprachgebrauch übergegangen ist.

für ihn ist. Er will sie da rausholen, bietet dem Zuhälter Geld, damit er sie gehen lässt, aber der verlangt zu viel. Dangl gerät mit ihm in Streit, droht mit Polizei, weil der Zuhälter gewaltig Dreck am Stecken hat. Und dann erteilt ihm der Zuhälter eine nachhaltige Lektion, dass man sich nicht mit der Unterwelt anlegt, führte der Sheriff seine Überlegungen gedanklich zu Ende. Sein Puls raste, der Schweiß war ihm ausgebrochen. Kein Wunder, hatte er doch soeben seinen ersten Mordfall gelöst.

Das Telefon klingelte, Höbarth hob ab, meldete sich und hörte dann eine Weile konzentriert zu. Kienast interessierte das Gespräch nicht, er war im Jagdfieber. Er musste nach Gmünd und dort die Kollegen fragen, wo in Tschechien die nächsten in Frage kommenden Etablissements waren, die auch Hausbesuche anboten. Er würde –

»Das Radl«, unterbrach Höbarth seine Gedanken.

»Was?«

»Jemand hat das Radl gefunden, mit dem der Dangl unterwegs war.«

»Wieso soll der mit dem Radl gefahren sein, den hat doch jemand betäubt und mit dem Auto … und dann …«

»Vielleicht. Aber in der Früh ist er Schwammerl ausführen gewesen. Und das hat er bei schönem Wetter immer mit dem Radl gemacht, sagt der Höller.«

»Schwammerl ausführen? Was denn für Schwammerl? Es hat doch schon ewig nicht mehr geregnet.«

»Eben. Deshalb hat einer die Schwammerl verstecken müssen, damit der Zug dann extra stehen bleiben kann. Die Touristen stehen voll auf das. Sagt der Höller.«

»Und der Dangl hat die Schwammerl mit dem Rad dorthin gebracht, wo sie die vom Zug finden sollten?«

»Genau. Und der Höller hat sich die Stelle heute angeschaut, wo sie am Sonntag stehen geblieben sind. Und ganz in der Nähe – steht immer noch dem Dangl sein Radl an einen Baum gelehnt.«

Umbesetzung

Es war ein ereignisreicher Abend gewesen. Der G'schaftlhuber war geradezu euphorisiert. So euphorisiert, dass er glatt vergaß, ins »Speisehaus« zu gehen und den blauen Baron auszuhorchen. Stattdessen war er wieder bei der Liesl. Diesmal war nur der Koppensteiner, das wandelnde Eisenbahnlexikon, da. Egal, Huber war euphorisiert. Das heißt – natürlich war er nicht ganz glücklich über den Umstand, dass die Wirtin seines Herzens am bewussten Morgen in Richtung Tatort unterwegs gewesen war. Und dass sie das bisher mit keinem Wort erwähnt hatte. Das machte es ihm nicht gerade leichter, sie zu ihrer Rolle in der Sache zu befragen. In irgendeiner Form musste sie da doch irgendwie verwickelt sein.

Als Täterin konnte er sie natürlich ausschließen. Wer so kochen kann wie die Liesl, der legt keine Männer auf die Gleise! Trotzdem war das eine Spur von einer Spur, und zusammen mit der Spur, die in Richtung des blauen Barons führte, war das schon eine Basis, auf der ein kluger Kriminalist (also er) aufbauen konnte. Was ihn aber wirklich in Hochstimmung versetzte, war das Auffinden des Fahrrades. Sicher, ein bisschen peinlich war es schon, dass sie alle vergessen hatten, dass der Dangl ja am Sonntag der Schwammerlverstecker gewesen war und dass er das meistens mit dem Fahrrad gemacht hatte.

Und ja, es wurmte ihn schon ein bisschen, dass ausgerechnet der Höller sich als Erster daran erinnert hatte und dass der auf eigene Faust gesucht hatte und dass der das Radl schließlich auch gefunden hatte. Aber das bedeutete noch nicht die Lösung, das bedeutete nur eine weitere Spur. Jetzt würde es sich nämlich lohnen, die Umgebung des Fahrradauffindungsortes näher unter die Lupe zu nehmen. Er wusste zwar aus sicherer Quelle (am Stadtplatz hatte er Höbarth getroffen), dass bereits ein Spurensicherungsteam vor Ort gewesen war, aber in ihm herrschte große Zuversicht, dass die etwas übersehen hatten, das er dank seines Schwammerlsucherinstinktes morgen dann fände.

»Es ist ja so«, erklärte er dem Koppensteiner, »dass die unseren Waldboden nicht kennen. Die wissen ja nichts vom Bewuchs und seinen Eigenarten. Wenn die überhaupt schon einmal in einem Wald Spuren gesucht haben, dann doch irgendwo im Weinviertel, in der Stockerauer Au, im Wienerwald oder von mir aus bei Ernstbrunn. Das kann man ja mit dem Boden hier überhaupt nicht vergleichen!«

Der Koppensteiner nickte und nahm einen Schluck Bier.

»Bei uns ist es das Moos«, dozierte der Huber jetzt regelrecht. »Das Moos, dann wieder das Laub, dann wieder der tiefe Moorboden, dann gleich wieder Steine, die dann ihrerseits bemoost sind, dann wieder Holz …« Vor lauter Euphorie über die Verdichtung der Spurensituation hatte er zum Abendessen ein Bier mehr als üblich getrunken, und jetzt war er schon ein wenig redselig. So redselig, dass ihm gar nicht auffiel, dass der Koppensteiner gar nicht richtig zuhörte.

»Zwischen den Wackelsteinen und den Bäumen wiederum fließen die Bacherl, viele Bacherl, dann ist da wieder ein Tümpel, dann wieder eine kleine Lichtung und so weiter.«

Koppensteiner nickte automatisch und sah gedankenverloren vor sich auf den Tisch.

»Ich will damit sagen, dass es einfach sehr viel gibt, was das Auge ablenkt, verstehst du? Ich gebe dir ein Beispiel: Wenn du in der Wüste Sahara stehst, dann ist dort Sand, ja?«

»Ja.«

»Genau. Aber sonst ist dort nichts. Nur Sand. Das heißt, wenn dort ein, sagen wir, Messer herumliegt, dann fällt das auf. Oder ein leeres K.-o.-Tropfen-Fläschchen!« Die letzten Worte hatte er ziemlich laut gesagt und dabei aus den Augenwinkeln die Liesl beobachtet. Scharf beobachtet! Denn auch wenn er nicht annahm – auch gar nicht annehmen wollte –, dass sie den Dangl umgebracht hatte, so war sie doch irgendwie … verwickelt. Und deshalb musste er ihre Reaktion prüfen.

Die Wirtin ließ sich nichts anmerken. Sie polierte mit müden Bewegungen die Gläser hinter der Schank.

»Aber in unseren Wäldern, da verschwindet das Messer oder das Fläschchen, kaum dass es hinuntergefallen ist«, behauptete Huber jetzt. Dann machte er eine Pause, und in dieser Pause bemerkte er, dass Koppensteiner gar nicht auf seine Ausführungen reagierte. Weil er weit weg war.

»Sag einmal, Koppensteiner, wo bist du eigentlich gerade?«

»Was?«

»Wo du bist? In Gedanken, meine ich. Du hörst mir gar nicht zu!«

»Ich mach mir Sorgen um den Paschinger«, erwiderte der Angesprochene leise, obwohl sie alleine am Tisch saßen und die Liesl hinter der Schank offensichtlich in ihre Arbeit vertieft war.

»Um den Paschinger? Aber wieso denn, die haben ihn ja eh schon aus der Beobachtung entlassen. Sicher, so ein Erlebnis hast du nicht alle Tage, das war schon ein Schock für ihn, aber was glaubst du, wie es mir gegangen ist, wie ich den Kopf aufgehoben hab?«

»Ja, ja. Aber du bist eine robuste Natur, das ist was anderes. Und du bist ja nicht gefahren. Er hat halt Schuldgefühle.«

»Aber sogar die Krimineser haben bestätigt, dass er alles richtig gemacht hat. Da war keine Chance – bei dem Bremsweg, den der Zug hat.«

»Ja, eh. Stimmt. Ich hab's ihm ja auch gesagt. Und die Strecke haben sie schon wieder freigegeben.«

»Der wird schon wieder.«

»Hoffentlich.«

»Wer?« Der blaue Baron glaubte, sich verhört zu haben. Er war planmäßig ins »Speisehaus« gekommen, um den G'schaftlhuber zu treffen. Da dieser noch nicht da gewesen war, hatte er alleine Platz genommen und unter dem Vorwand, ihre Tätowierungen zu bewundern, den Körper der Kellnerin aus nächster Nähe betrachtet. Als statt des Erwarteten schließlich der Regisseur auftauchte, hatte Pfeifensteiner schon das zweite Viertel Rotwein vor sich.

Der Regisseur hatte sich des Rückhalts der ganzen Gruppe versichert, ehe er den schweren Weg angetreten hatte. Alle befürchteten dasselbe – wenn der Blaue aus Wut darüber, nicht den Don Juan spielen zu dürfen, der Gruppe seine Unterstützung entzog, würde es teuer werden. Tribüne und Technik mussten dann von extern zugemietet werden. Das verschlang wahrscheinlich die gesamten Einnahmen. Aber man hatte einen zusätzlichen Sponsor aufgetrieben, und der wiederum hatte Beziehungen zu einem Veranstaltungstechniker, und der kannte wen, der eine mobile Tribüne besaß. Schließlich war man sich einig, und der Regisseur hatte offiziell umbesetzt, und soeben hatte er es dem Blauen mitgeteilt.

»Wer?«, fragte dieser nochmals. »Der Paschinger? Was soll das denn bitte bedeuten? Wollt ihr absurdes Theater machen? Der Paschinger ist doch kein Don Juan. Das ist ein Geschäftsmann mit dem Bubentraum, Lokomotivführer zu werden. Und diesen Bubentraum hat er sich dank seines Geldes auch erfüllen können. Seine Firma hat er verkauft, und eine Dampflok hat er gekauft, und jetzt darf er … Moment! Jetzt geht mir ein Licht auf. Geld. Geld! Geld! Darum geht es hier. Der Paschinger hat eine neue Idee: Er will nicht nur Lokomotivführer sein, sondern auch ein gefeierter Schauspieler. Also kauft er sich die Rolle! Wie viel?«

»Bitte?«

»Wie viel hat er euch geboten, wenn er den Don Juan kriegt?« Der blaue Baron sah den Regisseur kriegerisch an. Eine tiefe Drohfalte stand zwischen seinen Augenbrauen. Er leckte sich mit der vom Rotwein blau gefärbten Zunge die Lippen. Gleich würde er zubeißen.

»Wie viel?«, fragte er zum dritten Mal.

»Das ist Blödsinn«, sagte der Regisseur. »Es geht nicht ums Geld, er wollte die Rolle zuerst gar nicht, ich hab ihn sogar überreden müssen, weil –« Er verstummte. Das war ihm rausgerutscht. Jetzt wusste Pfeifensteiner Bescheid.

»Tatsächlich? Überreden *müssen*? Na, da muss dir aber viel daran gelegen sein, dass der den Don Juan spielt. Sehr viel!« Der Blaue nickte nachdenklich vor sich hin.

Der Regisseur wartete auf den Ausbruch, der gleich kommen würde. Die Explosion eines Unberechenbaren. Dennoch rechnete der Regisseur mit dem Schlimmsten: Verdammung seiner Person, Verwünschung der gesamten Theatergruppe, Verleumdung von Paschinger, Verweigerung jeder weiteren Zusammenarbeit (was ein Segen wäre), Verpflichtung der Gruppe, ihm sofort seine technische Ausrüstung und die Tribüne zurückzugeben (was eine Katastrophe wäre), Verurteilung des heimtückischen Vorgehens des ganzen Vereines, Verabscheuung aller Menschen und so weiter.

»Na ja, es ist ja lieb von dir, dass du die Schuld auf dich nehmen willst. Aber ich durchschaue das Spiel.«

»Bitte?«

»Das ist nobel von dir, und das schätze ich. Siehst du, jeder andere wäre mit der Wahrheit herausgerückt und hätte gesagt: Ich habe gekämpft wie ein Löwe, damit du die Rolle bekommst, weil du der Beste für die Rolle bist, das ist ja ganz klar, da brauchen wir gar nicht darüber reden, aber leider, leider hat der Verein finanzielle Schwierigkeiten und der Paschinger zu viel Geld.«

»Nein, nein, so war das nicht!« Der Regisseur fühlte sich der Wahrheit verpflichtet, aber das war es nicht alleine, vielmehr kam ihn eine geradezu perverse Lust an, diesem eitlen, selbstgefälligen Lustmolch einmal die volle Wahrheit ins Gesicht zu schreien, ihm einzubläuen: Es ist niemand anderer schuld, dass keiner will, dass du den Don Juan gibst, niemand anderer als du! Du bist nicht gut. Du bist auch nicht nett. Du bist kein Frauentyp. Du kannst nicht schauspielern. Du bist nicht der Don Juan. Darin sind sich alle einig. Vor allem aber finde ich das. Und ich bin der Regisseur. Die Besetzungsentscheidungen treffe ich. Ich!

»Nein, nein, so war das schon«, antwortete Pfeifensteiner mit einem zufriedenen Lächeln. Ihm konnte man nichts vormachen, er wusste Bescheid. »Wie gesagt, es ist heldenhaft von dir, dass du versuchst, mir das als deine persönliche Entscheidung oder gar als künstlerische Entscheidung zu verkaufen, aber es liegt auf der Hand, dass der Paschinger sich hier einen weiteren Bubentraum erfüllen will. Und ich sehe es ja bei den ›Schmalspurfreunden‹, dass er dafür gehörige Mittel lockermacht. Sicher nicht zum Nachteil des Vereines. Als noch mit Dieselloks gefahren wurde, war die Auslastung der Züge überschaubar, und die Spenden hielten sich in Grenzen. Das hat er mit seinem Dampfross geändert. Der Verein blüht, und er darf Lokführer spielen. Jetzt macht er das mit der Theatergruppe also auch. Er wird Geld in die Kassa pumpen, wir werden uns größere Produktionen leisten können, üppige Ausstattung, Musik, Profiregisseure. Im Gegenzug wird der Hauptdarsteller, abseits jeder künstlerischen Argumentation, über Jahre hinaus Paschinger heißen.«

Der Blaue lehnte sich zurück, winkte der Kellnerin mit dem Glas, versicherte sich mit Röntgenblick, dass ihre Brüste noch an Ort und Stelle waren, und setzte sich dann kerzengerade hin. »Hab ich recht, oder hab ich recht?« Er lächelte den Regisseur triumphierend an. Der fühlte sich plötzlich unendlich müde. Bertrand Russel hatte schon recht: »Es ist ein Jammer, dass die Dummköpfe so selbstsicher sind und die Klugen so voller Zweifel«! Es war ihm egal, was der Blaue dachte, sollte er doch weiter in seiner Scheinwelt leben.

»Ja«, antwortete er. »Das hast du sehr gut durchschaut.«

In der Zwischenzeit war der Sheriff genauso in Hochstimmung wie Huber im wenige Kilometer entfernten Wirtshaus »Zur Liesl«. Selbstverständlich war die gesamte Ermittlungsprominenz am Fahrradfundort versammelt, soll heißen Dr. Philippa Limbach und Bezirksinspektor Hajdusic, außerdem ein Team der Spurensicherung sowie Inspektor Höbarth und seine Wenigkeit. Und ebenso selbstverständlich ignorierten ihn die Kriminalisten. Höbarth war losgeschickt worden, um das Waldstück in nördlicher Richtung abzusperren, sprich den einzigen Forstweg zu kontrollieren (und das um zweiundzwanzig Uhr sechzehn). Eine herbeigerufene Streife aus Gmünd tat dasselbe in Richtung Süden, oben, wo der Weg in die Landesstraße einmündete. Da es mittlerweile stockdunkel war, hatten die Spurensicherer starke Scheinwerfer aufgestellt, und der so erleuchtete Wald hatte etwas Gespenstisches. Und nun suchten also alle Anwesenden nach Spuren. Nur nicht der Sheriff. Denn der hatte die seine schon!

Gleich nachdem Höller angerufen hatte, waren Höbarth und er wie die Feuerwehr zur angegebenen Stelle gefahren. Lange vor den Gmündern, lange vor den LKA-Kasperln und lange vor den Spurensicherern.

Dabei hatte sich das Folgende abgespielt:

»Wo genau er das Schwammerl hingestellt hat, müssten der Paschinger, der Huber oder der Ableidinger wissen. Weil die ja am Zug waren. Der Huber hat es gebrockt, das machen wir immer so«, erklärte Höller.

»Nichts anfassen«, befahl der Sheriff unnötigerweise, da Höller ohnehin keine Anstalten machte und Höbarth seine Hände tief in den Hosentaschen seiner Uniform geparkt hatte. »Hast du die Nummer vom Ableidinger?«

Nach dem dritten Läuten war Ableidinger dran und erklärte umständlich, dass das Schwammerl planmäßig links der Strecke hundert Meter nach dem Kilometerstein zwei Komma vier gestanden war. »Ungefähr zehn Meter in den Wald rein.«

»Wieso hast du dir den Kilometerstein so genau gemerkt?«, fragte der Sheriff misstrauisch.

»Hab ich gar nicht«, tönte es aus dem Telefon. »Aber damit der Heizer oder wer halt grade dran ist, um das Schwammerl zu finden, nicht ewig lang suchen muss, haben wir das ganz genau mit dem Dangl ausgemacht. Immer schon. Die Lok braucht bergauf hundert Meter zum Stehenbleiben. Also weiß der Paschinger, wenn er bei zwei Komma vier ist, muss er die Bremsung einleiten. Sobald die Lok steht, geht der Heizer links in den Wald, und nach zehn Metern steht das Schwammerl da.

Oder zumindest in einem Radius von ein paar Metern. Das hat immer noch funktioniert.«

Der Sheriff legte auf.

»Inspektor Höbarth«, wurde er jetzt in der Anrede äußerst dienstlich, weil Höller danebenstand, »Sie fahren hinauf zur Straße und weisen die Kollegen ein, die müssten ja jeden Moment kommen. Nehmen Sie den Zeugen mit, falls die Kriminalisten noch Fragen an ihn haben. Ich sichere inzwischen den Fundort.«

Höbarth zuckte die Schultern, Höller stieg zu ihm in den Dienstwagen, und eine Minute später war der Sheriff alleine. Er ging zum angegebenen Schwammerlplatz und sah sich den Boden an.

Nichts.

Er ging langsam zurück zu Dangls Fahrrad. Eine Zigarettenkippe. Marke Gauloises. Sorgfältig hob er sie auf und steckte sie in einen mitgebrachten Gefrierbeutel. Gleich darauf noch eine.

Klar, dachte der Sheriff. Der Dangl war praktisch Kettenraucher. Es ist ganz logisch. Er kommt mit dem Fahrrad an, steigt ab und zündet sich erst einmal eine an. Dann holt er das Schwammerl raus und geht ein Stück das Gleis entlang bis zur verabredeten Stelle. Da ist die Zigarette so gut wie fertig geraucht, als verantwortungsbewusster Mensch schmeißt er sie nicht in den Wald, sondern dämpft sie am Schotter beim Gleis aus. Tschickstummel Nummero eins. Dann platziert er das Schwammerl, schaut sich sein Werk von allen Seiten an, nimmt noch ein paar Atemzüge von der gesunden, guten Waldluft und zündet sich dann eine neue an. Auf dem Rückweg geht er wieder über den Gleiskörper, und als er fast ausgeraucht hat, dämpft er die Zigarette aus. Tschickstummel Nummero zwo.

Er ging weiter, sah links und rechts und hinter sich und unter sich, fand aber bis zum Fahrrad nichts mehr. Er ging noch ein Stück den Forstweg in Richtung Straße entlang. An einer breiteren Stelle wieder ein Zigarettenstummel. »Nummero drei«, murmelte er vor sich hin und hob ihn auf. Einen halben Meter weiter lag noch einer. »Nummero vier.« Nachlässig warf er ihn zu seiner Sammlung. Aber dann erstarrte er. Der hatte irgendwie anders ausgesehen. Er fischte ihn wieder aus dem Gefrierbeutel. Marlboro. Dann holte er den zuerst gefundenen raus. Gauloises. So war das also!

Jemand hatte hier mit Dangl eine geraucht. Der Gauloises-Stummel gehörte vermutlich zu Dangls letzter Zigarette auf Erden. Und der Marlboro-Stummel gehörte vermutlich zu der letzten Zigarette, die der andere vor dem Mord am Dangl geraucht hatte. Wahrscheinlich jemand, der in sehr engem Verhältnis zu »E« stand.

Diesellok

Was war das nur, was ihn festhielt? War er gefesselt? Vielleicht, aber er konnte keine Einschnitte spüren, sein ganzer Körper schien gefühllos zu sein, auch den Biss auf die Zunge hatte er kaum gespürt, ähnlich wie beim Zahnarzt, wenn dieser einem eine Spritze gibt zur lokalen Betäubung. War er etwa betäubt worden, und kehrte das Gefühl nur ganz langsam in den Körper zurück? Aber sein Gehör funktionierte, die Schreie wurden immer lauter.

***

Es ist ein bisschen wie das Verhältnis zweier Freundinnen mit unterschiedlicher Ausstrahlung. Irgendwann merkt die eine natürlich, dass der anderen mehr Buben hinterherschauen als ihr. Wenn sie gemeinsam auf dem Pausenhof stehen, halten sich immer mehr Buben in der Nähe auf, als wenn sie alleine steht. Steht aber die andere alleine, bleibt die Zahl der Buben nahezu gleich. Wenn Handyfotos gemacht werden, ist sie auch immer drauf – aber gemacht werden sie wegen der anderen. Natürlich findet man auch ihre Ideen gut, aber hauptsächlich, weil die Freundin sie gut findet. Auf die eigenen Partys kommen zwar auch immer viele coole Leute, aber es bleibt der Verdacht, dass die nur kommen, weil die Freundin sicher auch da sein wird. Mit der Zeit nagt das ein bisschen am Selbstwertgefühl. Aber es hilft ja nichts, so ist das Leben, man muss das Beste daraus machen.

Das sagte sich auch der Hintringer Pauli seit vielen Jahren. Er war Mechaniker mit Leib und Seele. Ein begnadeter Mechaniker und ein wackerer Pfuscher vor dem Herrn. Im positiven Sinn, soll heißen: nicht »pfuschen«, also Arbeiten schlampig ausführen, sondern »pfuschen«, also Arbeiten kostengünstig ausführen. Kostengünstig, weil unter der Hand, somit lohnnebenkostenbefreit, steuerbefreit und – äh – eigentlich illegal.

Der Hintringer konnte nicht Nein sagen. Deshalb kam ihm alles unter, von alten Traktoren über museumsreife 2CV, Käfer sowieso, Golf, Kadett, Porsche, Lkw, neu, alt, dazwischen, kurz: alles. Alles wurde ihm hingestellt, und er nahm die Herausforderungen an und reparierte alles. Er lernte bei jedem Fahrzeug dazu, wurde immer besser und war über Jahre hinweg ausgebucht.

Dann kam der Wandel. Er nahm keinen Pfusch mehr an und stellte sein Freizeitverhalten komplett um. Denn eines schönen Tages hatte er seine Bestimmung gefunden.

Die 2091er!

Eigentlich gleich mehrere 2091er, denn der Verein besaß drei davon. Drei prächtige alte Diesellokomotiven, allesamt Mitte der 1930er Jahre gebaut, alle aus der Baureihe 2091, alle zum Verlieben – für einen echten Mechaniker.

Wenn der Hintringer Pauli also früher nach seiner Arbeit in der Werkstatt eines Gmünder Autohauses in seine Garage (eigentlich mehr eine Landmaschinenhalle) gefahren war, um nächtelang zu pfuschen, so fuhr er jetzt nach der Arbeit zum Lokschuppen der Heidenreichsteiner »Schmalspurfreunde«. Und arbeitete dort nächtelang an den Loks. Er brachte sie alle wieder auf Vordermann. Lackierte sie neu. Schmierte sie, striegelte sie, polierte sie. Machte die Triebfahrzeugsführerprüfung für Privatbahnen. Ein Horror! Privatbahnen haben noch hundertmal mehr Auflagen als die »öffentlichen« Strecken der NÖVOG. Dürfen nur zwanzig Kilometer pro Stunde fahren, die NÖVOG vierzig Kilometer pro Stunde. Zwanzig Kilometer pro Stunde ist ein Witz, wo sie doch fünfzig Kilometer pro Stunde schaffen würden. Aber egal, der Hintringer war Lokführer geworden, und jahrelang führte er die drei 2091er als Flaggschiffe des Vereins zum Erfolg.

Natürlich war da ein bisschen der Neid auf die NÖVOG. Natürlich ist die Strecke zwischen Gmünd und Litschau länger, und natürlich hatten die weniger lästige Auflagen. Aber vor allem – hatten die eine Dampflok!

Ja, die NÖVOG konnte sich eine Dampflok leisten, mit Unterstützung vom Land und von den Gemeinden und wegen dem »öffentlichen« Charakter, den die Strecke hatte, aber auch weil Museumszüge Tourismusmagnete sind und eine Dampflok ganz besonders.

Da, wo sich die beiden Bahnen treffen, in Alt-Nagelberg, konnte der Hintringer den Unterschied immer hautnah erleben. Einfahrt des Heidenreichsteiner Zuges mit Diesel: freundlich interessierte Gesichter, einige Fotos. Einfahrt des Gmünder Zuges mit Dampf: leuchtend bis blöde verklärte Gesichter, als wäre eine Dampflok ein Weltwunder, Tausende Fotos aus allen möglichen und unmöglichen Perspektiven und Kinder, die völlig aus dem Häuschen gerieten.

Er fand sich damit ab. Immerhin war es ja trotzdem ein erhebendes Gefühl, mittwochs, samstags und sonntags Herr über die dreiundzwanzig Tonnen schwere Lok und den Fünfzig-Tonnen-Zug zu sein. Eigentlich, wie Hintringer manchmal dachte, der wichtigste Mann im ganzen Verein. Sicher, andere leisteten noch mehr freiwillige Arbeitsstunden, übernahmen noch undankbarere Aufgaben, brannten im Herzen noch mehr für die Sache. Aber ohne Lokführer keine Zugfahrt, und so gesehen war er tatsächlich der Wichtigste.

Bis der Paschinger kam.

Der Paschinger teilte die Liebe zur Eisenbahn mit zahlreichen Vereinsmitgliedern. Das war normal. Den Bubentraum, einmal Lokführer zu sein, teilte er mit neunzig Prozent der männlichen Vereinsmitglieder, das war auch normal. Und von einer Dampflok für die Schmalspurfreunde träumten auch viele, auch wenn sie wussten, dass das unrealistisch war, weil Dampflokomotiven in Wahrheit Schweine sind. Sparschweine nämlich. Allerdings solche ohne Boden. Das Geld, das man hineinsteckt, sieht man nie wieder. Der Kauf einer Lok mit guter Aussicht auf Betriebsfähigkeit, der Transport derselben, die Restaurierung, die behördliche Abnahme und was es sonst noch alles zu bezahlen gibt, bevor noch der erste Meter gefahren ist – das alles verschlingt mehrere hunderttausend Euro. Die Überprüfung des Kessels durch Spezialisten, die sogenannte Kesselrevision, ist alle paar Jahre durchzuführen und schlägt jedes Mal mit rund hunderttausend Euro zu Buche. Dieses Geld muss man durch den Verkauf von Fahrkarten verdienen.

Und das kann man auch!

»Nämlich«, wie der frühere Mathematiklehrer Koppensteiner einmal ausgeführt hatte, »in dreiundzwanzig Jahren und vier Monaten. Da hätten wir dann den Betrag für die Anschaffung, die Anfangsarbeiten und die erste Kesselrevision zusammen. Nach derzeitiger Auslastung gerechnet!«

Die Träumer unter ihnen hatten betrübt geschaut. Dreiundzwanzig Jahre erschien sogar ihnen zu lange.

»Für diese Dauer dürften wir allerdings keinen einzigen Cent für irgendwas anderes ausgeben. Kein Strom, keine neuen Schwellen, keine Entsorgungsgebühr für die alten Schwellen[1], keine Mieten, keine Kohle, kein gar nichts«, hatte der Koppensteiner erklärt, und seither hatte niemand mehr das Thema Dampflok angeschnitten.

Bis der Paschinger kam.

Peter Paschinger teilte nämlich nicht nur die Träume der großen Buben im Verein, er hatte auch eine Fabrik. Und weil er keine Nachkommen hatte und die Gelegenheit günstig war, hatte er diese Fabrik, die sich auf Bauteile für die Fahrzeugindustrie spezialisiert hatte, genau mit Erreichen des Pensionsalters an einen chinesischen Konzern verkauft. Mit sehr gutem Gewinn. Und nun wollte er sich seinen Lebenstraum erfüllen. Und das tat er.

Sicherlich, die 298.207er, die er kaufte, war immer noch ein

---

1 Die fachgerechte Entsorgung einer hölzernen und durch Ruß, Dieselrückstände und Wetterschutzmittel kontaminierten Eisenbahnschwelle kostet rund vierzig Euro. Ungefähr so viel wie die neue Schwelle selbst. Auf einem Kilometer liegen rund tausend Schwellen. Dampfloks sind nicht die einzigen Sparschweine bei der Bahn.

bisschen kleiner, schwächer und langsamer als die 399er von der Gmünd-Litschauer-Strecke, aber hey!, es war eine Dampflok. Eine Dampflok! Und das spürte man. Sofort. Doppelte Fahrkartenverkäufe. Vierfache Fotografenanzahl. Deutlicher Anstieg der Mitglieder (und somit auch der Mitgliedsbeiträge). Mehr Sponsoren. Alles mehr.

Der Paschinger reihte sich nun neben dem Hintringer und dem Koppensteiner, der die Prüfungen schon vor Jahren »zum Spaß« gemacht hatte, als dritter Lokführer in die »Schmalspurfreunde« ein. Aber als »Erster unter Gleichen«. Denn die 207er war sein Baby! Und die fuhr an Sonn- und Feiertagen. Punkt. An Mittwochen und Samstagen fuhr der Hintringer mit seiner Diesellok, bei der sich die Fahrgastzahlen immer noch sehr in Grenzen hielten, vielleicht sogar ein bisschen rückläufig entwickelten, weil viele Familien sich sagten: »Wenn am Samstag nicht mit Dampf gefahren wird, dann kommen wir am Sonntag.«

An diesem Mittwoch jedoch konnte sich der Hintringer nicht beschweren, und die »Schmalspurfreunde« verkauften Fahrkarten wie sonst nur an den Dampftagen. Schon eine Stunde vor der ersten Abfahrt füllte sich der schmucke Gastgarten des Bahnhofrestaurants mit gut gelaunten Gruseltouristen, die unbedingt die Stelle im Wald sehen wollten, wo »einer seinen Kopf verloren hatte«. Die Sedlacek Mitzi hatte alle Hände voll zu tun.

Zwei aufgeweckte Buben spielten unterdessen auf einem Nebengleis »Schädl abführen«, wobei einer sich quer über die Schienen legte und das T-Shirt über den Kopf zog, sodass es aussah, als hätte er keinen. Stattdessen hielt er einen Fußball als Kopfersatz auf der linken Schiene. Der andere lief als Dampfzug die Gleise entlang (unter lautem »Tscht, tscht, tscht, tscht«), und als er den armen Liegenden erreicht hatte, pfefferte er den Ball mit einem gewaltigen Tritt davon. »He! Wo is mei Schädl?«, schrie es dann aus dem T-Shirt des Opfers. Dann wechselten sie die Rollen, und das Ganze ging weiter, bis der Ball einen der Blumenkästen am Bahnhof traf und die Mutter von ihrem Mann energisch zurückgehalten werden musste, sich nicht auf den älteren Herren zu stürzen, der gemeint hatte, dass die »g'sunde Watschn« schon vor dem Meisterschuss fällig gewesen wäre. Um die Situation zu deeskalieren, pfiff der Ableidinger dreimal schrill und brüllte: »Bitte alles einsteigen, Zug nach Alt-Nagelberg fährt in wenigen Minuten ab!«, obwohl es fast noch eine Viertelstunde bis zur Abfahrt war.

»Wenn die glauben, dass ich dort stehen bleib, wo der Dangl überfahren worden ist, dann täuschen sie sich«, grummelte der Hintringer. »Wir machen sicher kein Volksfest aus dem Tod vom Hannes.«

»Nein, eh nicht«, beschwichtigte ihn Ableidinger. »Fahr halt nur ein bisschen langsamer und hup drei Mal, der Schuster Dietmar und ich erklären's ihnen dann schon.« Der Schuster hatte Dienst im »Speisewagerl«, und der Stimmung der Gäste nach zu urteilen, würde er heute viel zu tun haben. Als der Ableidinger entlang des Zuges ging, um die Bügel der Plattformen herunterzuklappen, hielt ihn ein großer, bulliger Mann mit Glatze und einem Monstrum von Kamera vor der Brust auf.

»Stimmt es, dass ihr an der Stelle nicht stehen bleiben wollt?«

»Stimmt. Das ist pietätlos. So was machen wir nicht.« Ableidinger wollte weitergehen. Der andere hielt ihn am Arm fest und drückte ihm blitzschnell zwei Hundert-Euro-Scheine in die Hand. »Ein gemeinnütziger Verein wie ihr kann immer eine kleine Spende brauchen, oder? Ich will die genaue Stelle sehen, hab gehört, die ist in einem Wald, und man kommt mit dem Auto nicht hin …«

Ableidinger überlegte. Zweihundert Euro! Tatsächlich waren die »Schmalspurfreunde« auf jeden Cent angewiesen. Er begann zu schwitzen. Der Hintringer war ein sturer Hund, der würde sich nicht so leicht den finanziellen Vereinsinteressen unterordnen.

»Ich red mit dem Lokführer«, sagte er zum Glatzenmann, steckte die Scheine ein und ging vor zur Lok.

Nach einigem Hin und Her einigten sie sich darauf, einen

Halt in der Siedlung Mexiko zu machen und die Leute aussteigen zu lassen. Wer wollte, konnte dann mit Ableidinger die paar hundert Meter zur »Unglücksstelle« gehen und sich dort seinen Kick abholen.

»Weit haben wir's gebracht«, knurrte Hintringer, als Ableidinger nach hinten ging, um Bescheid zu sagen. »Wir machen Sonderfahrten mit einem Nikolauszug, einem Weihnachtszug, einem Halloweenzug und mit einem Räuberzug samt Überfall. Vielleicht werden wir demnächst Sonderfahrten machen, wo dann eine Vogelscheuche auf den Gleisen liegt, und der wird der Schädel abgetrennt, und dann spritzt das Theaterblut durch die Gegend. Oder vielleicht holen wir ja gleich den Nitsch[1], dass er ein bisschen Blut auf den Zug schüttet.«

Dann ertönte das Abfahrtssignal, und er fuhr los.

1 Hermann Nitsch ist ein österreichischer Aktionskünstler, der unter anderem durch Schüttbilder, Orgien-Mysterien-Theater und die Verwendung von Tierblut in seinen Arbeiten Berühmtheit erlangte.

Geld ist nicht alles

Peter Paschinger kam aus der Bank und bog in die schmale Apothekergasse ein, die vom Hauptplatz runter zum Parkplatz führt und an die engen Gässchen Venedigs erinnert. Ungefähr in der Mitte des Durchganges stand ein Mann und las.

Paschinger wunderte sich. Als Fotomotiv für Touristen war die Gasse beliebt, aber als Ort der Muße eignete sie sich weniger. Bei manchen weckte sie geradezu klaustrophobe Gefühle. Als er näher kam und sich an dem Mann vorbeidrücken wollte, erkannte er Walter Viktor Pfeifensteiner.

»Serwas!« Er wollte an dem Lesenden vorbei, dieser senkte das Buch, aber anstatt zur Seite zu treten, machte er einen Schritt zur Mitte, wodurch das Gässchen praktisch gesperrt war.

»Peter Paschinger. Der zukünftige Don Juan! Bravo, das hast du dir ja schön ausgedacht. Zuerst Lokomotivführer, jetzt Schauspieler. Ein Star! Bravo!«

Paschinger war unangenehm berührt. Erstens, weil er es eilig hatte und der andere ihn offenbar in ein Gespräch verwickeln wollte. Zweitens, weil er das theatralische Gedröhne des blauen Barons noch nie gemocht hatte. Drittens, weil die Fahne des anderen in der Enge des Gässchens eine nahezu betäubende Wirkung auf ihn hatte.

»Was willst du, Pfeifensteiner? Ich hab's eilig.«

»Ja. Eilig. Das merkt man. Wahrscheinlich hast du eines Tages gemerkt, dass auch du nicht mehr der Jüngste bist, und da hast du dir gedacht, jetzt musst du aber Volldampf geben, damit du noch eine Hauptrolle kriegst!«

»Häh?«[1]

»Na ja, einen Posten als Lokomotivführer kann man sich

1 Waldviertlerisch für: »Verzeih! Leider sind deine Ausführungen ein wenig zu kompliziert für mein schlichtes Gemüt. Hättest du die Güte, deine von mir überaus geschätzten Gedanken bitte in etwas simplerer Form darzulegen? Am besten in ganz einfacher Sprache. Danke schön!«

ja kaufen, wenn man genug Geld hat. Nicht wahr? Das ist ja mittlerweile abgehakt in deinem Lebensplan. Aber das mit der großen Rolle, das ist dir noch nicht geglückt, sicher, mit Geld kann man auch hier nachhelfen, aber wenn sich der Regisseur für den Dangl entschieden hat, dann hat er sich entschieden. Was kann man also da tun? Wenn Geld alleine nicht hilft, hilft vielleicht das vorzeitige Ende vom Dangl, nicht wahr?«

Paschinger wurde blass.

»Was sagst du da? Was –«

»Cui bono? Verstehst du das, Paschinger? Cui bono? Das ist Latein, mein Bester. Hast du dir das auch gekauft? Wenn nicht, dann übersetze ich es dir. Gratis! Es bedeutet: Wem nützt das? Soll in einem Kriminalfall heißen: Wem nützt das Verbrechen? Oder auch: Wem das Verbrechen nützt, der hat es begangen!«

»Willst du damit sagen …?«

»Du bist der Einzige, der mir einfällt, dem der Tod vom Dangl irgendwas nutzt. Und du hast es sehr, sehr eilig gehabt, seine Rolle zu übernehmen. Noch ist sein Körper, oder sagen wir, sind seine Körperteile, weil mehr als Teile hat ja deine Lok nicht von ihm übergelassen, noch sind also, sage ich, seine Körperteile von der Gerichtsmedizin nicht freigegeben, noch ist also an ein Begräbnis nicht zu denken, noch ist sein Verlust nicht vom Verstand derer erfasst, die ihn gekannt und geliebt haben, schon spaziert einer zum Regisseur vom ›Don Juan‹ und empfiehlt sich für die vakante Rolle! Und das ist ausgerechnet der Mann, der die Mordwaffe, denn als solche muss man ja den Zug in diesem Fall bezeichnen, der diese Mordwaffe also gesteuert hat! Und da ist die Frage, ob er nicht vielleicht ein, zwei Stunden vorher den betäubten, den hilflosen, den armen Dangl auch auf die Schienen gelegt hat. Was tun eitle Menschen nicht alles für eine Hauptrolle?«

Später stellten der Sheriff und Inspektor Höbarth in seltenem Einverständnis fest, dass sie überhaupt noch nie so ungern Anzeige gegen einen Straftäter erstattet hätten. Der Unterschied war nur, dass Höbarth die Sache wahrscheinlich unter den Tisch gekehrt hätte, was beim Sheriff natürlich undenkbar war.

»Zwei alte Männer, die sich in die Gosch'n hau'n, haben irgendwie was Komisches, da wär ich gern dabei gewesen«, erzählte Höbarth seiner Kurzzeitsexualkameradin am Abend. »Das heißt, der Blaue hat ja ausgesagt, dass nur der Paschinger tätlich geworden ist. Er konnte sich angeblich nur notdürftig wehren. Aber das glaub ich ihm nicht, erstens hat auch der Paschinger ein paar Kratzer abgekriegt, und zweitens hat er mit Sicherheit nicht angefangen. Der ist gar nicht der Mensch dazu. Eine Provokation alleine reicht da nicht. Sicher, der Blaue kann eine richtige Oaschwarzn[1] sein, den möchtest du dann schon einmal g'scheit herwatschen, aber wie gesagt, der Paschinger ist ein friedliebender Mensch. Kann halt sein, dass er jetzt wegen der Geschichte mit dem Dangl ein bisschen angeschlagen ist – nervlich, meine ich jetzt. Das eigentliche Problem ist der Sheriff, verstehst du? Der Blaue schreit: ›Anzeige! Anzeige!‹, und ich darf schon tippen. Dabei hätte man das dem Blauen sicher ausreden können, aber nein, beim Sheriff geht alles nach Vorschrift, also kommt es zu einer Anzeige wegen Körperverletzung.«

»Du«, sagte die Kurzzeitsexualkameradin, die sich für alte Männer und deren Prügelspiele nicht interessierte, »das mit der Körperverletzung, das kommt mir bekannt vor. Ich glaub, ich brauch auch eine ordentliche Verarztung.«

»Echt? Wo tut's denn weh?«

»Da, Herr Doktor. Ist das was Ernstes?«

»Wir müssen auf jeden Fall intensivere Untersuchungen durchführen. Wie ist es da?«

»Schlimm, sehr schlimm!«

»Sooo? Oje, da müssen wir die Zungentherapie anwenden, als Notfallmaßnahme.«

»Oh!«

---

1 Oaschwarzn: schmerzhaftes Furunkel am Anus.

Zur gleichen Zeit war eine richtige »Frau Doktor« (allerdings eine der Rechtswissenschaften und nicht der Medizin) damit beschäftigt, die Fakten zu sortieren. Sie saß im Extrazimmer des »Speisehauses« vis-à-vis der Burg, tippte ihre Zusammenfassung ins Notebook und lauschte gleichzeitig durch die offene Tür, ob die Gespräche draußen in der Gaststube irgendetwas Sachdienliches enthielten. Das alles machte sie »nach Dienstschluss«, deswegen hatte sie sich ein üppiges Abendessen und eine Flasche guten Rotwein bestellt. Um ihre Ruhe zu haben und nicht Gefahr zu laufen, dass Hajdusic hereinkam und sein Gesicht ihre Augen beleidigte, hatte sie dem Trottel befohlen, dasselbe Programm im Wirtshaus am Stadtplatz zu machen. Sprich in der Gaststube sitzen, vorgeben, dass man isst und trinkt, und dabei zuhören, ob man etwas für den Fall Relevantes aufschnappt.

»Ich bin überzeugt davon, dass die Leute eh wissen, wer es war. Das ist am Land so«, hatte sie am Nachmittag ihrem Assistenten, der vom Land kam, erklärt. »Wir müssen also nur zuhören, bis sich jemand verplappert.«

»Oh, das ist eine fabelhafte Idee«, flötete Hajdusic, und die Limbach spürte, wie sich innerhalb von Sekundenbruchteilen ihr Blutdruck nahezu verdoppelte. Aber sie war nicht irgendein Trutscherl, das sich nicht im Griff hatte, sie war die zukünftige Polizeichefin, und als solche ließ sie sich nicht von einem Proletenarsch provozieren.

»Sie, Herr Bezirksinspektor, sind ja geeignet wie kein Zweiter, unauffällig zu recherchieren, Sie sprechen den hiesigen Dialekt und kennen sich in solchen Wirtshäusern aus. Daher verspreche ich mir von Ihrem Abend weit mehr als von meinem. Morgen erwarte ich dann einen Bericht, in dem Sie stichwortartig alle Gespräche in der Gaststube wiedergeben werden.« Sie lächelte grausam. Wenn Hajdusic geglaubt hatte, sich einen schönen Abend machen und im Wirtshaus vor sich hin dämmern zu können, hatte er sich getäuscht. Er würde jeden Schwachsinn in der Gaststube dokumentieren müssen.

»Man kann nie wissen, was für die Ermittlungen nützlich

ist und was nicht. Aber keine Angst, mit Ihrem schriftlichen Bericht wird es mir sicher leichtfallen, die Spreu vom Weizen zu trennen.«

»Es wird mir eine Ehre sein, meinen bescheidenen Beitrag zu diesen aufregenden Ermittlungen leisten zu dürfen«, säuselte Hajdusic. »Und seien Sie versichert, dass ich jedes Wort –«

»Ja, ja«, unterbrach ihn die Limbach ungeduldig. »Nun gehen Sie schon!«

Hajdusic hatte sich mehrmals übertrieben verbeugt und war gegangen. Dr. Philippa Limbach wiederum hatte sich in das »Speisehaus« begeben, wo sie nun versuchte, aus den Gesprächen der Stamm- und sonstigen Gäste etwas Wichtiges herauszufiltern – leider vergeblich, teils verstand sie den Dialekt tatsächlich nicht, teils murmelten die Anwesenden so leise, dass sie sie trotz der offenen Tür im Extrazimmer nicht richtig hören konnte. Was übrigens auch besser war, denn die vorwiegend männlichen Wirtshausbesucher ergingen sich in mehr oder weniger schmeichelhaften Bemerkungen über die Kriminalistin.

Ihr herablassendes Verhalten gegenüber dem Sheriff hatte sich schon herumgesprochen, und man konnte einen verblüffenden Effekt feststellen: Obwohl der Sheriff ganz unten in der Beliebtheitsskala rangierte und sich jeder natürlich wünschte, dass er einmal ordentlich zurechtgestutzt wurde – wenn das dann von jemandem von außerhalb passierte, noch dazu von einer hochnäsigen Großstädterin (die Wienerin sah man ihr aus drei Kilometern Entfernung gegen den Wind an, wie der Wirt meinte, auch wenn ihre Dienststelle angeblich St. Pölten war), dann trat plötzlich eine Art Waldviertler Solidaritätspakt in Kraft, und man ergriff Partei für den Sheriff und gegen die »schoafe Doktarin[1]«, wie sie die Einheimischen mittlerweile

1 Schoaf: scharf, was im Waldviertel »energisch, herrisch, schneidend, verletzend« einerseits und »lüstern, attraktiv, sexuell aufgeladen« andrerseits bedeutet. Mit dem berühmt gewordenen Spruch »Bist du deppert, de is schoaf!« hat sich ein österreichischer Denker, Philosoph und Politiker zitatemäßig gleich nach Winston Churchills »Der Preis der Größe heißt Verantwortung« eingereiht.

bereits nannten. Dementsprechend mager fiel auch ihre Ausbeute aus, und nach knapp zwei Stunden gab sie die Recherche auf und fuhr in ihr Resort in Haugschlag.

Anders dagegen Hajdusic. Zunächst hatte er überlegt, wie er den schikanösen Befehl der Limbach umgehen konnte. Leider gar nicht, wie er sich schließlich eingestand. Dann wollte er einfach den Recorder des Handys in der Gaststube mitlaufen lassen und das Aufgenommene von der Spracheingabe abtippen lassen und seiner Chefin haufenweise sinnlose Wirtshausgespräche vorlegen. Er hatte gerade angefangen und durchstöberte die teils wochenalten Zeitungen, als ihm plötzlich ein Theatertext in die Hände fiel. »Don Juan«. Jemand musste ihn hier im Wirtshaus vergessen haben.

Er blätterte das Skript durch und legte es dann uninteressiert zur Seite. Mit dieser hochgestochenen Sprache hatte er noch nie etwas anfangen können. Halbwegs normal redeten die doch nur bei den sogenannten Bauernschwänken und … Moment! Eine Idee war wie ein Blitz bei ihm eingeschlagen.

Er durchforstete den Internetbrowser nach derartigen Theaterstücken. Zwei, drei öffnete er und las hinein. Schließlich entschied er sich für »Jakob als Hochzeiter«. Er holte sein Notebook, kopierte den Text in seinen Bericht und überarbeitete den Abschnitt rasch. Er grinste. Obwohl Heidenreichstein eine sehr moderne und lebendige Kleinstadt war, dachte die Limbach in ihrer Abgehobenheit doch ohnehin, dass sie es hier hauptsächlich mit rückständigen Bauern aus den siebziger Jahren zu tun hatte. Gut. Er würde ihr die dementsprechenden Wirtshausgespräche liefern. Mit heißen Spuren in der Mordsache obendrein. Die würde schauen! Er bestellte das dritte Bier und machte sich an die Feinheiten des Textes. Was für ein schöner Abend.

Gewissensbisse

Die Stelle kam unaufhaltsam näher, und er schloss die Augen, wie Kinder sie schließen, wenn sie sich unsichtbar machen wollen. Aber ihm genügte es schon, wenn er nicht sah, was vor ihm auf den Gleisen liegen würde. Denn das hatte er schon begriffen, dass das eine Wiederholung sein würde. Was auch immer er hier erlebte, er war sich sicher, dass gleich der Dangl vor ihm auftauchen würde – hilflos über den Gleisen liegend.

***

Peter Paschinger, Ex-Fabrikant, Dampflokomotivführer und Amateurschauspieler, hatte ein Problem. Es war nicht der blaue Baron, der ihn beim Sheriff wegen Tätlichkeit, schwerer Körperverletzung und Freiheitsberaubung (er hatte ihn eine Weile im Schwitzkasten gehabt) angezeigt hatte. Diese Anzeige war lächerlich, er würde sie anfechten. Seine eigene hingegen war erfolgversprechender: üble Nachrede, schwere Körperverletzung (seine Knöchel waren aufgesprungen) und Freiheitsberaubung (er musste wegen des Schwitzkastens an Ort und Stelle verharren, hätte er den Schwitzkasten bei Pfeifensteiner aufgelöst, hätte dieser ihn geschlagen, es war also ein Notwehrschwitzkasten, wie ihm Höbarth versicherte). Derselbe Höbarth, der ihm bei der Aufnahme der Anzeige half, wo es ging, und voll auf seiner Seite war, hatte ihm auch eingeredet, den Blauen zusätzlich wegen Wegelagerei anzuzeigen, dieser hätte ihm schließlich den Weg durch die Apothekergasse versperrt.

Wie erwähnt waren weder diese Anzeige noch der Blaue selbst das Problem. Aber das Problem hatte doch irgendwie mit Pfeifensteiner zu tun. Dieser hatte bei seinen wüsten Anschuldigungen einen wunden Punkt von Paschinger getroffen.

Das schlechte Gewissen.

Seit Sonntag schlief Paschinger so schlecht wie sein ganzes Leben noch nicht. Zuerst hatte er es auf den Schock geschoben, dann auf die Spitalsumgebung, weil er ja bis Dienstag zur Beobachtung im Krankenhaus gewesen war. Jetzt war er allerdings die zweite Nacht zu Hause und konnte immer noch nicht schlafen, weil er immer wieder den reglosen Körper auf den Gleisen liegen sah und immer wieder die Handgriffe der Notbremsung durchging und immer wieder den G'schaftlhuber im Führerhaus vor sich sah, wie der den abgetrennten Kopf unter der Jacke hervorholte – vor allem aber konnte er nicht schlafen, weil er immer wieder an die achtundzwanzig Kilometer pro Stunde dachte.

Von Zeit zu Zeit spürte der Paschinger nämlich einen Drang, sich auszutoben. Das kommt vor, wenn Männer älter werden. Viele kaufen sich ein Motorrad oder eine junge Frau. Andere müssen sich in Extremsportarten beweisen oder machen den Segelflugschein. Wieder andere wollen einmal etwas absolut Verbotenes tun – eine Orgie mit minderjährigen Tieren, einen beherzten Griff unter die Soutane des Pfarrers oder, wie in Paschingers Fall, einer alten Dampflok so richtig die Sporen geben. Die 298.2 der Baureihe UV kann schließlich weit mehr, als erlaubt ist. Unter Volldampf schafft die auf geeigneten Streckenabschnitten fünfunddreißig Kilometer pro Stunde wie nichts! Und nur wegen der blöden Verordnung, die für Privatbahnen lächerliche zwanzig Kilometer pro Stunde vorsieht, muss man sie künstlich im Zaum halten. Auf der anderen Strecke nicht. Die NÖVOG darf alles!

Manchmal überkam es Paschinger also, und er gab Volldampf und pfiff auf die Zwanzig-Kilometer-pro-Stunde-Beschränkung. Und am Sonntag war so ein Tag gewesen, und das letzte Stück durch den Langegger Wald kurz vor Mexiko war so ein Stück gewesen, und er hatte gleich nach dem Übergang der Landesstraße noch einmal Dampf gegeben und überdies vielleicht ein bisschen zu lange aufs Manometer geschaut. Und dann …

Der Koppensteiner hatte zwar bestätigt, dass es sich nicht ausgehen hatte können. Und der Koppensteiner war ein Genie, wenn es um Zahlen, Daten und Fakten ging. Aber es hatte ihm keine Ruhe gelassen. Er hatte nachgerechnet, Gewicht, Geschwindigkeit, Tempo und den daraus resultierenden Bremsweg. Er war die Stelle abgegangen, hatte nachgemessen, gerechnet und wieder nachgemessen und wieder gerechnet. Und letztendlich war er zu dem Ergebnis gekommen, dass es sich vielleicht ausgehen hätte können. Vielleicht! Bei zwanzig Kilometern pro Stunde und aufmerksamer Beobachtung nach vorne und einer extrem schnellen Reaktionszeit.

Seither konnte er erst recht nicht schlafen.

»Der Paschinger hat ihn in die Gosch'n g'haut. Super! Da wär ich gern dabei gewesen«, erzählte Ableidinger begeistert bei der Liesl. Wie immer waren fast alle Gäste »Schmalspurfreunde«. Die meisten nickten zustimmend. Der G'schaftlhuber war nicht ganz so begeistert. Er hätte gerne die gestern versäumte Verabredung mit dem Blauen nachgeholt und mehr aus ihm herausgekitzelt, aber Pfeifensteiner war für niemanden zu sprechen und leckte seine Wunden. Da Huber nicht der Typ war, der einen Abend nutzlos verstreichen ließ, nahm er sich vor, heute einmal der Letzte zu sein und der Liesl auf den Zahn zu fühlen. Also vorsichtig, aber trotzdem irgendwie – direkt. Er würde sie in aller Unschuld fragen, wo sie denn am Sonntagvormittag hingefahren war. Nur so nebenbei, nicht dass es wie ein Verhör wirkte. Er hatte auch schon eine Idee, wie er das einfädeln konnte: mit dem kaputten Rücklicht am Wagen der Wirtin, das den drei Musketieren aufgefallen war.

So wartete er ungeduldig, bis die Schlägerei von allen ausgiebig kommentiert worden war, der Hintringer sich ausreichend über den Sensationstourismus ausgelassen und der Ableidinger ihnen die dadurch erzielten Mehreinnahmen vorgerechnet hatte.

Dann plätscherten die Gespräche nur noch dahin, man besprach die Einteilung für die Wochenendfahrten, und dann gingen kurz hintereinander Koppensteiner, Hintringer und Höller. Huber gab sich schweigsam, um die restliche Partie nicht zu einer Diskussion zu animieren, und nach einer weiteren Viertelstunde war er mit der Liesl alleine.

»Na ja, ich werd mich auch langsam auf den Weg machen«, meinte er, »morgen früh ist die Nacht gar.«

»Ja, eh«, sagte die Liesl. »Schau, dass d' heimkommst.«

»Ja, eh«, antwortete er. »Bei der Finsternis is kein Wunder, wenn ma nix sieht.«

»Die Finsternis heißt Finsternis, weil's da völlig finster is.«

»Apropos«, hakte der Huber ein. Wann, wenn nicht jetzt, war die ideale Gelegenheit? »Dein Rücklicht ist hin.«

»Was für ein Rücklicht?«

»Das linke. Glaub ich zumindest. Ich hab's ja nicht gesehen, nur der Dimmel Fritz. Ich mein, er hat gesagt, das linke.«

»Wann hätt mich der Dimmel Fritz mit einem hinichen[1] Rücklicht g'sehn? Auf d' Nacht bin ich doch immer da!«

»Ja, aber du hast das Licht ja auch am Tag eingeschaltet. Und der Dimmel hat ein trainiertes Auge für hiniche Lamperln. Musst du dir einmal wechseln lassen. Oder, wenn du eines besorgst, mach ich es dir rein.«

»Ja, danke.« Die Liesl nickte und wollte in der Küche verschwinden. Der Huber geriet kurz aus dem Konzept, er hätte gleich einhaken sollen, sie hatte ihm die Vorlage ja eh geliefert.

»Am Sonntag in der Früh hat er dich g'sehn«, sagte er rasch.

»Aha.« Das war ein stimmliches Schulterzucken, während die Liesl in der Küche verschwand. Das war wohl nichts. War sie einfach müde und uninteressiert oder mauerte sie? Er musste nachsetzen.

»Bist nach Gmünd g'fahren?«, fragte er laut in die Küche. Es kam keine Antwort. »Weil, da hätten wir uns direkt treffen können«, plauderte er harmlos weiter. »Wir haben ja die Lok praktisch die ganze Nacht warm gehalten und ab sieben in der

---

1 Dialektale Steigerungsform für schwer defekt. Hin: kaputt, hinich: total kaputt.

Früh wieder voll aufgeheizt. Und dann fällt dem Paschinger ein, dass er bei der NÖVOG in Gmünd noch die Reservesicherungen liegen hat. Die haben ihn schon drei Tage vorher angerufen, dass die abholbereit sind. Na, bin ich halt schnell rübergefahren.« Keine Antwort.

»Geh, weißt d' was? Eines trink ich noch, auf den Heimweg.« Augenblicklich kam die Liesl aus der Küche. Eine Wirtin ist eine Wirtin und bleibt eine Wirtin in jeder Lebenslage, und wenn eine Wirtin »Wirtschaft«[1] hört, egal, ob wörtlich oder umschrieben, dann heißt das »Geschäft«, und da muss schon sehr viel im Argen sein, wenn eine Wirtin sich das entgehen lässt. Die Liesl kam also und schenkte ihm noch ein kleines Bier ein. Der Huber dankte und versuchte ihren Gesichtsausdruck zu deuten. Umsonst. Die Liesl sah aus wie immer.

»Wie spät wird es denn gewesen sein, wie ich rüber bin?«, fragte er sich selbst halblaut. Sie sah ihn verständnislos an. »Na ja, sagen wir acht, halb neun«, machte er unbeirrt weiter. »Ja, acht oder halb neun. Wann warst du drüben?«

»Was? Wo?«

»In Gmünd. Du warst doch in Gmünd am Sonntag in der Früh.«

»Wieso? Ich war doch nicht in Gmünd!«

»Na, weil dich doch der Dimmel Fritz mit dem hinichen Rücklicht gesehen hat. Ich hab geglaubt, dass du in Gmünd …«

Seiner Meinung nach war das hohe Schauspielkunst. Er hatte nie protestiert, wenn er bei den Theaterstücken immer nur kleinere Rollen spielte. Ihm war alles recht. Aber wenn der Regisseur miterlebt hätte, wie er jetzt die Liesl ganz subtil in die von ihm gewünschte Richtung brachte, wie listig er war und dabei ganz harmlos, ja sogar ein bisschen dumm wirkte – der hätte ihm glatt die nächste Hauptrolle gegeben.

---

1 »Wirtschaft!«, auch »Wirtshaus!« oder »Bedienung!«. Höflich liebevolle Aufforderung durstiger Gäste, gefälligst alles andere liegen und stehen zu lassen, ungesäumt zu erscheinen und dieselben zu verwöhnen.

»Geglaubt, geglaubt«, wurde die Wirtin jetzt ärgerlich. »Weißt eh, was beim Glauben das Höchste ist?«[1]

»Ah so! Du warst gar nicht in Gmünd?«

»Nein.«

»Wo dann?«, fragte der Huber mit entwaffnender Direktheit, als könne er sich beim besten Willen nicht vorstellen, dass man an einem Sonntagmorgen irgendein anderes Ziel als das weltberühmte Gmünd haben konnte.

»Hab was zu tun gehabt«, antwortete die Liesl, und obwohl das sechs Silben waren, fand der Huber diese Antwort doch recht einsilbig.

Er wartete, ob die Wirtin noch etwas mehr ins Detail gehen würde, aber sie holte nur eine angebrochene Packung Marlboro aus der Lade, in der die vergessenen Sachen der Gäste aufbewahrt wurden, und zündete sich eine an. Das kam selten vor, eigentlich rauchte sie ja gar nicht, aber ab und zu, wenn sie sehr aufgewühlt war, tat sie es doch. Natürlich herrschte in Gastronomiebetrieben schon lange Rauchverbot, aber die Sperrstunde war schon vorbei, und jetzt ging sie auch, um die Eingangstür abzuschließen, und in diesem quasi privaten Rahmen hatten schon manche Stammgäste »eine Letzte« vor dem Heimgehen geraucht. Warum also nicht auch die Wirtin selbst?

Als der G'schaftlhuber eine Viertelstunde später vor das Gasthaus trat, wartete der Sheriff auf ihn. Er war in Zivil, und Huber hätte ihn kaum erkannt. Er zählte in Gedanken die Begegnungen mit dem Sheriff ohne Uniform und kam auf fünf oder sechs in den letzten paar Jahren.

»Servus, Huber.«

---

1 Eine rhetorische Frage, deren Antwort der Angesprochene mit »Der Arsch« zu ergänzen hat. Sie geht von dem schönen Bild aus, dass die wahrhaft Gläubigen auf dem Boden knien, sich im inbrünstigen Gebet vornüberbeugen, bis der Oberkörper ebenfalls den Boden berührt und das Gesäß somit der am höchsten aufragende Körperteil ist. Die tiefenpsychologische sowie die theologische Deutung des Spruches überlassen wir gerne den Spezialistinnen und Spezialisten.

»Donnerwetter, Sher– Kienast! Heute einmal in der Freizeitkluft? Genießt du den lauen Abend?«

»Nein. Ich hab auf dich gewartet.«

»Oho! Hab ich was angestellt?« Vermutlich. Der Sheriff war immer im Dienst, egal, was er anhatte. Vielleicht hatte er auch durchs Fenster gespäht und die Wirtin rauchen gesehen und wollte vor der Amtshandlung Huber als Zeugen ins Kreuzverhör nehmen. Aber da kannte er ihn schlecht! Er würde seine Liesl nicht der behördlichen Willkür ausliefern!

»Ursprünglich wollt ich dich auf ein Bier einladen, aber die Liesl hat abgesperrt gehabt, was ja auch gesetzlich vorgeschrieben ist, weil die Sperrstunde ist schon lange vorbei«, sagte Kienast. Er klang irgendwie verlegen.

»Ich war nicht als Gast da«, antwortete Huber geistesgegenwärtig, »nicht mehr, der Besuch war rein privat.«

»Darum geht es mir gar nicht. Aber Bier werden wir jetzt keines mehr kriegen, also … muss ich die Einladung verschieben. Aber ein paar Sachen wollte ich dich fragen, vielleicht … kannst du mir ja helfen.«

»Ja. Vielleicht. Wenn ich kann.« Der Huber spitzte die Ohren. Jetzt begann es interessant zu werden. Der Sheriff hatte etwas auf dem Herzen, und, wie sich Huber sofort sicher war, es konnte nichts Offizielles sein, sonst würde er nicht mitten in der Nacht ohne Uniform zu ihm gekommen sein.

»Es gibt da ein paar Sachen, aus denen ich nicht schlau werde«, begann der Sheriff wie früher Inspector Columbo im Fernsehen. »Da wollte ich eben wissen, was du davon hältst, weil du ja viele Leute kennst und herumkommst und mit allen redest.«

Und die meisten mir vertrauen, ergänzte Huber in Gedanken. Im Gegensatz zu dir, dem sie nie etwas erzählen würden. Laut aber sagte er: »Ja, schau, ich freu mich ja immer, wenn ich helfen kann.«

»Geh'n wir doch ein Stück«, schlug der Sheriff vor.

Wirtshausprotokoll

»Kommst du vom Melken, Hans?«
»Ja, ich komm vom Melken.«
»Aha.«
»Was rennt denn grad im Fernsehen, Wirt?«
»Manchmal ist ein Autorennen um die Zeit.«
»Aber jetzt ned?«
»Na, jetzt is des Testbild.«
»Aha.«
»Wia geht's daham, Schnötzinger?«
»Ja mei, der Großvater, jetzt hod er sich den Arm brochen und foit bei da Ernte aus. Früher, da ist er no auf de Bam umadumkraxelt, wia a Gams …«
»Der Arme!«
»Guad, dass du do woarst und uns g'holfen hosd, Jakob, sunst hätt ma des Hei nie einabrocht, vor dem Wetter.«
»Ah geh! Wauns wo zu hölfen gült, daun pockt ma zua, so wülls in dera Gegend da Brauch!«

Dr. Philippa Limbach hob die Augen vom Blatt und sah ihren Assistenten an. Bisher hatte sie sich durch fünfzehn Seiten Transkription der von ihm belauschten Wirtshausgespräche gequält. Manches hatte sie verstanden. Vieles nicht.

»Was meinen die da am Schluss?«

Hajdusic war überaus zufrieden. Endlich einmal ein erfüllter Abend, dessen Früchte er jetzt genießen konnte. Dass »Jakob als Hochzeiter« im alpenländischen Raum spielte, hatte es ihm nicht gerade leicht gemacht, aber er hatte nur die gröbsten Anspielungen auf Berge und Bergbauernschicksale gestrichen, die seiner Meinung nach sogar die Limbach durchschaut hätte. Jetzt brauchte sie seine Übersetzung, und er waltete seines Amtes.

»Der Mann beklagte den Ausfall seines Großvaters als

Erntehelfer. Dieser hatte sich durch unglückliche Umstände einen Arm gebrochen, wie erzählt wurde. Ob den linken oder den rechten, wurde bei diesem Gespräch nicht erwähnt. Ein am Tisch Sitzender bedauerte den Großvater und bekundete durch den Ausruf ›Der Arme!‹ sein Beileid.«

»Das hab ich verstanden«, unterbrach die Limbach ungeduldig. »Ich will wissen, was die dann von einem Brauch geredet haben. Was war das?«

Die Frage kam nicht von ungefähr. Dr. Philippa Limbach hatte nämlich eine Idee. Eine Idee, die sie ihrem Assistenten sicher nicht auf die Nase binden würde, von der sie aber selbst fasziniert war. Und »Brauch« war so ein Stichwort. Nach ihrem gestrigen wenig ergiebigen Abend (die Männer im »Speisehaus« hatten Tarock gespielt, und sie hatte nichts von deren Fachchinesisch verstanden) war sie in ihr Haugschlager Golfresort gefahren, hatte sich aus dem Vorrat in ihrem Kofferraum ein kleines Fläschchen Scotch mit aufs Zimmer genommen und Lust zu lesen verspürt (weil da der Whisky gleich besser schmeckt).

Auf einem der Dekoregale am Gang, auf dem sich altes bäuerliches Werkzeug, handgemachte Textilpuppen, Mohnkapseln, Lebzelten und antiquarische Bücher stilvoll den Platz teilten, fand sie schließlich das Buch »Märchen und Mythen aus dem Waldviertel«. Eine gute halbe Flasche lang begleiteten sie die Geschichten aus längst vergangenen Tagen, und schließlich war sie in den Schlaf gesunken und träumte das letzte Märchen weiter. Sie erinnerte sich zwar nicht mehr genau daran, aber es ging um einen alten Brauch, um jemand, der sich nicht daran hielt, um jemand anderen, der ihn dafür bestrafte, und so weiter und so weiter. Daher ihre Idee: Dieses Überfahren des Mannes mit der Lokomotive, dieses makabre Abtrennen des Kopfes, kam das nicht einem Ritual gleich? Steckte da nicht am Ende so ein kranker Brauch dahinter?

»Also, was war das jetzt mit dem Brauch? Lesen Sie!«, forderte sie Hajdusic charmant zum Weitermachen auf.

»Sehr wohl. Also, der Mann mit dem Großvater erging

sich in einer etwas melancholischen Reminiszenz an früher, als dieser, der Großvater nämlich, noch auf Bäume gestiegen war wie eine Gämse.«

»Wie eine Gämse?« Die Limbach runzelte die Stirn. Ihres Wissens nach …

»Interessant, nicht?«, ereiferte sich Hajdusic. »Die sogenannte Waldviertler Zwerggämse springt tatsächlich auch auf Bäume, man glaubt es kaum. Dort nagt sie die nährstoffreiche Rinde ab, und hat sie das in den unteren Regionen vollbracht, klettert sie geschickt zwischen den Ästen empor, bis sie –«

»Ja, ja, von mir aus. Weiter jetzt!«

»Ja, dann bedankte sich der Mann bei einem gewissen Jakob, der ihnen bei der Ernte geholfen hat, ehe ein Gewitter über das Land hereinbrach. Und ebendieser Jakob wehrte bescheiden ab und sagte, dass es in dieser Gegend Brauch wär zu helfen, wo es notwendig ist.«

»Ach so«, meinte die Limbach enttäuscht.

Hajdusic unterdrückte ein Grinsen. Natürlich war seiner Vorgesetzten nicht aufgefallen, dass es in den letzten Tagen keine Spur von einem Gewitter gegeben hatte. Außerdem war in der Gegend noch absolut nichts geerntet worden. Die Limbach versuchte sich wieder selbst an der Niederschrift.

»Was sagt ihr zu dem Dangl?«
»Ein Wahnsinn!«
»Weißt du noch die G'schicht damals?«
»Natürlich, ich war ja auch dabei!«
»Nein, nicht die. Die andere.«
»Ach so.«
»Da hat er gesagt, was es zu sagen gab!«
»Stimmt.«
»Was machst du, Hans? Gehst du schießen, Hans?«
»Ja, ich geh schießen.«

Die Limbach ließ das Blatt sinken und wandte sich an Hajdusic.

»Was heißt das? Hat der Mensch ein Gewehr mitgehabt?«

»Leider konnte ich es von meinem Platz aus nicht genau sehen, aber ich hatte ganz den Eindruck«, antwortete er bereitwillig.

»Aber das ist doch verdächtig! Zuerst reden diese Leute vom Mordopfer, und dann geht einer mit dem Gewehr raus. Vielleicht wusste er, wer es war, und wollte Rache nehmen. Haben Sie nicht daran gedacht, ihm unauffällig zu folgen?«

»Freilich gedacht, freilich!«, gab sich Hajdusic in übertriebenem Hochdeutsch diensteifrig. »Aber dann habe ich überlegt, dass es für mich allein wohl zu gefährlich sein könnte. Sie wissen ja, die Dienstvorschrift besagt: keine Alleingänge. Und außerdem kam mir der Gedanke, dass die anderen Wirtshausbrüder vielleicht nach seinem Abgang über sein Ziel oder seine Motive, ›schießen zu gehen‹, reden könnten. Ich hatte, wie mir in diesem Moment schien, berechtigte Hoffnung, mehr zu erfahren, ja vielleicht sogar den Namen des Mörders von Hannes Dangl genannt zu bekommen!«

»Und?«

»Lesen Sie selbst, Frau Doktor, ich konnte aus dem Gesagten nicht recht schlau werden.« Hajdusic schüttelte bekümmert den Kopf und breitete die Arme in einer entschuldigenden Geste aus.

Sie saßen im leeren Hinterzimmer des Cafés am Stadtplatz. Die Limbach wollte zuerst die Polizeidienststelle als Besprechungszimmer okkupieren, aber das hatte er ihr erfolgreich ausgeredet. Aus gutem Grund. Dieser Höbarth war nicht auf den Kopf gefallen, der hätte die »Mitschrift« sofort als Fake erkannt, und obwohl Hajdusic sich sicher war, dass der junge Inspektor nicht zu den Fans von Frau Dr. Philippa Limbach gehörte, konnte man doch nicht ausschließen, dass die Sache aufgeflogen wäre.

»Schrecklich, dass der Hans jetzt schießen geh'n muss!«
»Aber es hülft ja nicht! Wenn der Hunger gar zu groß, weil schier gar nichts mehr zu essen am Tisch kommt …«

»… dann holt man sich in der Not ein Stück Wildbret aus dem Wald.«
»Aber wenn ihn da Jaga dawischt?«
»Dann is alles aus! Wia beim Dangl.«
»Glaubst, war's da Jaga, der den Dangl Hannes auf die Schienen –«
»Sei stad! So was sogt ma besser ned!«
»I glaub's ah ned.«
»I ah ned.«
»I eh ah ned.«
»Sog i jo.«
»Jo eh i ah.«
»Wos?«
»Na, dass er's ned woar, der Jaga.«
»Oba wer woar's daun?«
»Na, frog ned so bled. De Trud!«
»Moanst wirklich?«
»Da Dangl hod si versündigt, und de Trud hod eahm ghoit, des ist kloar.«
»Oba de Trud betäubt doch kan und legt eahm auf de Schienen!«
»De ned, oba de Trudenbohrer.«
»Oh mei! De Trudenbohrer!«

Für die Erstellung dieses »Gesprächsprotokolles« hatte Bezirksinspektor Andreas Hajdusic zum ersten Mal in seinem Leben ohne dienstliche Anordnung Überstunden gemacht. Nachdem in der Gaststube Schluss gewesen war, hatte er am Zimmer Zitate aus »Jakob als Hochzeiter« mit den von ihm ausgedachten »Hinweisen« auf eine Art Verschwörerbande gewürzt. Da ihn der tatsächliche Fall nur mäßig interessierte (es gab hier nichts zu gewinnen, falls die Sache aufgeklärt werden würde, dann würde die Limbach die Lorbeeren einheimsen, und das galt es mit aller Kraft zu verhindern), gedachte er, für seine Chefin eine Art Fortsetzungsgeschichte aus den »Trudenbohrern« zu machen. Sicher würde sie ihn auch heute

Abend wieder zum Lauschen ins Wirtshaus schicken. Und er würde ihr morgen eine Geschichte zwischen Wildererromantik, verbotener Liebe und Aberglaube servieren. Blut, Boden, Mord, Totschlag – alles sollte sie bekommen.

»Warum ist es hier aus?«

»Das war eine sehr heikle Situation! Offenbar ist einem der Männer aufgefallen, dass ich das Gespräch verfolgt habe, denn wie auf Kommando brachen sie die Unterhaltung ab, und es entstand ein äußerst bedrohliches Schweigen. Ich tat ganz harmlos, zahlte und ging auf mein Zimmer.«

»So. Sie haben sich also davongestohlen. Heute Abend werden Sie sich wieder in die Wirtsstube begeben und weiterlauschen. Aber achten Sie darauf, dass Sie nicht wieder auffallen! Setzen Sie von mir aus Kopfhörer auf und tun Sie, als ob Sie Musik hören. Morgen erwarte ich Ergebnisse. Und finden Sie irgendwie heraus, wie dieser Hans noch heißt, dann überprüfen wir den einmal. Endlich ergibt sich so etwas wie eine Spur. War auch höchste Zeit!«

»Jawohl, sehr wohl«, dienerte Hajdusic. Er war hochzufrieden.

Ein schwerer Weg

Etwas hatte sich geändert. Immer noch hörte er Lärm und Schreie, immer noch konnte er sich nicht bewegen, und immer noch wurde er wild durchgeschüttelt. Aber er wurde langsamer. Eigentlich hatte er gedacht, dass er immer schneller werden würde, je näher er der Stelle käme, aber das Gegenteil war der Fall. Vorsichtig öffnete er die Augen ein wenig. Was er sah, ließ ihn sie schnell wieder schließen.

***

Noch nie war der Huber Hans so ungern in Richtung Wirtshaus gegangen. Er wusste, dass er die Liesl erwischen musste, bevor sie mit dem heutigen Mittagsmenü zu beschäftigt war. Und er wusste, dass er sie ein paar sehr persönliche Dinge fragen musste. Leider wusste er nicht, wie er es angehen sollte. Das kam nicht oft vor. Normalerweise war der G'schaftlhuber keiner, dem die Worte fehlten. Im Gegenteil! Aber die Liesl war natürlich ein spezieller Fall. Gerade für ihn, weil er ja gedacht hatte, dass da vielleicht was war. Oder sein könnte. War ja auch. Aber nicht zwischen ihnen. Und nach diesem ersten Schock war gleich der zweite gekommen. Nämlich, dass sie noch irgendwas zu verheimlichen hatte.

Er rekapitulierte: Erstens hatte der Dimmel sie gesehen, wie sie am Sonntag mit dem Wagen unterwegs gewesen war. Zu einer Zeit, zu der sie sonst nie unterwegs war. Und die Erklärung »Ich hab was zu tun gehabt« war ein bisschen ungenau. Eigentlich hat man ja immer was zu tun, kein Mensch fährt irgendwohin, um dann eine Stunde stillzustehen (ausgenommen vielleicht ein Gardesoldat). Praktisch immer fährt man wohin, um etwas zu tun: um einzukaufen, um zu tratschen, um zu trinken, spazieren zu gehen, zu jagen, zu sammeln, Karten zu spielen, Filme zu schauen, zu schlafen, zu baden, zu kopulieren oder zu beten (selten beides gleichzeitig). Hier hätten den Huber Hans also die Details interessiert. Und zweitens hatte ihn der Sheriff gestern schweren Herzens in die Fundstücksache eingeweiht.

Beamter, der er war, hatte er sich natürlich gewunden wie ein Aal und das Wort »Beweisstück« nicht in den Mund genommen. Ein Beweisstück nicht sofort zu melden und der Ermittlungsleiterin zu übergeben ist ein klares Dienstvergehen. Ein x-beliebiges Fundstück nicht gleich als Beweisstück zu erkennen ist – na ja, sagen wir dämlich. Aber für dämlich hielten ihn die Kriminalisten sowieso. Bezirksinspektor Kienast hatte also bei ihrem gestrigen Spaziergang immer von »Fundstück« geredet, offenbar traute er ihm nicht ganz und wollte ihm keine Munition gegen sich selbst liefern. Zu recht übrigens. Der G'schaftlhuber hatte die dreizehn Strafmandate der letzten paar Jahre nicht vergessen. Dreizehn eigene, wohlgemerkt. Dazu kamen Anzeigen gegen die »Schmalspurfreunde«, die Liesl, den Theaterverein, den Dangl und so weiter. Praktisch alle seine Bekannten und auch die Bekannten der Bekannten hatten schon einmal mit der Dienstauffassung des Sheriffs Bekanntschaft gemacht.

Die in der Nacht beschlossene Zusammenarbeit war also keine Liebesheirat, sondern eine Zweckverbindung. Es war beiden klar, dass sie einander brauchten. Der Sheriff hatte das Beweis-, Pardon, Fundstück, der G'schaftlhuber hatte die Kontakte, der Sheriff hatte Einblick in die Laborberichte, der Huber hatte Einblick in die Gerüchteküche, der Sheriff hatte Zugang zu den Ermittlungsakten, der Huber hatte Zugang zu den Heidenreichsteinern. Ein Dream-Team also.

Und jetzt der schwere Weg.

Huber hatte schnell eins und eins zusammengezählt, als der Sheriff ihm unter dem Siegel der Verschwiegenheit den Anhänger gezeigt hatte. »E« konnte nur für »Elisabeth« stehen, und obwohl die Liesl schon immer die Liesl war und sich auch so unterschrieb, war ihr Taufname sicher Elisabeth. So viel war klar. Und als der Sheriff, ebenfalls unter dem Siegel der Verschwiegenheit, von dem Marlboro-Tschickstummel erzählt hatte, dachte er sofort an das angebrochene Marlboro-Päckchen aus der Schanklade, aus dem sie sich in Ausnahmesituationen bediente. Dem Sheriff hatte er davon freilich noch nichts erzählt, hatte nur versprochen, sich einmal umzuhören.

Und jetzt der schwere Weg.

Im Grunde genommen ist es doch eh einfach, dachte er. Wenn sie nichts getan hat, wenn sie mit dem Tod vom Dangl gar nichts zu tun hat, dann muss es ihr doch recht sein, wenn die Sache aufgeklärt wird. Dann wird sie mir ein paar indiskrete Fragen verzeihen. Und wenn sie was damit zu tun hat – was ich nicht glauben kann, dann … dann … sind wir es dem Hannes schuldig, dass sie ihre gerechte Strafe bekommt. Diese Gedanken waren nicht neu. Eigentlich hatte er sie schon seit dem Aufstehen immer wieder gedacht.

Und jetzt …

Er öffnete die Tür und betrat die leere Wirtsstube. Insgeheim hatte er gehofft, dass vielleicht doch ein einsamer Trinker da sein würde, der die ersten Achterl des Tages kippte, dann hätte er vor sich selbst eine Ausrede, die Aussprache (selbst in Gedanken vermied er das Wort »Verhör«) aufzuschieben.

Noch bevor er den Stammtisch erreicht hatte, kam die Liesl aus der Küche. Sie sah furchtbar aus.

»Huber, ich muss mit dir reden«, sagte sie heiser. Dann brach sie in Tränen aus.

Wie Sheriff Kienast war Frau Dr. Philippa Limbach vieles, aber sie war nicht dumm. Sie hatte Hajdusic vom ersten Moment an durchschaut. Es entsprach zwar hundertprozentig den Tatsachen, dass sie die Landbevölkerung für etwas – ähm – rückständig hielt, es entsprach ebenfalls hundertprozentig den Tatsachen, dass sie auf Märchen, Mythen und Sagen abfuhr und eine etwas wildromantische Vorstellung von den Verbrechen in dieser Gegend hatte, sodass eine Art Ritualmord für sie durchaus vorstellbar war, aber die Oper, die Hajdusic ihr vorgelegt hatte, war doch ein wenig viel gewesen. Und selbst wenn er nicht so dick aufgetragen hätte, wäre sie misstrauisch geblieben und hätte alles von ihm Recherchierte mindestens dreimal nachgeprüft.

Erstens, weil sie ihn nicht leiden konnte.

Zweitens, weil sie ihn nicht leiden konnte.

Drittens konnte sie ihn nicht leiden.

Außerdem misstraute sie ihm, hielt ihn für charakterschwach, bösartig und heimtückisch, hatte keinen Zweifel, dass er unwürdig war, der Republik Österreich zu dienen, und hatte gleichzeitig auch keinerlei Hemmungen, ihm eine schwere, möglichst schmerzhafte Geschlechtskrankheit an den Ha–, also nein, eben nicht an den Hals, sondern anderswohin zu wünschen.

Aber diesmal war alles anders. Sosehr sie sich sonst immer über seine Respektlosigkeiten, seine Verfehlungen, Dienstvergehen, Frechheiten, Anzüglichkeiten und seine Nachäffung eines geschliffenen Sprachstils geärgert hatte – diesmal nicht. Kein bisschen. Im Gegenteil, sie hätte jubeln können! Diesmal würde sie ihn nämlich überführen. Diesmal würde eine Beschwerde bei der Dienstaufsicht einschlagen wie eine Bombe. Diesmal ging es nicht nur um Animositäten und persönliche Befindlichkeiten (wie man dort immer wieder behauptet hatte), nein, diesmal war das tatsächlich eine Behinderung der Ermittlungsarbeit, ein vorsätzliches Legen falscher Spuren, eine Verhöhnung einer Vorgesetzten und sonst noch ein halbes Dutzend anderer Vergehen.

»Dafür bist du fällig, Hajduschlitzohr«, sagte sie mit grimmigem Lächeln halblaut, als sie aus dem Tesla stieg. Sie marschierte energisch ins Gasthaus am Stadtplatz, bestellte ebenso energisch einen Kaffee und wechselte wegen der sie durchs Fenster blendenden Sonne zweimal den Platz. Dann leerte sie den Kaffee energisch, zahlte energisch und verließ das Lokal nach weniger als fünfzehn Minuten[1].

Wieder im Tesla, begann sie breit zu grinsen. Ein Gesichts-

1 Übrigens sehr energisch.

ausdruck, den man selten an ihr sah. Aber sie fühlte sich einfach großartig. Das Mittel zum Zweck gegen ihren Widersacher war ein einfaches Handy, das sie vor einer Stunde in Gmünd erstanden und soeben im Gasthof versteckt hatte. Mit einer extragroßen Speicherkarte, deren Kapazität für bis zu zweiundsiebzig Stunden Audioaufnahme reichte. Der Limbach genügte aber ohnehin der kommende Abend. Es musste auch nicht jedes Wort klar zu verstehen sein. Es würde reichen, wenn man die höchstwahrscheinlich belanglosen Gespräche einigermaßen von der frei erfundenen Tschin-Bum-Geschichte, die ihr Hajdusic morgen als »Mitschrift« verkaufen würde, unterscheiden konnte. Das wäre Beweis genug, der Rest Formsache, und sie wäre den Sauproleten für alle Zeit los.

Du gehst nicht einmal mehr Streife, mein Bester, frohlockte sie, entweder fliegst du ganz raus, oder du darfst irgendwo zur Bewachung stehen, während die Hunde ihr Bein bei dir heben, weil sie glauben, du bist ein Laternenmast. Dabei bist du ein Vollpfosten!

In der Zwischenzeit putzte der Sheriff im Auftrag der charmanten Ermittlungsleiterin Klinken. Sie hatte ihn zuerst eine Liste erstellen lassen, auf der alle Nachbarn, Mitglieder (aktive und unterstützende) der Theatergruppe, der »Schmalspurfreunde«, des Heidenreichsteiner Fußballclubs und der Jägerschaft mit Namen, Adresse und Telefonnummer aufgeführt waren. Somit fast die Hälfte der knapp viertausend Hauptgemeldeten des Städtchens. Für Kienast gestalteten sich die Befragungen ein wenig wie der Spießroutenlauf, den neu zugezogene Straftäter in vielen amerikanischen Städten zu absolvieren haben. Die müssen dann Sätze sagen wie: »Hallo, ich bin Joe Mason, ich wohne die Straße runter auf Nummer siebzehn und bin in Memphis, Tennessee wegen Unzucht mit Minderjährigen zu drei Jahren verurteilt worden und jetzt auf Bewährung raus.«

Der Sheriff sagte zwar: »Grüß Gott, ich bin Bezirksinspektor Kienast und habe ein paar Fragen im Zusammenhang mit dem Tod von Johannes Dangl. Haben Sie eine Minute Zeit?«, aber die Reaktionen der Angesprochenen waren ganz ähnlich. Auch die Mienen der potenziellen Zeugen waren ähnlich. Misstrauen, Feindseligkeit und Abscheu spiegelten sich darin wider. Wenn überhaupt ein paar Aussagen über das jeweilige Verhältnis und die letzte Begegnung mit Dangl gemacht wurden, dann nur, weil die Betreffenden wussten, dass die nächste Verkehrskontrolle durch den Sheriff so sicher wie das Amen im Gebet kommen würde. Neues oder gar den Fall Betreffendes hatte er bisher nicht erfahren. Aber er war ja auch erst bei Nummer sechsundzwanzig auf der Liste.

»Jetzt also der Paschinger«, sagte der blaue Baron zur Barockfrau. »Zuerst der Dangl und jetzt der Paschinger. Der eine hat sie mit seinem Zahnpastalächeln geblendet. Mit seinem Gebiss aus Ungarn, seiner Solariumbräune, seinem gefärbten Haar. Ein Berufsjugendlicher. Ein Pensionist, der sich um Jahre jünger macht. Unwürdig! Und unsere Amateure fallen voll drauf rein. Besetzen ihn wegen des Aussehens. Wegen des guten Aussehens!«

»Ja«, sagte die Barockfrau und räkelte ihre Üppigkeit, »guten Aussehens.«

»Dabei ist Don Juan gar nicht schön. Das heißt, im Sinne des Erfinders war er nicht schön und durfte es auch gar nicht sein, weil dadurch kein Zweifel darüber bestehen bleibt, warum er seine Eroberungen macht. Nicht seine körperlichen Vorzüge, schon gar nicht seine Schönheit zieht die Weiber an …«

»Ja, zieht Weiber an«, bestätigte die Barockfrau und zog ihre Strümpfe zurecht.

»… sondern seine Macht. Es ist ein Machtspiel. Diese Macht übt er skrupellos aus, er nimmt sich, was er will, er nimmt *sie*, wenn er will und wann er will und wo er will!«

»Willst du?«, fragte die Barockfrau und richtete sich ein wenig auf.

»Jetzt nicht! Noch nicht! Ich … Wo war ich stehen geblieben?«

»Stehen? Jetzt stehen?« Sie machte Anstalten, näher zu kommen.

»Nein! Jetzt nicht.« Er wedelte ärgerlich ab, scheuchte sie zurück aufs Sofa und nahm seine unterbrochene Wanderung durch das große Wohnzimmer wieder auf. Er trug den bewussten seidenen Morgenmantel, den schon Huber hatte bewundern dürfen, der zusammen mit seinen fast bis an die Knie reichenden Socken und den Sandalen ein leicht groteskes Bild ergab. Die Barockfrau breitete ihre Schätze wieder auf dem Sofa aus und lächelte milde. Bei manchen Männern brauchte man viel Geduld, das wusste sie.

»Ein Schönling war Don Juan nie. Ein Wüstling war er, das ja! Ein Wüstling, ein Rohling, ein Säufer und Spieler, ein Schläger und Hurenbock, ein Tier!«

»Ja.«

»Der Dangl war kein Tier, der war ein Witwentröster. Verständnisvoll, aufmerksam, charmant, wahrscheinlich sogar auch noch zärtlich!«

»Zärtlich? Du? Jetzt?«

»Nein! Nicht ich! Der Dangl! Ein Witwentröster, aber doch kein Don Juan. Aber gut, sie haben es nicht verstanden, die Amateure, und haben sich diese Fehlbesetzung geleistet. Haben aufs Aussehen vertraut und den schauspielerischen Fähigkeiten misstraut. Und jetzt haben sie überhaupt das Theater an sich verkauft und verraten. Das heißt, nicht an sich, sondern an den schnöden Mammon! Die Kunst an den Mammon verraten und das Theater an den Paschinger verkauft. Jetzt ist der Don Juan also ein Lokomotivführer. Ein Ex-Fabrikbesitzer, ein kapitalistischer Ausbeuter, der gerne mit der Eisenbahn spielt. Und weil er es sich leisten kann, kauft er sich eine Hauptrolle! Und sie sagen ›Ja‹ und ›Amen‹ und ›Danke‹. Damit ist der Don Juan kein Don Juan und nicht einmal mehr ein Schönling, sondern er ist ein großes Kind im Körper eines Rentners. Das Publikum wird sich schieflachen! Ein Pensionist! Und nicht einmal ein rüstiger, mit Zähnen aus Ungarn und Urlaubsbräune aus dem Solarium.«

»Nein«, erklärte die Barockfrau entschieden. »Kein Solarium. Nicht gut für Haut!« Sie fuhr großflächig über die ihre, die wunderschön hell war, aber der blaue Baron hatte keinen Blick dafür übrig.

»Eine Karikatur von einem Don Juan ist dieser Mensch«, wetterte er weiter. »Der steinerne Gast wird sich totlachen. Aber vorher werde ich lachen. Jawohl! Ich werde was zu lachen haben, aber er nicht. Der Paschinger wird nichts zu lachen haben, dafür sorge ich, und wenn es das Letzte ist, was ich tue!« Solchermaßen entschlossen, fand er, dass es an der Zeit war, sich als wahrer Don Juan zu zeigen, und wandte sich energisch seiner Besucherin zu. Herzhaft griff er ins Volle, packte allerlei Dargebotenes, warf den Morgenmantel von sich und ließ sich die Revanche der Barockfrau gerne gefallen – allein, es nutzte nichts, nach wenigen Minuten war klar, dass es an diesem Tag zu keinem Husarenritt des Don Juan kommen würde. Er brach das Experiment ab, murmelte etwas Unverständliches, schenkte ihnen beiden Wein nach und drehte Opernmusik auf.

»Ich muss erst in Stimmung kommen«, sagte er dann.

»Sicher besser ein bisschen später«, log die Barockfrau und prostete ihm zu.

Doppelausfahrt

Alt-Nagelberg hat viele Sehenswürdigkeiten. Das Glasbläsermuseum, den Park mit den Glasskulpturen, die Glasfabrik an sich, den Teich, die Kirche, den Wald und natürlich die rothaarige Frau des Malers, der vor ein paar Jahren zugezogen ist. Aber das alles ist nichts gegen die berühmte Alt-Nagelberger Doppelausfahrt.

Auf knapp anderthalb Kilometern werden hier nämlich die Gleise der Linie nach Heidenreichstein und die der Strecke Gmünd–Litschau auf einer Trasse parallel geführt, und weil der Fahrplan so schön aufeinander abgestimmt ist, können sich die Züge hier wahre Wettfahrten liefern.

Wie immer herrschte schon großes Hallo, als die Züge noch im Bahnhof standen. Weil Ferien waren und Samstag, fuhren diesmal beide Züge mit Dampf, und dementsprechend hatten sich viele Hobbyfotografen entlang der Bahnsteige in Position gebracht. In den Waggons hüpften die Kinder vor Freude auf und ab und riefen Scherzworte von Zug zu Zug.

Schließlich ertönten die Trillerpfeifen um die Wette (die vom Litschauer Schaffner etwas lauter, weshalb Koppensteiner noch einen Extrapfiff nachschob).

»Alles einsteigen, Zug nach Heidenreichstein fährt ab!«

»Alles einsteigen, Zug nach Litschau fährt ab!«

Die Leute stiegen ein, die Zaungäste knipsten, die gegnerischen Schaffner liefen entlang ihrer Züge und klappten die schwarzen Bügel der Plattformen herunter. Dann noch ein letzter Pfiff, und sie hoben die Kellen mit den grünen Seiten in Richtung der Loks, die wiederum pfiffen sogleich zurück, zischten, dampften, rauchten, und die Züge setzten sich in Bewegung.

Die Kinder gerieten außer Rand und Band, erstens versuchten sie die Pfiffe nachzumachen, zweitens gaben sie mit imaginären Kellen Abfahrtssignale, drittens winkten sie zum anderen Zug hinüber, viertens versuchten sie, nach draußen auf die Plattformen zu gelangen.

Die ersten zweihundert Meter waren eine herbe Enttäuschung für die Heidenreichsteiner Fraktion. Möglicherweise hatte der Litschauer Lokführer einen unerlaubten Frühstart hingelegt, vielleicht hatte Paschinger etwas zu ambitioniert Dampf gegeben, sodass die Antriebsräder zunächst am Stand durchdrehten und der Zug erst langsam in Bewegung geriet – jedenfalls waren die anderen bald drei Waggonlängen voraus, und der Vorsprung schien sich noch zu vergrößern. Das schrie natürlich nach einer Dokumentation für die Ewigkeit, und aus den Fenstern der beiden Züge streckten sich die Arme mit den Handys im Videomodus heraus.

Die Litschauer legten vor und präsentierten das brandneue Samsung Galaxy A71. Die Heidenreichsteiner konterten mit dem Huawei P40 Pro. Umgehend folgte der nächste Schlag mit dem Sony Xperia 1 II, die Gegenseite fuhr das LG Velvet Aurora auf, dann das Motorola Razr eSim, schließlich noch das Galaxy Z Flip Dual mit dem brandneuen Klappdisplay, und da blieb den Litschauern nichts mehr anderes über, als das Apple iPhone 12 Pro Max auszupacken. Die Heidenreichsteiner Handyarme und Selfiesticks zogen sich verschämt zurück.

Dafür gab es beim eigentlichen Rennen eine erfreuliche Entwicklung, Paschinger hatte die 298.2er endlich in Schwung gebracht, nach einem halben Kilometer Fahrt hatten die Heidenreichsteiner so weit aufgeholt, dass sich ein Kopf-an-Kopf-Rennen abzeichnete, jeweils eine halbe Waggonlänge war das Maximum an Vorsprung, das herausgeholt wurde, dann kam wieder der andere Zug nach vor. Die Kinder feuerten ihre Lokführer durch lautes Gebrüll an.

Bei Kilometer eins war der Heidenreichsteiner Express immerhin eine Loklänge voraus, aber dann gab der Litschauer Lokführer seiner 399.03 einmal richtig die Sporen, und die rund sechshundert PS ließen die halb so starke 298.2 alt aussehen. Zum Glück trennten sich die Strecken jetzt, letzte Fotos,

Videobeweis, langes Winken, und dann war Ruhe, sprich, jeder Zug hatte seine Strecke für sich.

»Die Schwammerlaktion fällt heute aus«, teilte Paschinger Ableidinger, seinem heutigen Heizer, mit, der schon jetzt schweißüberströmt war, weil er für die Steigung vor Langegg ordentlich vorschaufelte.

»Ja-a, ich wei-eiß«, keuchte der, »wegen de-em Andenke-en an den Da-angl.«

»Genau«, sagte Paschinger mit begleitendem Nicken, ohne den Blick von den Gleisen vor sich zu wenden. Nur ab und zu schielte er nach dem Geschwindigkeitsmesser. Heute würde er die zwanzig Kilometer pro Stunde bestimmt nicht überschreiten.

Zum ersten Mal seit vier oder fünf Jahren war der G'schaftlhuber bei einer Ausfahrt nicht dabei. Nicht als Heizer, nicht als Schaffner, nicht als Verkäufer im »Speisewagerl«, nicht als Fahrdienstleiter im Heidenreichsteiner Bahnhof. Er hatte sich auch nicht entlang der Strecke postiert, um Fotos oder Videos zu machen, er hatte kein Schwammerl versteckt und auch nicht das Bahnhofsbüfett aufgesperrt. Diesmal war er in geheimer Mission unterwegs, und dass diese geheime Mission ausgerechnet an einem Tag, wo gefahren wurde[1], stattfand – das hatte einen guten Grund.

»Ich hab ihn gesucht«, hatte die Liesl in der Donnerstagnacht ihr Geständnis begonnen. »Weil ich endlich wissen wollt, wer es ist.«

»Wer?«

»Was?«

»Wer es ist, hast du gesagt. Wer ›wer‹? Wen meinst du? Den Hannes?« Der Huber kannte sich nicht aus.

»Wer, wer, wer?«, fuhr die Wirtin ihn an. »Was weiß ich wer! Deshalb hab ich ihn ja gesucht. Ich wollt Klarheit, und ich

1 Menschen, die für ihre Leidenschaft brennen, unterscheiden häufig so: Tage, an denen gefahren wird, und Tage, an denen nicht gefahren wird. Tage, an denen Theater gespielt wird, und Tage, an denen nicht gespielt wird. Tage, an denen das Wirtshaus geöffnet hat, und solche, an denen es nicht geöffnet hat, et cetera.

wollt die zwei am besten miteinander erwischen, dann hätt ich wenigstens gewusst, woran ich bin. Dann hätt ich die dreckige Schlamp'n wahrscheinlich umgebracht.« Sie schnäuzte sich. Dem G'schaftlhuber dämmerte es langsam.

»Ach sooo! Der Dangl Hannes hat noch eine andere gepemp–« Er brach ab. Das war ihm jetzt im ersten Erstaunen so rausgerutscht und überaus peinlich. Nicht dass er befürchtet hätte, eine gestandene Frau und Wirtin könnte sich über das schöne Wort »pempern« mokieren. Aber »noch eine andere« beinhaltete ja auch das unausgesprochene »außer dir«, und das wiederum beinhaltete, dass er von der heimlichen Liebschaft der Liesl wusste, und diese Indiskretion war ihm peinlich. Aber die Liesl war emotional zu mitgenommen, als dass sie ihm jetzt mit Vorwürfen gekommen wäre.

»Ich weiß eh, dass ihr das wisst, von ihm und mir. Hat mich nur gewundert, dass ihr nicht schon früher was gemerkt habts. Wir wollten halt keine Rederei, und ich hab mir gedacht, warten wir einmal, ob das was Richtiges wird. Und wie ich mir dann fast sicher war, dass es ihm ernst ist, dann bin ich draufgekommen.«

»Dass er noch eine andere …?«

»Genau. Das heißt, ich bin nicht draufgekommen, sondern hab zuerst nur so ein komisches Gefühl gehabt. Und dann hab ich ein bisschen aufgepasst, und mit der Zeit ist das Gefühl dann zum Verdacht geworden. Ich blöde Kuh, ich! Was hab ich auch geglaubt, dass ein Mann wie der Hannes mit mir alt werden will.«

»Geh, geh! Jetzt mach dich nicht so klein, Liesl, der hat sich doch alle zehn Finger abschlecken können, dass er dich kriegt«, tröstete der Huber ganz spontan und meinte es tatsächlich so.

»Das hat er offensichtlich nicht so geseh'n«, konterte sie trocken. Ihre Verfassung war schon besser geworden. »Jedenfalls hat er eine andere gehabt, da bin ich sicher.«

»Scheiße.«

»Ja, schöne Scheiße, gell? Die Liesl verliebt sich auf ihre alten Tag wie ein Trutscherl, und der Dangl macht's nebenbei noch mit einer anderen. Mit einer Verheirateten.«

»Wieso verheiratet? Weißt du das? Kennst du sie?«

»Nein. Aber sicher ist die vergeben. Und ich bin sicher, dass sie mit einem von euch ›Schmalspurfreunden‹ zusammen ist.«

»Warum?«

»Ist dir vielleicht schon einmal aufgefallen, dass er sich immer freiwillig gemeldet hat, wenn es ums Schwammerlverstecken gegangen ist?«

»Äh, ja. Er hat sich halt nicht so in den Vordergrund gespielt wie andere, die unbedingt mit der Schaffneruniform oder mit der Fahrdienstleiterkelle aufs Foto müssen. Hat halt auch die undankbaren Aufgaben übernommen.«

»Schaß mit Quastln!«, schnappte die Liesl. »Da hat er das perfekte Alibi gehabt. Wenn gefahren wurde, war er mit dem Rad unterwegs. Schwammerl ausführen. Stundenlang. Da hat er sich die eine oder andere Stunde abzweigen können für sein eigenes Schwammerl! Und noch was: Wenn gefahren wird, dann sind die ›Schmalspurfreunde‹ beschäftigt. Stundenlang. Wenn du den Fahrplan kennst, weißt du genau, wann dein Mann frühestens wieder heimkommt. Freie Fahrt für ihn und sie!«

Mit einem Mal verlangsamte sich die Fahrt extrem, die Bremsen kreischten, und bald darauf kam der Zug mit einem mächtigen Ruck zum Stehen. Die Kinder reckten die Hälse aus den Fenstern, und einige beugten sich über die schwarzen Geländer der Plattformen zwischen den Waggons, um zu sehen, was passiert war. Vorne stampfte die Lok verhalten am Stand weiter, ließ zischend Dampf ab und stieß kleine Rauchwölkchen aus. Unter den jugendlichen Spähern, den sofort besorgten Eltern und den sonstigen Eisenbahnfreunden begann sogleich die ebenso eifrige wie lautstarke Ursachenforschung.

»Was ist los?«

»Wieso bleiben wir da stehen?«

»Wo ist die Station?«

»Ist was passiert?«

»Ein Reh vielleicht?«

Die Fotografen wechselten in fieberhafter Eile die Objektive, die anderen zückten die Handys, auf beiden Seiten des Zuges reckten sich die Hälse samt Köpfen aus den Fenstern. Koppensteiner, der heutige Schaffner, lief hurtig durch den Zug und bat die Passagiere, nicht auszusteigen, es gehe gleich weiter. Dann stieg er aus und hastete nach vorne zur Lok.

»Was ist los? Ich hab geglaubt, die Schwammerlaktion ist abgesagt? Wieso bleiben wir da stehen?«

»Er hat was gesehen – glaubt er«, meinte Ableidinger und deutete auf Paschinger, der leichenblass am Boden des Führerhauses hockte und in die hohlen Hände atmete.

»Peter, was ist los? Was hast du gesehen?«, fragte Koppensteiner eindringlich und rüttelte den Lokführer leicht an der Schulter.

»Ich weiß nicht, ich weiß nicht, aber … da war was, wir sind um die Kurve, und ich hab extra geschaut, dass ich unter zwanzig Kilometer pro Stunde bin, und dann schau ich gleich wieder nach vorn, und da ist was gelegen – glaub ich. Ich weiß nicht … Verdammt!«

Er nahm seine Atemübungen wieder auf, Ableidinger kratzte sich am Kopf und meinte: »Ich hab nichts gesehen. Soll ich nachschauen gehen?«

»Nein, lass, ich geh schon«, antwortete Koppensteiner, »gib ihm das.« Er reichte dem anderen einen Flachmann und stieg ab. Unter den aufmerksamen Blicken der Passagiere umrundete er den Zug und sah möglichst unauffällig unter die Waggons. Nichts. Er marschierte gut hundert Meter weiter zurück, musterte den Bereich zu beiden Seiten der Gleise. Nichts.

»Wir haben geglaubt, dass dort ein Riesensteinpilz steht!«, rief er den Schaulustigen zu, als er wieder zur Lok eilte. »Aber es war leider nur ein Bovist – und schon voller Würmer.«

Die Wiener Herrengruppe im Inneren des »Speisewagerls«, während der kurzen Fahrt bereits mehrfach durch bestes Waldviertler Bier gestärkt, war anderer Meinung.

»Der hat kein Schwammerl g'sucht. Die haben wahrscheinlich wieder einem den Schädl abg'führt.«

»Ja – die Zirkusnummer machen s' jetzt jedes Mal. Damit mehr Leut kommen.«

»Und jetzt finden s' den Schädl ned, de Wappler[1].«

»Finden eahm ned? Na, weit kaun er jo ned sein, oder?«

»Soll'n wir ihnen such'n helf'n?«

»Jo! Des wird a Hetz! Geh ma Schädl suachn im Woid!«

»Na, bin i de Caritas? I kriag jo ned 'zoit dafir!«

Während die Diskussion im »Speisewagerl« hin und her ging, redeten Koppensteiner und Ableidinger auf Paschinger ein.

»Komm, Peter, da war nichts. Jetzt reiß dich z'samm und fahr weiter!«

»Ja, eh. Geht schon.«

Der Schnaps hatte seine Wirkung getan und Paschinger wieder ein wenig Farbe ins Gesicht gezaubert. Er machte die Maschine bereit zur Abfahrt, Koppensteiner kletterte die Leiter vom Führerhaus hinunter, stieg in den ersten Wagen, und nach einem langen Pfiff setzte sich der Zug endlich wieder in Bewegung.

---

1 Wappler: weder besonders liebe- noch respektvolle wienerische Bezeichnung für Menschen mit eher geringen Fertigkeiten und/oder wenig ausgeprägtem Intellekt. Oft lässt gerade der Gebrauch des Wortes Rückschlüsse auf Intellekt und Charakter des Verwenders zu.

Der Sheriff weiß was

Dangl lag quer über dem Gleiskörper, sein Hals ruhte auf der linken Schiene. Dass es sich um Dangl handelte, war ihm völlig klar, auch wenn er natürlich nur eine liegende Gestalt sah. Er hatte versucht, die Augen zuzubehalten, aber dann hatte er sie doch aufgerissen. Die Gestalt schien wie vom Mond beleuchtet, während der Wald ringsum in der Dunkelheit versank. Wie in Zeitlupe näherte er sich dem Liegenden.

***

Dr. Philippa Limbach kämpfte gegen den Schlaf. Seit einer halben Stunde las sie in Hajdusics Niederschrift der abendlichen Wirtshausgespräche. Es waren weniger die spannenden Sätze wie: »I trink a Kriagl, weul a Seitl is ma z'wenig« oder »Der Maier Ferdi hot an neichn Traktor kauft« oder »Den Mörder vom Dangl haums immer no ned dawischt, des werd'n a so Bluza sei, de Kibara«, sondern die Tatsache, dass sie die Gespräche bereits kannte. Am Morgen war sie im Wirtshaus erschienen, hatte der Bedienung gesagt, dass sie bei ihrem gestrigen Besuch etwas vergessen hatte, und das Handy im Aufnahmemodus geborgen. Dann hatte sie sich den Großteil der abendlichen Gespräche im Schnelldurchlauf angehört. Und nun musste sie feststellen, dass Hajdusic die Sätze völlig korrekt wiedergegeben hatte. Die Vorstellung, dass er zwei, drei Stunden damit verbracht haben musste, seine eigenen Aufnahmen abzutippen, tröstete sie wenig. Ihre Falle war nicht zugeschnappt – der Bezirksinspektor musste Lunte gerochen haben.

Das hatte er auch. Es war ihm gleich verdächtig vorgekommen, als ihm einer der Stammtischbrüder vom vormittäglichen Kaffee seiner Chefin im Gasthof am Stadtplatz erzählt hatte.

Er hatte ein bisschen nachgedacht, eins und eins zusammengezählt, unauffällig die Gaststube durchsucht und schließlich das Handy entdeckt. Eine Falle also. Wenn er ihr wieder ein Theaterstück oder eine fingierte Verschwörung vorlegen würde, wäre er fällig. Die Limbach war vielleicht doch nicht so dumm, wie sie sich aufführte. Aber er auch nicht! Die Tatsache, dass er zwei, drei Stunden damit verbringen musste, seine eigenen Aufnahmen abzutippen, war weniger schlimm, als von der Döblingtussi aus dem Dienst gekickt zu werden.

»Du kommst schon noch in meine Gasse«, hatte er geknurrt und sich ans Werk gemacht.

Der Huber war nach Hause gegangen. Dort war er nicht oft. Für einen wie ihn, der überall zu Hause war, überall mitmischen musste, alles wissen wollte und von Haus aus ein unruhiger Geist war, diente das eigene Heim hauptsächlich als Schlafplatz. Aber jetzt brauchte er Ruhe zum Nachdenken. Er hatte in den letzten Tagen eine Menge erfahren und wollte das Erfahrene ordnen.

Er war erleichtert, dass es noch eine andere Frau gab. Für den Fall war das scheiße, aber für die Liesl, die ja bisher die einzige »E« gewesen war, war das gut. Sie war also nicht das »E« – angeblich. Behauptete sie zumindest. Denn so ganz hundertprozentig vertraute ihr der Huber Hans nicht mehr. Also, in Bezug auf eine erstklassige Küche vertraute er ihr schon. In Bezug darauf, dass sie ihn mit der Rechnung nie über den Tisch ziehen würde, auch. Aber in Bezug auf die Wahrheit in Beziehungsfragen hatte sein Vertrauen schließlich einen argen Tiefschlag einstecken müssen. Sie hatte es gewagt, sich heimlich zu verlieben – und dann noch nicht einmal in ihn! Und sie hatte dieses Verhältnis geheim gehalten. Nicht nur anderen, sondern auch ihm gegenüber. Auch nicht gerade vertrauensbildend. Und jetzt hatte sie plötzlich eine Nebenbuhlerin aus dem Hut gezaubert. Gab es die wirklich?

»Aber wir müssen ja am Anfang anfangen«, sagte er in die Stille der heimischen Küche. »Am Anfang haben wir den

Dangl Hannes, wie er mit dem Radl Schwammerl ausführt. Gut. Am ausgemachten Schwammerlplatz trifft er jemand. Jemand, der eine Marlboro mit ihm raucht. Das heißt, die kann natürlich auch von jemand anderem dort weggeworfen worden sein. Drei Tage früher, zwei Tage später, was weiß ich, aber nehmen wir einmal an, jemand hat dort mit dem Hannes geredet und dabei eine Marlboro geraucht. Dann gibt er dem Dangl das Betäubungsmittel. Sagen wir, er bietet ihm Schnaps aus einem Flachmann an. Oder von mir aus Tee aus der Thermoskanne. Dann schleppt er den Bewusstlosen zu seinem Auto und fährt mit ihm zur bewussten Stelle. Die letzten hundert Meter muss er ihn dann wieder schleppen. So weit, so gut. Oder, für den Hannes – so weit, so schlecht.« Er trank nachdenklich von seinem Bier. Dann begann er mit Hilfe der stilisierten Karte aus dem Prospekt der »Schmalspurfreunde« eine Skizze zu machen. »So, jetzt tragen wir einmal ein, wo am Sonntag jede von den handelnden Personen war. Weil von den nicht handelnden wissen wir es eh nicht.«

Er begann mit sich selbst, das war einfach. Er war eingeteilter Heizer und somit auf der Lok gewesen. Und zwar schon lange vor der Abfahrt. Der Paschinger war ebenfalls aus dem Schneider, der war an dem Tag bei ihm. Der Ableidinger machte den Schaffner, der war gekommen um … »Na ja, um halb neun herum, wir haben ja noch Kaffee getrunken vor der Abfahrt. Sicher, natürlich hätte einer den Dangl Hannes schon in der Früh auf die Gleise legen können. Somit ist wieder jeder verdächtig. Aber nein, Blödsinn!«

Er schlug sich mit der Hand gegen die Stirn. Es war ihm nämlich gerade etwas eingefallen, etwas sehr Naheliegendes, aber trotzdem sehr Wichtiges: die Hinfahrt! Es war ja nicht so, dass der Zug nach Alt-Nagelberg geflogen wäre und dann erst bei der Rückfahrt die Schienen benutzt hätte. Nein. Natürlich waren sie schon vorher an der Stelle vorbeigekommen, wo der Dangl dann den Kopf verloren hatte. Und da war keine Spur von irgendwem. Also musste der Mörder (die Mörderin) in den – er rechnete nach – ungefähr fünfundvierzig Minuten zu Werke gegangen sein.

»Zwischen dem Zeitpunkt, an dem wir bei der Hinfahrt durch den Langegger Wald sind, und jenem Zeitpunkt, der das Ende für den Hannes bedeutet hat, liegt ein Zeitfenster von fünfundvierzig Minuten«, dozierte er jetzt laut. »Exakt in dieser Dreiviertelstunde muss der Mörder (die Mörderin) den Wehrlosen auf die Gleise gelegt haben. Das heißt aber auch, dass niemand den Dangl schon in der Früh dort hat deponieren können und dann vielleicht ganz unschuldig mit dem Zug mitgefahren ist.«

Somit kamen der Ableidinger als Schaffner, der Paschinger und der Höller als Büfettkraft im »Speisewagerl« als Mörder nicht in Frage. »Und ich natürlich auch nicht«, stellte er befriedigt fest und schrieb die Namen auf die linke Seite eines neuen Blattes seiner Skizzen. »Unverdächtig«, malte er fett darüber.

Im Bahnhof Heidenreichstein hatte Koppensteiner den Fahrdienstleiter gegeben, und Wadlegger hatte wie immer an den Restaurationswaggons gearbeitet. Die Sedlacek Mitzi hatte das Bahnhofsbüfett geschupft. Auch wie immer. Die drei Namen schrieb er auch auf die linke Seite.

Es folgte eine Denkpause. Wer war denn eigentlich verdächtig? Soll heißen, wer außer der Liesl und dem blauen Baron hätte noch ein Motiv gehabt? Er hatte keine Ahnung. Der Mann von der »E« natürlich, wenn es denn die »E« gab. Er ging den engeren Kreis durch. Also außer den unverdächtigen, weil mitfahrenden »Schmalspurfreunden« waren noch der Hintringer, der Biedermann und der Grünsteidl im engeren Kreis – soll heißen, die fuhren regelmäßig mit. Der Hintringer natürlich nur, wenn mit Diesel gefahren wurde, der Grünsteidl wechselte sich mit dem Ableidinger meistens als Schaffner ab, und der Biedermann als – na ja, Mann für alle Fälle. Eine richtige Aufgabe hatte er eigentlich nicht, zumindest nicht während der Fahrt. Aber wenn man schon repariert und restauriert und sonst schaut, dass die technischen Anlagen in Ordnung sind, möchte man manchmal auch die Früchte seiner Arbeit genießen und die Ausfahrten mitmachen. Mal als Heizer, mal als Büfettkraft oder, wenn diese Posten gerade von wem anderen »besetzt« sind, einfach so. Fotos machen, den Touristen Geschichten über den Verein, den Zug oder die Lok erzählen und so weiter.

Aber diesmal war keiner der drei mit dabei gewesen.

»Wie heißt eigentlich die Frau vom Hintringer?«, fragte der Huber den Kühlschrank, aus dem er sich die mittlerweile dritte Flasche Bier holte.

Keine Antwort.

»Und die vom Grünsteidl? Und die vom Biedermann?«

Immer noch nichts. Der Kühlschrank war also genauso informiert über die Partnerinnen seiner Vereinsfreunde wie der Huber selbst. Aber zur Verteidigung des Kühlschrankes muss festgehalten werden, dass dieser nicht wie der Huber seit über zehn Jahren fast jedes Wochenende mit diesen Männern verbrachte. Von den vielen Arbeitsstunden in der Winterzeit, von den Vereinsversammlungen und von den Nachbesprechungen der Ausfahrten bei der Liesl ganz zu schweigen.

Er schrieb die drei Namen auf die rechte Seite seiner Liste. So weit, »Verdächtig« darüberzuschreiben, wollte er nicht gehen, es genügte ja, wenn über den anderen Namen »Unverdächtig« stand. Dann machte er eine To-do-Liste.

»Erstens: Finde heraus, wie die drei Grazien der Kollegen heißen.« Er hatte sie alle schon gesehen und gesprochen, aber nur ganz am Anfang. Wenn Männer sich zu einem solchen Hobby entschließen, dann ist die Ehe schon weit fortgeschritten, und eine kluge Frau sucht sich ebenfalls ein erfüllendes Hobby, sonst bekommt sie das ständige Warten auf ihren Göttergatten nämlich bald satt und lässt sich scheiden.

»Zweitens: Finde heraus, ob eine von denen sich gedacht hat, dass ihr Mann an diesem Tag Dienst hat.«

Sonst hätte sich die Gute doch nicht mit dem Dangl getroffen! Die Liesl war zwar »auf Verdacht« losgefahren, um ihn in flagranti zu erwischen, aber das musste ja nicht unbedingt heißen, dass der Hannes die Dame an dem Tag wirklich getroffen hatte. *Behauptet* hatte die Liesl bei ihrem nächtlichen Geständnis, dass sie niemand gefunden habe. Weder eine »E« noch einen Dangl noch sonst irgendwen. Und die Marlboro war auch nicht von ihr – hatte sie zumindest gesagt. Sie sei unverrichteter Dinge wieder nach Hause gefahren.

»Aber dass ich die zwei nicht erwischt hab, hat mir nicht grad geholfen. Da hab ich mir umso mehr vorgestellt, was sie gerade machen miteinander.«

Arme Liesl.

Der Huber seufzte in Erinnerung an die Tränen seiner Lieblingswirtin, und er dachte daran, wie gerne er sie getröstet hätte. Das Bier hatte ihn nämlich mittlerweile ein bisschen milde gestimmt.

»Eigentlich bin ich ja nicht nachtragend«, murmelte er. »Und so wie du mich mit dem Dangl betrogen hast, hat er dich halt mit einer Emilia oder Emanuela oder Erika … Ha!« Er fuhr hoch. Erika! Das war das Stichwort! Er kannte eine Erika. Aus Erzählungen. Aus Erzählungen von einem der »Schmalspurfreunde«. Vom … vom … Biedermann! Genau.

Es läutete. Vor der Tür stand der Sheriff.

»Du fährst eh nicht mehr mit dem Auto in dem Zustand, oder?«, fragte er zur Begrüßung.

»Sagt man nicht ›Grüß Gott‹, wenn man wohin kommt? Ist das bei der Polizei nicht so üblich?«, gab Huber missmutig zurück.

»Auch mit dem Fahrrad nicht, gell? Das ist genauso verboten. Da kann der Schein ganz schnell weg sein.«

»Hör zu, Sheri– Franz, wir haben beschlossen, gemeinsam einen Mordfall aufzuklären, da kannst du deinen Colt einmal stecken lassen und wie ein ganz normaler Mensch reden. Oder bist du wegen einer Verkehrskontrolle zu mir heimgekommen?«

»Nein«, knurrte der andere und schluckte eine amtliche Entgegnung hinunter. »Wollt mich nur mal erkundigen, ob du schon was erfahren hast.«

Die Frage brachte den G'schaftlhuber in ein kleines Dilemma. Sollte er die Liesl dem Sheriff gegenüber ins Spiel bringen oder nicht? Er kämpfte mit sich, aber nicht lange. Nein! Er sollte nicht. Aber irgendwas musste er dem anderen servieren, sonst wäre es aus mit der Kooperation und der amtlichen Information.

»Also, komm rein und schau dir meine Liste an«, sagte er, und bald darauf beugten sie sich gemeinsam über den Küchentisch und die Zettelwirtschaft mit den Listen der »Unverdächtigen« und der anderen.

»Biedermann, Hintringer, Grünsteidl«, schloss der Sheriff schließlich. »Die schau ich mir an. Über die Meldebehörde find ich heraus, wie die Frauen mit Vornamen heißen. Dann überprüfen wir die Alibis.«

»Okay.«

»Ich hab auch etwas herausgefunden«, verkündete Hubers Gast stolz und reckte sich ein bisschen in die Höhe. »Hast du schon einmal von der ›Waldviertler Radlbahn‹ gehört?«

Hatte der Huber nicht.

»Die ›Waldviertler Radlbahn‹ ist eine Initiative, das Waldviertel touristisch zu beleben.«

»Wieder einmal.«

»Ja. Wie der Name schon sagt, geht es ums Radfahren.«

»Ah geh!«[1]

»Man will im ganzen Waldviertel gut ausgebaute Radwege schaffen.«

»Ja, weil die Leute zu blöd sind, einmal auf die Karte oder meinetwegen auf ihr Handy zu schauen. Da täten sie nämlich sehen, dass es schon genug Nebenstraßen, Wirtschaftswege, Forststraßen, Waldwege, Trampelpfade, Schotterpisten, Feldwege, Moorpfade und was weiß ich noch alles gibt. Die könnten da zigtausend Kilometer fahren so wie wir als Kinder. Da hat uns aber noch keiner einen Radweg ›Mohntraum‹ oder einen Radweg ›Moor-Fun‹ oder einen Radweg ›Wackel-

1 In etwa: »Für wie blöd hältst du mich eigentlich?«

stein-Trail‹ aufgemalt!«, ereiferte sich der G'schaftlhuber, der beileibe kein Feind der Radfahrerei war, dem aber die Mode, alles in geschützte Bereiche zu unterteilen, gewaltig auf die Nerven ging.

»Das kann sein«, meinte Kienast, »aber was ich sagen will: Das ist ein Projekt mit öffentlichen Förderungen von der EU, von den Bundesforsten, vom Land, von Eco-Plus und was weiß ich, von wem allen noch.«

»Na und?«

»Ich meine damit, das ist wirklich was Großes und nicht nur ein paar Spinner, die ein, zwei Radwege irgendwo durchsetzen wollen.«

»Na und?«

»Aber für die Akzeptanz in der Bevölkerung ist es natürlich besser, wenn so was nicht ›von oben‹ kommt, sondern auf eine Bürgerinitiative hin geschieht.«

»Na und?«

»Der Dangl war dabei.«

»Was?«

»Der Dangl war dabei.«

»Ich versteh nur Bahnhof.«

»Kein Wunder, wie lange bist du jetzt schon bei den ›Schmalspurfreunden‹?«[1]

»Was hat denn das damit zu tun?«

»Ihr interessiert euch nur für eure Loks, eure Waggons, euren Bahnhof, eure Gleise und den Fahrplan. Was rundherum vorgeht, lässt euch kalt.«

»Stimmt.«

»In dem Projekt ist auch die Möglichkeit vorgesehen, eure Trasse stillzulegen«, sagte der Sheriff.

»Was? Blödsinn! Wer sagt denn so was?«

»Es gibt Überlegungen, die Trasse stillzulegen. Für den Zugverkehr stillzulegen, wohlgemerkt. Schienen weg, Radweg her, der Dangl muss davon gewusst haben. Ich hab mir

1 Auch der Sheriff konnte manchmal ein bisschen schlagfertig sein.

die Sitzungsprotokolle von denen angeschaut. Schon bei der Gründung der Initiative ›Waldviertler Radlbahn‹ war er dabei. So schaut's aus«, schloss Kienast triumphierend. Es kam nicht oft vor, dass jemand so fassungslos aussah, wenn er etwas erzählte.

»Die Trasse stilllegen? Den Zugverkehr stoppen? Die Gleise abbauen? Aber das gibt's doch nicht! Das geht doch nicht! Wozu haben wir in den letzten Jahren Betonschwellen gelegt? Über tausend sind es schon, die wir ausgetauscht haben. Das können die doch nicht machen! Der Verein hat einen Pachtvertrag!«

Für Huber schien eine Welt zusammenzustürzen. Er war leichenblass geworden und schüttelte immer wieder den Kopf, wie um einen bösen Traum zu verscheuchen.

»Der Pachtvertrag ist eine Sache, das öffentliche Interesse eine andere. Wenn die hohe Politik sich entschließt, auf Fahrradtouristen zu setzen, dann ziehen die das durch, das kannst du mir glauben.«

»Aber wir sind doch eine Touristenattraktion! Eine Museumsbahn! Die brauchen uns doch!«

»Ja, ja. Und keine zehn Kilometer entfernt fährt eine Museumsbahn von Gmünd nach Litschau oder nach Groß Gerungs. Die ist gut aufgestellt, als Teil der NÖVOG.«

»Und die Doppelausfahrt in Alt-Nagelberg? Sollen da zukünftig die Hobbyradler mit dem Litschauer Zug um die Wette fahren?«

»Keine Ahnung! Mir persönlich ist das wurscht, aber um das geht es ja gar nicht. Es geht darum, dass einer von euch bei dieser Initiative dabei ist – war. Und jetzt ist er tot. Natürlich wird er euch das nicht auf die Nase gebunden haben, aber verheimlichen lässt sich so was auf die Dauer auch nicht, und wenn es der Falsche erfahren hat, dann ist das ein Motiv. Ein verdammt starkes Motiv!«

Die alte Sage

»Ich möchte mich entschuldigen. Sag nichts, sag nichts. Ich weiß, dass du das auch willst, aber ich nehme deine Entschuldigung nicht an, weil das meine schmälern würde, ich nehme die volle Schuld auf mich, ich habe gefehlt, wie man so schön sagt. Ich möchte mich entschuldigen und mich mit dir versöhnen, deshalb die Einladung zum Abendessen, und ich danke dir, dass du gekommen bist.«

Paschinger, der gar nicht auf die Idee gekommen war, sich zu entschuldigen, sah den blauen Baron aufmerksam an. Grundsätzlich war er ein friedliebender Mensch, und deshalb tat es ihm zwar tatsächlich ein bisschen leid, den anderen verprügelt zu haben, aber entschuldigen wollte er sich beileibe nicht. Der Blaue hatte ihn schließlich quasi des Mordes beschuldigt.

»Ich habe dich schließlich quasi des Mordes beschuldigt, und da ist so eine Reaktion verständlich. Natürlich weißt du, dass ich das nicht ernst gemeint habe. Du hättest mit dem Zug ja gar nicht stehen bleiben können, das wissen alle und ich auch. Ich war an dem Tag ein wenig außer mir und hatte noch nichts gegessen und ausnahmsweise vielleicht ein bisschen was getrunken …«

Paschinger konnte sich ein Grinsen nicht ganz verkneifen.

»… da sagt man bald einmal Sachen, die man gar nicht so meint«, schloss der Blaue und winkte der Kellnerin mit dem leeren Glas.

»Gut«, meinte Paschinger. »Entschuldigung angenommen. Damit ist die Sache aus der Welt.«

»Fein. Wir schütteln uns die Hände, und dann essen wir gemütlich, was die Küche hergibt, du bist selbstverständlich mein Gast.«

Paschinger nickte zustimmend und gab dem anderen die Hand. Obwohl er immer noch nicht ganz auf dem Damm war und obwohl ihm die Sache mit der Gestalt, die er auf den Gleisen liegen zu sehen geglaubt hatte, sehr zu schaffen machte, war er amüsiert. Er ahnte natürlich, warum Pfeifensteiner sich tatsächlich mit ihm aussöhnen wollte. Der Kerl war quasi splitternackt, man konnte in ihm lesen wie in einem offenen Buch. Natürlich ging es ihm immer noch um den »Don Juan«. Wenn er die Rolle mit Gewalt nicht kriegen konnte, dann eben mit List.

Er will mich weichkochen, dachte Peter Paschinger, während er die Speisekarte studierte. Sich entschuldigen, mich einladen, mit mir trinken und dann irgendwann vom »Don Juan« anfangen. Vielleicht rät er mir freundschaftlich, dass ich mich so kurz nach dem Unfall noch schonen soll, weil mich noch zu viele Gedanken beschäftigen, dass ich es ruhig angehen lassen soll, dass die Proben zu anstrengend für mich werden würden. Das Ende vom Lied wird sein, dass er großmütig anbieten wird, für mich einzuspringen, wenn ich aussteigen will, um mich zu schonen. Und richtig:

»Das waren sicher keine leichten Tage für dich«, plauderte der blaue Baron jetzt los. »So was geht einem an die Nieren.«

»Ja. Schon.«

»Da ist oft an Schlaf nicht zu denken, und wenn man schläft, träumt man schlecht. Ich hab in meiner Jugend einmal einen Toten in einem Unfallwagen gefunden, das hat mich dann noch wochenlang verfolgt. Tag und Nacht, im Wachen und im Träumen. Furchtbar!«

Der Blaue nickte nachdrücklich. Seine Augen konnten sich nicht entschließen, ob sie sich an der Tätowierung oder am Dekolleté der Kellnerin weiden sollten, die gerade frisches Bier brachte. Sein drittes übrigens, während Paschinger sein erstes noch nicht ausgetrunken hatte. Sie bestellten Essen, dann setzte Pfeifensteiner seine Trauma-Erinnerungen fort.

»Eine Zeit lang hab ich ständig geträumt, dass hinter jeder Autotür, die ich aufmach, der Tote sitzt. Also, ich bin irgendwohin gegangen, im Traum, mein ich jetzt, irgendwohin, eine Feier, glaub ich, da sagt mir einer: ›Ich hab meine Brille im Auto vergessen, kannst du sie mir bitte holen?‹, und drückt mir den Autoschlüssel in die Hand. Ich bin ein hilfsbereiter Mensch, geh zu seinem Auto, sperr auf, sitzt der Tote drinnen. Mit der Brille von meinem Bekannten im Gesicht. Aber die war natürlich hin, also das linke Glas zumindest, völlig zersprungen, und das Gesicht sah natürlich furchtbar aus. Schnitte, Blut, na ja. Interessanterweise hat das Gesicht, also das richtige Gesicht, von dem richtigen Toten gar nicht so ausgesehen, sondern nur … wie soll ich sagen … erloschen. Genau, erloschen! Als hätte man eine Kerze ausgeblasen, und das leere Gesicht wäre jetzt die Kerze mit Docht, aber ohne Flamme, verstehst du?«

Paschinger fühlte sich nicht ganz wohl. Er selbst sah zwar in seinen Träumen kein Gesicht vor sich, dafür aber immer wieder die Kurve der Bahntrasse im Wald. An dem bewussten Tag hatte die Sonne ein wenig geblendet, bildete er sich zumindest ein. In seinen Träumen war der Kurvenausgang immer in ein unheimliches Licht getaucht. Und dann war es immer dasselbe, zumindest im Traum: Er fuhr die Kurve in Zeitlupe, ganz, gaaanz langsam, der Huber neben ihm sagte: »Brems! Brems doch, Paschinger!«, und er selbst sagte: »Aber wir schleichen doch! Wozu soll ich bremsen? Da gehen doch leicht achtundzwanzig! Leg nach, heiz ein!« Und das Licht im Kurvenausgang wurde noch gleißender, und der Huber schaufelte jetzt wie ein Verrückter Kohle ins Feuerloch, und die Maschine arbeitete auf Hochtouren, aber sie schlichen immer noch dahin, in Richtung Licht, und der Huber stieß während des Schaufelns hervor: »Du mu-usst bre-em-sen! Je-etzt!« Aber er bremste nicht, und sie fuhren ins Licht, und dann sah er die Gestalt vorne auf den Gleisen liegen. Der Dangl! Er hob den Kopf und einen Arm, winkte, schrie: »Paschinger, nicht! Ich bin's, der Dangl Hannes, bleib stehen, sonst tust du mir weh!«

Aber es war zu spät, sie fuhren über den Mann, der im Traum immer einen Todesschrei ausstieß, ein lang gezogenes unmenschliches Heulen, voller Verzweiflung und Schmerz.

»Ich hab fast ein Jahr gebraucht, bis ich wieder eine Autotür aufmachen konnte, ohne mich zu fürchten«, sagte der blaue Baron gerade. »Aber du hörst mir ja gar nicht zu, bist ganz woanders. Geht's dir gut?«

»Ja, ja, geht gut, ich hab nur … an was anderes denken müssen.«

»Ja, das kann ich mir vorstellen, dass dich das beschäftigt. Ein bisschen wie in der Sage vom wilden Fuhrmann ist das.«

»Was?«

»Die Sage. Vom wilden Fuhrmann. Die kennst du doch, oder?«

»Nie gehört.«

»Eine alte Waldviertler Sage, sogar aus der Gegend um Heidenreichstein.«

»Die kenn ich nicht.«

»Du bist ja auch ein Zugezogener. In Heidenreichstein kennt die jedes Kind. Also früher zumindest, als so was noch zu Hause erzählt und in der Schule vorgelesen wurde, heute kennen sie ja nur die G'schichten, die sie im Fernsehen sehen oder im YouTube.«

Die Kellnerin brachte Brotkorb, Besteck und Salat. Diesmal hatte die Tätowierung keine Chance gegen das Dekolleté. Paschinger bestellte nun auch noch ein Bier, und der blaue Baron fing an, die alte Sage zu erzählen: »Auf einem einsamen Hof, ein wenig abseits der Stadt Heidenreichstein, lebte einmal ein finsterer Geselle, von dem man nicht recht wusste, womit er sein täglich Brot verdiente, denn er hatte weder Vieh noch Felder, wohl aber vier schwarze Rosse, mit denen er ein Fuhrwerk unterhielt. Niemand wusste aber, für wen er eigentlich kutschierte, meist war er tief in den Wäldern unterwegs oder fuhr übers Moor, auf Wegen, die nur er kannte und wo sich sonst niemand hinwagte.

Wer konnte, wich aus, kaum dass er das Viergespann erblickte, denn der finstere Kutscher war ein wilder, ein rücksichtsloser Fahrer, und seine riesigen Rösser hätten schon so manchen niedergestampft, wenn er nicht im letzten Moment zur Seite gesprungen wäre. Einige stürzten dabei auch nieder, beschmutzten und zerrissen ihre Kleidung oder fielen in den Graben. Und wenn sie fluchten und wehklagten, lachte der wilde Kutscher aus vollem Halse, schwang die Peitsche umso mehr und trieb die Gäule an, bis ihnen der blutige Schaum aus den Nüstern trat.«

Der Blaue sah seinen Zuhörer beifallheischend an, nahm einen guten Schluck und fuhr dann mit seiner besten Bühnenstimme fort: »So ging das eine Zeit lang hin, bis er eines Sonntags durch die enge Kirchengasse donnerte, als gerade die letzten braven Gläubigen von der Messe heimwärts gingen. Als sie nun des rasenden Fuhrwerks gewahr wurden, sprangen sie um ihr Leben, zurück in die Kirche oder in die nächsten Hauseingänge. Nur ein altes Weiblein, das schlecht bei Fuß war, konnte sich nicht rasch genug in Sicherheit bringen und stürzte geradewegs vor die Kutsche, wo sie hilflos liegen blieb.

Der wilde Kutscher machte keinerlei Anstalten, sein Gefährt in letzter Sekunde abzubremsen, er donnerte durch die Gasse und über die liegende Gestalt hinweg. Da liefen die Leute zusammen, um die vermeintliche Tote aufzulesen, doch siehe da, das Weiblein hatte überlebt und erhob sich nun, schwerfällig ob ihres hohen Alters, doch ohne Schramme und Kratzer. Wie durch ein Wunder mussten die Rösser links und rechts an ihr vorbeigelaufen sein, Deichsel und Kutschenräder hatten sie ebenso verfehlt wie die hohen Achsen.

Als sie aber wieder auf den Beinen war, hob sie ihre linke Faust (ach, wie klein diese doch war, wie dünn auch ihr Ärmchen), schwang sie in Richtung des Entfahrenen und rief mit zittriger Stimme: ›Kehr um, du Teifiskutscher du! Kehr um und tua Buße! Wennst ned aufhörst mit dei'm schändlichen Treiben, wirst bald selber a schändlichs End nehmen!‹

Aber der wilde Kutscher hörte es schon nicht mehr, und wenn er es auch gehört hätte, er hätte nur gelacht. Er fuhr weiterhin wie der Leibhaftige selbst, und Mensch und Vieh hatten ihre liebe Not, um sich rechtzeitig in Sicherheit zu bringen, wenn sein Fuhrwerk auftauchte.

So kam es, wie es kommen musste, das Unglück nahm seinen Lauf. Unten, grade vor dem Eingang zur Wasserburg, ging eines Tages ein Bedienter über die Straße. Ein braver, gottesfürchtiger Mensch, doch sehr in Gedanken, kam er doch gerade von seiner Liebsten, die er nach der Maiandacht noch heimbegleitet hatte. So kam es, dass er die wilde Kutsche zu spät bemerkte, und als er sich rasch in Sicherheit bringen wollte, rutschte er aus und stürzte so unglücklich, dass die Hufe der Rosse über seinen Körper trampelten und ihm gar arge Wunden zufügten. Das linke vordere Kutschenrad aber fuhr ihm geradewegs über den blanken Hals und trennte den Körper vom Kopf, sodass dieser in den Graben rollte. Dem garst'gen Kutscher war's einerlei, er scherte sich nicht um den Toten und fuhr von dannen.

Von dem Moment an aber fand der wilde Kutscher keine Ruhe mehr. Zuerst in den Nächten, später aber auch am hellichten Tage, ständig begegnete ihm der junge Mensch, den er zu Tode gefahren hatte. Er suchte ihn im Traume heim, trat an sein Bett und hielt ihm anklagend den abgetrennten Kopf entgegen, bis der Kutscher schreiend erwachte und bald überhaupt nicht mehr zu schlafen wagte. Am Tage aber vermeinte er, hinter jeder Biegung, in jedem Schatten die Gestalt liegen zu sehen, sodass er seine Rosse oft mitten auf der Straße halten ließ, obwohl da gar nichts war. Rollte ein Apfel über den Weg, sah er darin den abgetrennten Kopf, der ihn mit weit aufgerissenen Augen anstarrte und aus dem noch das Blut lief. Doch noch immer wollte der Kutscher keine Buße tun, fand nicht den Weg zur Kirche, beichtete nichts und bereute auch nichts.«

Pfeifensteiner nickte bedeutungsschwanger, bereitete durch einen langen Seufzer das Finale vor und leerte sein Glas.

»Als er nun eines Abends übers Moor fuhr, sah er ein blaues Licht[1], und wie er näher kam, da sah er den Kopf des armen Toten, der schien über dem Boden zu schweben, stieg höher

1 Ein häufiges Phänomen. Damals wie heute bedeutet es großes Ungemach. In der alten Zeit kündete es von übernatürlichen Erscheinungen, heute von Planquadraten und Polizeikontrollen.

und sauste geradewegs auf ihn zu. Da packte ihn das kalte Grauen, er riss an den Zügeln, die Pferde scheuten, und das ganze Fuhrwerk kippte um. Wo es aber hinkippte, tat sich der Boden auf, und das Moor verschlang die Rosse, den Wagen und schließlich den gottlosen Kutscher selber.«

Der Blaue hatte sich sehr in die Erzählung hineingesteigert, er hörte sich nun mal gerne reden, Lautstärke und dramatischer Ausdruck in seiner Stimme hatten sich in den letzten Minuten immer mehr gesteigert, das halbe »Speisehaus« war Zeuge seines Vortrages, der seine Wirkung nicht verfehlte. Als der Baron geendet hatte, war von Paschinger nichts mehr zu sehen.

Der Verräter

Der blaue Baron und seine Legende vom wilden Kutscher und dessen letzter wilder Fahrt fielen ihm ein, aber der wilde Kutscher hatte es rasch hinter sich gehabt, während er sich Dangl immer langsamer näherte. Und während der andere bis zum Schluss auf seinem Kutschbock gesessen hatte, bewegte er sich nur knapp über den Schienen, und Dangls Hals und Kopf würden gleich in nur wenigen Zentimetern Entfernung voneinander getrennt werden.

***

Der Wirtshaussaal im Gasthaus »Zur Liesl« war gesteckt voll. Der G'schaftlhuber hatte eine improvisierte Generalversammlung einberufen. Bis auf Paschinger, der nicht erreichbar gewesen war, waren fast alle gekommen. Es summte wie in einem Bienenstock. Die wildesten Gerüchte machten die Runde.

»Jetzt hörts mir einmal zu!«, rief Huber schließlich, nachdem fast alle mit Bier versorgt waren.

»Ich habe etwas erfahren, etwas, was ich gar nicht recht glauben kann, aber wenn es wahr ist, dann sind wir in Gefahr!« Er sah in die fragenden, zum Teil auch ungläubigen Gesichter.

»Habts ihr schon einmal was von der ›Waldviertler Radlbahn‹ gehört?«

»Was soll das sein?«

»Waldviertler Rodlbahn?«

»Ned ›Rodl‹, Votschi, ›Radl‹! Waldviertler Radlbahn!«

»Was soll das sein?«

»Waaß i a ned, Votschi, oba der Huber wird's uns glei sogn, gell?«

»Ah geh, der G'schaftlhuaba, der waaß a immer wos.«

»Also«, erhob der Genannte die Stimme, »hat noch niemand was davon gehört?«

»Ich schon«, sagte der Koppensteiner, der als ehemaliger Mathematiklehrer nicht nur Zugabfahrtszeiten, technische Daten, Jahreszahlen und Telefonnummern »auf Knopfdruck« herunterleiern konnte, sondern auch über ein großes Allgemeinwissen verfügte und vielseitig informiert war. »Das ist eine Initiative, die das Waldviertel noch attraktiver für die Radtouristen machen soll.«

»Stimmt«, sagte der Huber.

»Eh nicht schlecht, oder?«, meinte der Höller, der auch gern Rad fuhr.

»Ja eh«, bestätigte Huber. »Aber wissts ihr, dass diese sogenannte Initiative nicht nur bestehende Wege erschließen und ausschildern will, sondern auch neue schaffen?« Die Versammlung nahm diese Eröffnung eher gelassen zur Kenntnis.

»Wenn's ihnen Spaß macht.«

»Ja«, bereitete Huber jetzt die Zündung der Bombe vor, »es macht ihnen Spaß, und sie haben sich da was Feines ausgedacht.« Er machte eine Kunstpause und weidete sich an den gespannten Gesichtern. Manchen war das Frage-Antwort-Spiel aber zu anstrengend.

»Was jetzt?«

»Spuck's aus, Huber, wir haben nicht den ganzen Abend Zeit!«

»Der spielt sich wieder einmal auf, der G'schaftlhuber.«

»Wer?«

»Der G'schaftlhuber, Votschi!«

»Jetzt geh schon!«

Der Angesprochene richtete sich zu seinen vollen eins dreiundsiebzig auf und erhob die Stimme wie der Pfarrer bei der Sonntagspredigt: »Sie wollen unsre Bahntrasse zu einem Radweg umbauen!«

Dann setzte er sich und ließ die Botschaft erst einmal ankommen. Ein Weitersprechen wäre auch sinnlos gewesen, die nächsten Minuten waren von lautstarken Unmutsäußerungen aus über dreißig Schmalspurfreundeskehlen dominiert. Schließlich stellte Franz Breindl, ältestes Ehrenmitglied und

Mitbegründer des Vereins, begnadeter Volksschauspieler und Doyen der Theatergruppe, von seiner Frau Maria liebevoll »Votschi« genannt, die entscheidende Frage: »Jo, derfens denn des?«[1]

In der Zwischenzeit war Dr. Philippa Limbach in ihrem Refugium im Golfresort Haugschlag damit beschäftigt, die neuesten Erkenntnisse der Obduktion auf ihrem iPad zu lesen. Sie überflog die Verletzungen, die angesichts einer Zugüberrollung ohnehin selbstverständlich waren, verweilte kurz beim Mageninhalt (halb verdautes üppiges Frühstück) und stieß dann auf etwas, das sie hellwach werden ließ. Ihre Lateinkenntnisse waren ausgezeichnet, nicht zuletzt deshalb hatte sie während ihres Studium in »Römisches Recht« brilliert. Aber auch wenn sie mit ihrem Latein am Ende gewesen wäre, hätte sie verstanden, was da am Ende des Befundes stand.

Das Opfer hatte Lungenkrebs im Endstadium und hätte ohne das gewaltsame Ende eine geschätzte Restlebenszeit von wenigen Wochen gehabt. Das war starker Tobak! Wer bringt jemand um, der ohnehin nicht mehr lange lebt? Vielleicht wusste aber auch gar niemand von Dangls Krankheit.

Deshalb hatte auch die hiesige Polizei nichts erzählt. Weder der dienstbeflissene Kienast noch der unverschämte Höbarth, der sie dauernd mit Blicken entkleidete, hatten Dangls Krebserkrankung erwähnt.

Andrerseits, dachte die Limbach jetzt, hat uns vielleicht aus Feindseligkeit keiner was gesagt. Und welchen Einfluss hatte diese Erkenntnis jetzt auf ihre Ermittlungen?

Was hatten sie überhaupt? War die Niederschrift des ersten Abends von Hajdusic vielleicht doch kein Fake? War vielleicht gar nicht er es, der die Lunte gerochen hatte, sondern die Leute

1 Hochdeutsch: »Ja, dürfen die denn das?« Angebliche Replik des Kaisers Ferdinand I. (genannt »Ferdinand der Gütige«, von bösen Zungen auch »Gütinand der Fertige«) auf die Meldung »Majestät, das Volk rebelliert!« anlässlich der Aufstände in Wien von 1848.

im Wirtshaus? Hatten sie deshalb nur Belanglosigkeiten geredet, weil sie wussten, dass sie belauscht und abgehört wurden? Sie holte ihre Unterlagen und nahm das erste »Wirtshausprotokoll« von Hajdusic zur Hand. Sie blätterte bis zum abrupten Ende bei der Stelle:

»Oba wer woar's daun?«
»Na, frog ned so bled. De Trud!«
»Moanst wirklich?«
»Da Dangl hod si versündigt, und de Trud hod eahm ghoit, des ist kloar.«
»Oba de Trud betäubt doch kan und legt eahm auf de Schienen!«
»De ned, oba de Trudenbohrer.«
»Oh mei! De Trudenbohrer!«

Dann war laut ihrem Bezirksinspektor das Gespräch abgebrochen. Und ihr war die Sache spanisch vorgekommen, und sie hatte den Lauschangriff beschlossen. Aber was, wenn Dangl sich doch an dieser »Trude« vergangen hatte? Wenn die »Trudenbohrer« eine Art Clan waren und sich rächen wollten, hätten sie sich vermutlich nicht damit begnügt, den Krebstod Dangls abzuwarten.

»Blut und Boden, Schuld und Sühne, Unzucht und Rache«, murmelte die Limbach vor sich hin. Wenn es einen geheimen Club der »Trudenbohrer« gab, dann würde sie ihn finden. Aber wenn es ihn nicht gab, würde sie sich bei den Einheimischen mit ihrem Interesse vielleicht lächerlich machen. Vielleicht war das ja auch ein Insiderwitz. Aber ohne Risiko kein Durchbruch, zumindest erkundigen würde sie sich danach. Oder halt – noch besser: Sie würde Hajdusic nach den »Trudenbohrern« suchen lassen. Sollte doch der sich blamieren! Und wenn er sich nicht blamierte, sondern irgendeinen verschrobenen Fanclub der Trude fand – umso besser. Dann würde sie den Brüdern einmal so richtig einheizen.

Paschinger saß in seinem Wohnzimmer und versuchte Text zu lernen. Ursprünglich hatte er gedacht, dass ihn das genug ablenken würde, was zuerst auch ganz gut gelungen war. Paschinger war zwar ein passabel talentierter Hobbyschauspieler, aber nicht übertrieben belesen in der Theaterliteratur. So hatte er in Don Juan immer nur einen lustigen Frauenhelden gesehen ähnlich dem Herrn Casanova. Nicht gerade die interessanteste Rolle, wie er fand. Dangl, der immer schon ein Faible für Frauen gehabt hatte, war wie geschaffen gewesen für den Don Juan, der blaue Baron wiederum redete sich das selbst ein und hätte vermutlich sein Leben dafür gegeben, er aber, Paschinger, hatte erst auf Bitten mehrerer weiblicher Ensemblemitglieder zugestimmt. »Hauptsächlich, damit ich euch von dem Blauen erlöse«, wie er kurz nach Dangls Ableben dem Regisseur gesagt hatte. Gekannt hatte er das Stück bis dahin nur vom Hörensagen.

Nun hatte er sich den Text Molières zunächst einmal ganz durchgelesen und begann nun mit dem Auswendiglernen der ersten Szene. Es klappte jedoch nicht. Immer wieder kam ihm »der steinerne Gast« in den Sinn, der Don Juan schließlich mit sich ins Flammenmeer der Hölle zieht. Nicht gerade nett von ihm, aber der liederliche Don Juan will es ja auch nicht anders, obwohl ihn kurz zuvor noch ein Gespenst zur Abkehr von seinem Lebenswandel und zur Reue bewegen wollte. Der gute Don bleibt hartnäckig: »Nein, es soll nicht heißen, dass ich imstande wäre zu bereuen, geschehe, was da will!«

Und dann geschah, was da wollte, und dann war's natürlich zu spät für Reue. Das Aus für den Weiberhelden. Doch das war es nicht, was den Paschinger so vom Textlernen abhielt. Vielmehr waren es die irrationalen Elemente des Stückes, die in ihm arbeiteten. Ein Gespenst, ein Standbild, das zum Essen kommt und Don Juan dann ins Höllenfeuer zieht. Das alles erinnerte ihn an die Sage, die ihm der Blaue erzählt hatte. Ein altes Weiblein, das den gottlosen Kutscher zu Einhalt und Reue auffordert, der Kutscher will nicht hören, die Fahrt übers Moor, das blaue Licht, der Schädel des Totgefahrenen, der schließlich auf den Kutscher zugeflogen kommt und ihn dazu bringt, die Pferde so fehlzulenken, dass die Kutsche umfällt, dann versinkt er im Moorloch wie Don Juan im Höllenfeuer …

»Der scheiß Blaue!«, schrie Paschinger in seinem Zimmer. Er war aufgesprungen und hatte den Text wütend auf den Boden geschleudert. »Du scheiß Blauer!«, wandte er sich jetzt direkt an das abwesende Subjekt seiner Wut. »Du glaubst, du kannst mich nervös machen, du glaubst, ich schmeiß die Rolle hin, weil ich Gespenstergeschichten glaub? Da täuschst du dich aber gewaltig!«

Natürlich hatte er schon im Wirtshaus begriffen, worauf der blaue Baron hinauswollte, als er ihm die Sage vom »Wilden Kutscher« – nein, nicht erzählte, sondern höchst engagiert und verliebt in den Klang der eigenen Stimme und überzeugt von seinen erzählerischen Fähigkeiten deklamierte.

Selbstverständlich hat das Arschloch mich provozieren wollen und damit gerechnet, dass ich die Nerven verliere und ihm noch mal ein paar Watschen runterhau. Damit wäre dann die Köperverletzung ein Wiederholungsfall, und ich könnte eine saftige Strafe ausfassen, dachte Paschinger jetzt. Dann hob er den Text wieder auf, setzte sich und begann, verbissen zu lernen. Nicht, weil er so gerne lernte, nicht, weil es ihn ablenkte (das hatte schon vorher nicht funktioniert), sondern nur um dem Blauen eins auszuwischen.

»Ich werde diesen dämlichen Don Juan spielen, egal, was passiert. Du wirst deine Traumrolle bestenfalls vom Zuschauerraum aus sehen«, knurrte Paschinger.

Die drei von der Tankstelle

»Das gibt es nicht.«

»Das kann nicht sein.«

»Der Sheriff spinnt doch.«

Das waren die drei meistgebrauchten Sätze des vorigen Abends gewesen.

Als Huber Hans seine zweite Bombe platzen ließ, hatten die meisten zuerst gar nicht richtig zugehört. Dann hatte doch wer nachgefragt, und er hatte nochmals ein bisschen lauter verkündet, dass der Dangl bei der Wir-scheißen-auf-die-Schmalspurbahn-und-bauen-einen-Radweg-Initiative dabei gewesen war. Die meisten Anwesenden hatten das rundweg bestritten, nicht wenige hatten dem G'schaftlhuber den Vogel gezeigt. Und als man ihn nach der Quelle der Information gefragt und er Bezirksinspektor Kienast genannt hatte, war allen klar, dass es einfach nicht wahr sein konnte.

»Das gibt es nicht.«

»Das kann nicht sein.«

»Der Sheriff spinnt doch.«

Dass der Sheriff spann, war übrigens noch der freundlichste Satz über Kienast an diesem Abend gewesen. Es waren aber auch einige unfreundliche Sätze über Huber selbst zu hören gewesen, bis schließlich Hintringer für ihn Partei ergriffen hatte.

»Also ich glaub dem G'scha– dem Hans! Weil, jetzt denkts einmal nach, erstens, warum sollte der Sheriff so was erfinden?«

»Weil er ein Trottel ist.«

»Ja, schon, aber nur weil er ein Trottel ist, sitzt er ja auch nicht daheim und denkt sich G'schicht'ln aus. Also irgendwoher muss er das ja haben. Und wenn das in diesen Mitgliederlisten und Sitzungsprotokollen steht, dann –«

»Dann hat er es halt falsch verstanden, der Sheriff, so hell ist er ja nicht.« Ableidinger hatte es partout nicht wahrhaben wollen.

»Blödsinn!«, war Hintringer laut geworden. »Was gibt's da nicht zu verstehen oder falsch zu verstehen? Wenn er den Namen vom Dangl Hannes in den Listen gelesen hat, dann hat er ihn gelesen und aus.«

Das Ganze war noch eine Weile so hin und her gegangen, und mit der Zeit wurde es doch traurige Gewissheit: Johannes Dangl, genannt Dangl Hannes, hatte Verrat begangen. Verrat an den Interessen des Vereins der »Schmalspurfreunde« und somit auch Verrat an den Interessen aller Mitglieder und Mitgliederinnen und somit Verrat an jedem und jeder Einzelnen von ihnen. Er war ein Verräter gewesen!

Nun gibt es unterschiedliche Arten von Verrat, den weniger schlimmen Verrat, etwa den an den eigenen Idealen, an der Moral, dem Staat, dem Partner oder der Religion. Halb so wild. Aber es gab auch unverzeihlichen Verrat, der den Verräter brandmarkte und eigentlich nur durch einen langen, qualvollen Tod zu sühnen war, also zum Beispiel Verrat am Eisenbahnwesen an sich, der Schmalspurbahn im Allgemeinen, den Waldviertler Schmalspurbahnen im Besonderen und den »Schmalspurfreunden« im ganz Besonderen. Tod also, Tod für den Verräter!

Mit zunehmendem Alkoholpegel war diese Forderung immer öfter und immer unverblümter in der Runde zu hören gewesen. Das hatte schließlich in dem Ausruf vom Ableidinger gegipfelt: »Wenn der Hund ned scho hin warad, miassadn mia eahm glott daschlogn!«[1]

Bezirksinspektor Hajdusic glaubte seinen Ohren nicht zu trauen. Was die Limbach wollte, waren Informationen über die »Trudenbohrer«, die er frei erfunden hatte.

»Sie werden sich umhören, machen Sie von mir aus eine

1 Etwa: »Hätte der bedauernswerte Verblichene nicht ohnehin schon das Zeitliche gesegnet, würde uns wohl nichts anderes übrig bleiben, als ihn mit mehreren wohldosierten Schlägen von allen irdischen Leiden zu erlösen.«

Führung in der Burg mit, die erzählen immer irgendwelche Schauergeschichten zur Auflockerung. Da fragen Sie ganz unschuldig. Sagen Sie, Sie hätten in einem alten Buch etwas gelesen oder sonst was in der Art.«

»Selbstverständlich, Frau Doktor.« Er war der Diensteifer in Person. Das würde ein Heidenspaß werden. Und natürlich gab das ausreichend Stoff für Erzählungen im kleinen Kreis. Bei den meisten seiner Kollegen war die Limbach ähnlich beliebt wie bei ihm selbst.

Sie saßen zur Lagebesprechung im Wachzimmer, das wie immer vor Sauberkeit nur so blitzte. Den Sheriff und Höbarth hatten sie losgeschickt, um die engsten Bekannten Dangls nochmals zu befragen.

»Bringen Sie mir in Erfahrung, wer alles von dem Krebs des Opfers gewusst hat. Ob alle, ob manche, ob keiner. Hat er es geheim gehalten, wenn ja, was für Gründe könnte er dafür gehabt haben? Verstanden?«

»Jawohl!«, hatte der Sheriff versichert und sich erst im letzten Moment das zackige Salutieren verkniffen. Von der »Waldviertler Radlbahn« hatte er den Kriminalbeamten natürlich nichts erzählt.

»Klar«, hatte Höbarth gleichgültig gebrummt. Dann waren die beiden abgezogen.

Erst als sie unter vier Augen waren, hatte die Limbach von den »Trudenbohrern« geredet und ihrem Assistenten den Auftrag erteilt, der seinen Tag gleich viel schöner machte. Oh ja, er würde etwas über den Geheimbund in Erfahrung bringen, und er wusste auch schon, was. Gestern hatte er im Wirtshaus jemand über die drei Typen von der Tankstelle reden hören. Offenbar waren dort ein paar kleine krumme Geschäfte im Gang, und wenn er der Limbach einredete, dass diese drei den Kern einer verschrobenen Bande bildeten, dann wäre sie eine Weile beschäftigt. Er beschloss, sich tatsächlich eine Führung durch die Heidenreichsteiner Burg zu genehmigen und sich dann die Tankstelle und ihre Betreiber anzusehen, damit er seine Geschichte mit realen Beobachtungen würzen konnte.

Er verabschiedete sich übertrieben höflich und verließ seine Chefin, die sich im Wachzimmer einsperrte, um einen strukturierten Lageplan zu erarbeiten.

Paschinger hatte wenig geschlafen, obwohl er schon beim Textlernen ein paar Gläser Wein zur Beruhigung genommen hatte. Kurz vor dem Zubettgehen hatte er dann noch zwei Gläschen Schnaps nachgeleert und war dann überraschend schnell eingeschlafen. Aber nach weniger als einer halben Stunde war er schweißgebadet aufgewacht. Es war ein verworrener Alptraum gewesen.

Er saß auf dem Dach des vordersten Waggons, hinter ihm, also ebenfalls auf den Dächern der Wagen, saßen alle Passagiere und riefen: »Schneller! Schneller!« In seinen Händen hielt er Zügel, aber vorneweg liefen nicht einfach Pferde, sondern die Dampflok mit offenem Feuerloch, in das der blaue Baron mit wildem Gelächter ununterbrochen Kohle schaufelte. Paschinger schlug mit der Peitsche auf die Lok ein, diese stieß schrille Pfiffe aus und wurde immer schneller, die Waggons schlingerten gefährlich in den Kurven, die Leute mussten sich an den Dächern festklammern, sie kreischten vor Vergnügen. Die Strecke ähnelte immer mehr einer Achterbahn, die Kurven waren eng, die Anstiege steil, nun kletterte die Lok langsam und schwer schnaubend hinauf, die Passagiere schrien »Hau ruck! Hau ruck!«, er selbst hieb mit der Peitsche wie verrückt auf die Lokomotive ein, dennoch hatten sie nur noch Schrittgeschwindigkeit, hinten musste Huber von einem der Waggons abgesprungen sein, er überholte den Zug zu Fuß, wobei er auf etwas weit vor ihnen Liegendes zeigte und schrie: »Ich seh ein Schwammerl, da ist ja ein Schwammerl!«

Dann rannte er voraus, jetzt beschleunigte auch der Zug wieder, so, als wollte er den G'schaftlhuber, der mitten auf den Gleisen lief, jagen. Paschinger zog an den Zügeln, wollte dem anderen die Möglichkeit geben, von den Gleisen zu kommen, aber die Lok wurde immer schneller, er schrie »Brrrr!«, aber die Geschwindigkeit steigerte sich nochmals, der blaue Baron schrie in die Feuerbüchse: »Vorwärts, vorwärts, der wilde Kutscher will es schneller haben!«

»Das stimmt nicht!«, rief Paschinger verzweifelt, während Huber vorne um sein Leben lief. Die Waggons sprangen nun bei jeder Kurve aus der Spur, streiften die Bäume, wurden aber vom Zug weiter mitgerissen, obgleich etliche Leute von den Dächern purzelten.

Gerade als die Lokomotive Huber erreicht hatte, hielt dieser plötzlich inne, bückte sich und hielt triumphierend einen Riesenpilz in die Höhe, dann rollte der Zug über ihn, der Pilz wurde durch den Zusammenprall der Lok mit dem Körper hochgeschleudert und kam direkt auf Paschinger zugeschossen. Dieser ließ die Zügel fallen und streckte die Hände nach oben, um den Pilz zu fangen, aber das war gar kein Pilz, das war der Kopf vom Dangl, ein Stück des abgetrennten Halses blutete noch, während zwischen Dangls Lippen immer noch eine brennende Zigarette glomm.

Das war das Ende des Traumes gewesen, er war hochgeschreckt und danach nicht mehr eingeschlafen, obwohl er noch etliche Schnäpse als Schlafmittel missbraucht hatte.

»Arschlöcher! Alle miteinander!«, sagte die Liesl. Obwohl sie eigentlich noch gar nicht geöffnet hatte, saß der Huber bei ihr. Sie tranken Kaffee. Das Urteil der Wirtin richtete sich gegen die gestrige Versammlung. Das »Alle miteinander« bezog Anwesende nicht mit ein. Das spürte Huber mehr instinktiv, als dass es von der Liesl direkt ausgesprochen worden wäre. Aber es war klar, denn sollte mit diesem »Alle miteinander« auch er gemeint gewesen sein, dann hätte ihn die Liesl doch nicht zum Frühstück eingeladen. Das heißt, »eingeladen« war vielleicht ein bisschen übertrieben, wörtlich hatte sie beim Abschied nach der gestrigen Sitzung der »Schmalspurfreunde« gesagt: »Kaunst eh um an Kaffee kumman.« Da wusste der Huber, dass sie reden wollte. Als er dann heute früh geklopft hatte, musste er feststellen, dass die Liesl zunächst mehr schimpfen als reden wollte.

»Arschlöcher! Alle miteinander!«

Er selbst hätte es ein wenig anders formuliert, aber auch ihm ging es gegen den Strich, wie die Versammlung gestern post mortem über den Dangl Hannes hergezogen war.

»Da reißt er sich jahrelang den Arsch auf für die depperte Bahn[1], und dann hört man was, dass er wo dabei gewesen sein soll, und schon ist er ein Verräter und eine Sau und g'hört umbracht.«

Bei »depperte Bahn« war der Huber Hans ein bisschen zusammengezuckt, aber sonst war er ganz ihrer Meinung.

»Soll er dabei gewesen sein bei dem Radlfahrerverein! Na und? Das beweist noch lange nicht, dass er für den Rückbau unserer Bahntrasse war. Vielleicht hat er sich ja gedacht, dass er dort im Verein mitreden kann, dass er ihnen die Umwidmung ausreden kann und stattdessen – was weiß ich – einen Güterweg als neue Radstrecke einreden oder so!«

Kein Zweifel, die Liesl war immer noch ein bisschen verliebt in den Dangl Hannes.

»Recht hast! Völlig richtig!«

Kein Zweifel, der Huber Hans war immer noch ein bisschen verliebt in die Liesl.

Deshalb fühlte er sich auch verpflichtet, ihr zu erklären, weshalb er gestern die große Versammlung einberufen hatte.

»Schau, ich wollt den Hannes ja nicht denunzieren, ich wollt ihn ja nicht anprangern. Noch dazu, wo er eh schon tot ist, da ist ja wurscht, was er getan hat oder nicht.« Das war jetzt vielleicht ein bisschen unsensibel der Liesl gegenüber, aber manchmal redete er halt frei von der Leber weg und schneller, als er dachte. »Was ich wollte, war, die Vereinsmitglieder darüber zu informieren, dass die Bahn in Gefahr ist, dass unser Verein in Gefahr ist. Ich wollte, dass sie von der ›Waldviertler Radlbahn‹ wissen. Wir müssen doch was unternehmen, oder? Wir müssen uns doch wehren!«

Das verstehe sie, sagte die Liesl, sie wolle ihm ja auch nichts

---

1 Ein couragierter Zeitgenosse wie Edmund Sackbauer hätte hier der Wirtin ein »Mei Bahn is ned deppert!« entgegengeschleudert.

Böses unterstellen, sagte sie, aber er müsse zugeben, dass die Sache gründlich schiefgegangen sei, sagte sie.

»Am Ende ist es nur mehr darum gegangen, den Hannes zum Judas abzustempeln, und irgendwas Vernünftiges hat keiner gesagt«, trotzte Liesl. Tatsächlich waren keine Vorschläge, was man gegen den fahrradterroristischen Angriff auf die Heidenreichsteiner Schmalspurbahn unternehmen könnte, gekommen. Lediglich Koppensteiner hatte Huber zugesichert, sich einmal schlauzumachen und dann gemeinsam mit ihm »zum Blunzenstricker« zu gehen.

Der Blunzenstricker war Fleischhauer, Gastwirt, Hotelier, Ortsvorsteher von Klein-Radischen, Gemeinderat in Eisgarn, hatte beste Beziehungen zur BH nach Gmünd, war Landtagsabgeordneter in St. Pölten, und wenn es je einen polternden Dorfkaiser und Lokalpolitiker gegeben hatte, der seine Anliegen »beim Land« durchgebracht hatte, dann war das der Blunzenstricker. Wenn man im Umkreis von zwanzig, dreißig Kilometern was brauchte, redete man mit dem Blunzenstricker. Flächenumwidmungen, Baugenehmigungen für grenzwertige Projekte, Geschäftsideen mit abenteuerlichen Finanzierungsplänen, die trotzdem als förderungswürdig eingestuft wurden, was wiederum die Banken beruhigte, und so weiter und so weiter. Keine Frage, der Blunzenstricker konnte helfen.

Blöd war nur, dass er seine Geschäfte hauptsächlich in Litschau machte und deshalb naturgemäß die Litschauer Interessen vertrat (mit Respektabstand nach seinen eigenen natürlich). Und Litschau hatte seine eigene Bahn …

»Reden müssen wir trotzdem mit ihm«, hatte Koppensteiner erklärt. »Außerdem müssen wir den Paschinger mitnehmen, der hat früher Geschäfte mit ihm gemacht.«

Diese paar Sätze mit Koppensteiner waren also das einzig konstruktive Ergebnis des gestrigen Abends gewesen. Jetzt war es an der Zeit, mit der Liesl wieder ein paar Worte über »E« zu wechseln. Er hatte die Nebenbuhlerin nicht aus den Augen verloren.

»Kennst du eigentlich die Biedermann Erika?«, fragte er. Die Wirtin wusste sofort, warum er fragte.

»Nein, die kannst du vergessen«, sagte die Liesl.

»Du kennst sie nicht?«

»Doch, ich kenn sie schon, mit ›Nein‹ hab ich gemeint, dass sie die Letzte wär, oder sagen wir die Vorletzte, vor der Hauenschild Mary, mit der sich einer was anfangen würd.«

»Warum?«

Aber die Liesl kam nicht mehr zum Antworten. Es klopfte energisch an der versperrten Tür, und eine halbe Minute später stand ein ziemlich aufgeregter Sheriff in der Wirtsstube.

Hajdusic fühlte sich zum ersten Mal seit Tagen richtig in seinem Element. Er war ja nicht zur Kripo gegangen, um sich von einer Döblingtussi herumkommandieren zu lassen, er war auch nicht Polizist geworden, um diverse Abschriften anzufertigen, Protokolle abzuliefern, Akten zu durchforsten oder feindselige Bürger zu befragen, ob sie irgendwas gesehen hätten. Nein! Er war Kriminalist geworden, um das Böse zu bekämpfen, der Gerechtigkeit zum Sieg zu verhelfen, um Mörder zu fangen – oder wenigstens zu jagen.

Ob die drei Subjekte, die er gerade beobachtete, Mörder waren, wusste er nicht genau, aber dass die Dreck am Stecken hatten, das würde er jederzeit beschwören. Weiterhin hatte er den festen Vorsatz, seiner Chefin die drei von der Tankstelle als »Trudenbohrer« zu verkaufen, aber mittlerweile hatte er auch ein starkes eigenes Interesse an Fritz Dimmel, Karl Zimmel, genannt Gitz, und Joschi Hagenauer, genannt Schimmel Spitz, entwickelt.

Nachdem sie ja mit dem Tesla der Limbach ins Waldviertel gekommen waren und die sich eher alle Gliedmaßen abgeschnitten hätte, als ihm ihren Wagen anzuvertrauen, war er praktisch fahrzeuglos. Sich von den hiesigen Polizisten im Dienstwagen zur Tankstelle kutschieren zu lassen wäre eher kontraproduktiv gewesen, also hatte er sich eines der beliebten Leihräder von Heidenreichstein genommen und war nach

Kleinpertholz geradelt. Dort hatte er das Rad zurückgelassen und war einmal in einem großen Bogen um das Tankstellenareal gewandert. Sodann hatte er sich ein lauschiges Plätzchen in der Nähe gesucht und ein Stündchen angestrengt nachgedacht.[1] Danach war er zur Tankstelle gegangen, hatte sich zwei Dosen Cola-Rum und eine Packung Zigaretten gekauft und war dann zu seinem Beobachtungsposten zurückgekehrt.

Nun war eine halbe Stunde vergangen, die Dosen waren leer, und er zog eine erste Bilanz. Obwohl nur wenige Autos zum Tanken kamen, waren die drei Typen schwer beschäftigt. Der Riese mit dem roten Vollbart saß die meiste Zeit an der Kassa, ab und zu kam er auch zur Zapfsäule, tankte, wischte die Scheiben und kontrollierte Öl. Dazwischen ging er immer wieder in einen Nebenraum, um Gott weiß was zu tun.

In der Werkstattbox schraubte sein Kumpel mit dem spitzen, weißhaarigen Schädel an mehreren Fahrzeugen gleichzeitig herum. Er ging nur zur Zapfsäule, wenn Frauen zum Tanken kamen. Eigentlich normaler Betrieb, aber eines war Hajdusic sofort aufgefallen: Während der Spitzkopf das Tor zu seiner Werkstattbox immer offen hatte (vielleicht auch, um rechtzeitig alarmiert zu sein, wenn sich weibliche Kundschaft näherte), war das Tor zur zweiten Box immer geschlossen. Aber als Hajdusic gerade die erste Rum-Cola-Dose geöffnet hatte, war das Tor aufgegangen, und der dritte Tankstellenmann war herausgekommen. Auch noch keine Sensation.

Aber eines fand der Bezirksinspektor doch merkwürdig: Obwohl der dritte Mann nur für eine Minute hinter die Box pinkeln ging, versperrte er das Tor sorgfältig und sah sich aufmerksam nach allen Seiten um. Und als er nach getaner Arbeit wieder zurückkam, sperrte er auf, öffnete das Tor einen Spalt, schlüpfte hinein und schloss es rasch hinter sich. Hajdusic konnte zwar von seinem Posten aus nichts hören, hätte aber dennoch darauf gewettet, dass er es von innen verriegelte.

Das war interessant. Was verbargen die Tankstellenbrü-

1 Sprich: geschlafen.

der? Wurde da drinnen ein gestohlener Wagen umlackiert? Oder eine größere Menge Zigaretten von einem Lieferwagen entladen und umgepackt? Er ging los, schlug einen weiten Bogen und näherte sich dann von hinten der Tankstelle. Auf der Rückseite der bewussten Box gab es zwei staubige Oberlichter in gut zwei Metern Höhe. Zum Glück standen auch ein paar alte Ölfässer herum und warteten auf bessere Zeiten. Er rollte das leichteste unter die Oberlichte, die ihm weniger dreckig vorkam, und kletterte hinauf.

Bingo!

Auf einer der Werkbänke stand eine improvisierte Etikettiermaschine. Der Typ von vorhin war dabei, Whiskyflaschen aus einem Zwanzig-Liter-Kanister zu befüllen. Vermutlich mit billigem Fusel. Für die etikettierten Flaschen standen Kartons bereit. Die Brüder waren also nicht gerade ein großer Fang, aber ein bisschen Prestige würde das schon bringen, wenn er sie auffliegen ließ.

Im Inneren der Garage läutete das Handy vom Zimmel Gitz.

»Was ist, warum rufst du an und kommst nicht selber rüber, du faule Sau?«

»Wir haben Besuch.«

»Scheiße.«

»Der Bewegungsmelder von der Rückseite. Wahrscheinlich der komische Typ, der vorher zu Fuß von irgendwoher gekommen ist und zwei Cola-Rum gekauft hat.«

»Ein Krimineser?«

»Vielleicht«, meinte der Dimmel am Telefon. »Die sind wegen der Dangl-Sache in der Gegend, vielleicht hat ihnen wer einen Tipp gegeben. Du musst ihn weglocken, damit der Schimmel und ich z'sammräumen können.«

»Okay. Eine Leich?«

»Ja. So einem Columbo musst schon was bieten.«

Der Zimmel grinste und steckte das Handy ein. Dann ging er zu dem Eck, wo eine Rolle Teerpappe lehnte, schulterte dieselbe und trug sie zum hinteren Ende des alten Lieferwagens.

Diese Stelle war von keinem der rückwärtigen Fenster gut einzusehen, der aufmerksame Beobachter würde immer nur einen kleinen Ausschnitt unter der geöffneten Hecktür des Wagens sehen. Der Gitz rollte gut fünf Meter von der Pappe auf dem Boden aus und schnitt sie ab. Dann zog er langsam und umständlich eine Vogelscheuche aus dem Wagen. Aus einer gewissen Entfernung betrachtet konnte sie durchaus für einen leblosen Körper gehalten werden. Schließlich wickelte er die Puppe in die Teerpappe ein, sicherte die Rolle mit zwei Drahtschlingen und schleifte das ganze Paket vor zum Tor. Dann zückte er sein Handy.

»Jetzt.«

»Okay.«

Mit quietschenden Reifen fuhr der Schimmel Spitz eine fast antike VW-Pritsche direkt aus seiner Werkstattbox vor das verschlossene Tor, das der Zimmel Gitz gerade öffnete. Der Spitz sprang heraus, zu zweit warfen sie die Vogelscheuchenrolle auf die Ladefläche, und ein paar Sekunden später quietschten die Reifen der Pritsche erneut, und sie schoss Richtung Langegg davon.

Hajdusic rief die Limbach an. Sie hob nicht ab. Er versuchte es beim Sheriff. Der hob nicht ab. Er versuchte es bei der Notrufnummer der Polizei. Warteschleife. Fluchend lief er zu der Stelle, wo er das Fahrrad versteckt hatte.

Es war fort.

Die Raab Evi

Und dann war der Lärm übermächtig, und die Schreie, die sich bisher wie ein verzweifeltes Heulen angehört hatten, gingen in ein einziges Kreischen über, dem nichts Menschliches mehr anhaftete. Und dann kam Dangls Schädel direkt auf ihn zu.

***

Nachdem der Sheriff am Vortag dem Huber und gezwungenermaßen auch der Wirtin von Dangls Krebs erzählt hatte, war es zunächst lange ruhig im Raum geblieben. Schließlich hatte sie gemurmelt: »Das hab ich nicht gewusst. Ehrlich nicht. Warum hat er mir das nicht g'sagt? Das gibt's nicht, das kann nicht stimmen, das hätt er mir doch g'sagt!« Sie war fertig gewesen.

»Ist aber amtlich«, hatte der Sheriff seine Neuigkeit bekräftigt. Zunächst hatte er ja darauf bestanden, den Huber (als inoffiziellen Ermittlungshelfer) alleine zu sprechen, aber der hatte wiederum darauf bestanden, die Liesl hinzuzuziehen.

»Du musst sie ja ohnehin befragen, ob sie davon gewusst hat, also ob sie es jetzt erfährt oder in einer Viertelstunde, ist doch wurscht, oder?«

Das hatte sogar Kienast eingeleuchtet, und er war dem Huber Hans zurück in die Gaststube gefolgt, aus der er ihn vorhin geholt hatte.

»Das gibt's nicht. Warum hat er mir nix g'sagt?« Langsam war im Huber der Verdacht aufgekommen, dass die Liesl nicht so sehr wegen Dangls tödlicher Krankheit fertig war, sondern weil er sie nicht eingeweiht hatte. Was ihr aber am meisten zu schaffen machte, war der Verdacht, dass die unbekannte »E« Bescheid gewusst hatte. Das tat weh. Extrem weh.

»Das tut weh«, hatte sie halblaut vor sich hin gesagt.

»Ja, so ein Krebs kann ganz schön wehtun, ich hab einmal einen Onkel gehabt, bei dem haben die Ärzte gesagt, drei Monate noch, und dann hat es fast zwei Jahre gedauert, aber Leben war das keines mehr«, hatte der Sheriff geantwortet.

Um dem Gespräch eine andere Richtung zu geben, hatte der G'schaftlhuber ihn gefragt, ob er etwas über die »E«hefrauen der drei Verdächtigen herausgefunden hatte. Aber natürlich war das dem anderen zu viel vor der Liesl. Amtsgeheimnis, Verschwiegenheitspflicht, laufende Ermittlungen, er hätte die Liste sicher noch fortgesetzt, also war ihm Huber vor die Tür gefolgt.

»Zwei Treffer.«

»Lass mich raten, der eine Treffer ist die Erika Biedermann.«

»Woher weißt du das?«

»Vom Nachdenken. Schließlich kenn ich den Biedermann schon lange. Aber die Liesl sagt –«

»Wieso die Liesl? Hast du die etwa eingeweiht?«

»Nein. Nein! Ich doch nicht!«

»Sag mir die Wahrheit, Huber!«

»Na ja, gefragt hab ich sie halt, ob sie die Erika kennt.«

»Das ist Amtsmissbrauch!«

Da hatte der gute Bezirksinspektor Kienast doch ein wenig übertrieben. Huber Hans musste ein paar Dinge klarstellen.

»Du, wir sind nicht im Wilden Westen, ich bin nicht als Hilfssheriff vereidigt, und somit habe ich kein Amt und kann folglich auch keines missbrauchen. Außerdem habe ich dir nicht versprochen, mit niemandem über den Fall zu reden, zumindest was meine Erkenntnisse betrifft. Ich geh ja nicht herum und posaune aus, was in euren Akten steht.«

»Das wäre ja noch schöner!«

»Eh, wär eh noch schöner, aber leider steht nicht viel drinnen. Dass du den Anhänger gefunden hast, okay, aber sonst habts ihr nix. Na gut, dass der Dangl Krebs gehabt hat, okay, aber sonst habts ihr nix.«

»Ha! Und was hast du? Hast du mir schon einen brauchbaren Hinweis geliefert?«

»Das will ich ja gerade, also: Die Liesl sagt, dass die Erika

Biedermann die Letzte, nein warte, die Vorletzte wäre, die mit dem Dangl Hannes was angefangen hätte, also –«

»Warum?«

»Was?«

»Warum?«

»Na so halt, das hat sie nicht gesagt, aber Frauen haben da so einen Instinkt.«

»Blödsinn. Ich bin ein Mann des Gesetzes, da gibt es keinen Instinkt.«

»Den Verdacht hab ich auch schon gehabt.«

»Was?«

»Dass du keinen Instinkt hast.«

»Wenn du mich beleidigen willst, musst du früher aufstehen, ich hab ein dickes Fell. Aber ich würde sagen, wir fragen sie einfach, deine Liesl.« Damit war der Sheriff zurück in die Gaststube marschiert.

»Das ist nicht meine Liesl!«, hatte Huber protestiert, während er dem anderen nacheilte. Der Protest war aber nur halblaut gekommen, damit ihn die Liesl, die nicht die seine war, nicht hören hatte können.

»Warum glaubst du, dass die Erika Biedermann nichts mit dem Opfer gehabt hat?«, war der Sheriff amtsdeutsch auf die Wirtin losgestürmt.

»Die Biedermann is schiach, wia die Nacht finster. Und der Hannes hat es sich aussuchen können«, hatte dieselbe, ohne mit der Wimper zu zucken, versetzt.

Kienast hatte überlegt, ob das ein stichhaltiger Beweis war, und sich dagegen entschieden. »Das sagt noch gar nichts.«

»Außerdem wär das Ehebruch, und sie ist streng katholisch.«

»Das sagt noch gar nichts.« Da hatte sich wiederum der Huber ausgekannt.

»Vielleicht bei euch nicht, aber bei den Betschwestern schon. Ja, ich bin auch nicht auf der Nud'lsuppen daherg'schwommen, das weiß ich selber auch, dass es die auch juckt. Wollen tun sie schon, aber können tun sie nicht! Die beobachten sich gegenseitig wie der Jaga das Wild. Wenn eine heut nicht in der Messe war, weiß es morgen die ganze Gemeinde. Und wenn eine am Abend unkeusche Gedanken hat, singt es in der Früh schon der ganze Kirchenchor. Und der Hannes hat seine Schlamp'n[1] ja meistens am Sonntagvormittag getroffen. Das ist die Primetime für ordentliche Kerzerlschluckerinnen.«

Der Liesl war nichts vorzumachen gewesen. Das Ganze war noch eine Weile so hin und her gegangen, dann hatte der Sheriff das zweite »E« ausgepackt.

»Die Frau vom Grünsteidl heißt Eva.«

Andächtiges Schweigen hatte sich breitgemacht. Dann hatten sich Wirtin und G'schaftlhuber in schöner Harmonie gleichzeitig mit der Hand an die Stirn geschlagen (zum Glück auf die eigene, sonst hätte der Sheriff einschreiten müssen).

»Mir san so deppert!« Das war zweistimmig gekommen. Kienast hatte von der Liesl zum Huber Hans und wieder zurück geschaut.

»Was ist los?«

»Dass wir da nicht gleich draufgekommen sind!«

»Wieso?«

»Weil die Evi –«, hatte Huber angesetzt, um ein Phänomen zu erklären.

»… eine Schlamp'n ist!«, hatte die Wirtin abgekürzt und ein endgültiges Urteil gefällt.

Aber so einfach war es natürlich nicht. Und als der Huber Hans, genannt G'schaftlhuber, nun in seinem Wohnzimmer saß und das gestrige Treffen mit Wirtin und Sheriff Revue passieren ließ, konnte er auch in Ruhe über das Phänomen Eva Grünsteidl nachdenken. Das wäre in Gegenwart der Liesl unmöglich gewesen.

---

1 In Österreich wird von einer »Schlampe« höflichkeitshalber im Plural gesprochen: »die Schlampen«. Außerdem ist es ein lieb gewonnener Brauch, dass etwaige Nebenbuhlerinnen automatisch zur »Schlamp'n« erklärt werden. Offenbar wissen die Verleiherinnen solcher Ehrentitel sehr genau, welche Art Frau ihr Ehemann/Liebhaber/Begleiter schätzt.

»Komm mit! Lauf weg!«, sagte er vor sich hin. So hieß ein altes Kinderspiel, das eine rasche Auffassungsgabe erforderte. Und obwohl sie nicht direkt mit den Regeln dieses Spieles zu tun hatte, war das immer schon die Botschaft der Grünsteidl Eva gewesen.

»Komm mit, ich warte schon so lange auf dich, du bist der Einzige, der mich retten kann, endlich bist du da«, murmelte der Huber. Das war die eine Hälfte der Botschaft.

»Lauf weg, ich kann nicht, es geht nicht, es geht mit keinem, aber schon gar nicht mit dir. Ich bin furchtbar, ich verdiene dich nicht, ich wäre dein Verderben!« Das war die andere Hälfte.

Überbringer dieser widersprüchlichen Botschaftshälften war das Lächeln der Grünsteidl Eva. Ein Lächeln, das Männern das Herz aufgehen ließ. Weniger romantische Exemplare behaupteten, dass dieses Lächeln den Herren der Schöpfung Geldbörse und Hose gleichzeitig aufgehen ließ, aber der Huber Hans war eher ein Romantiker. Der Grund, warum er nicht früher auf sie als Dangls heimliche Geliebte getippt hatte, war einfach. Weder er noch die Wirtin hatten sie als »Grünsteidl Eva« im Bewusstsein, sondern unter ihrem Mädchennamen, Eva Raab.

Die Raab Evi war der feuchte Traum vieler ihrer Mitschüler gewesen und gleich nach der Pubertät auch der feuchte Traum vieler Mitschülerväter, Lehrer und sonstiger an und für sich vernünftiger Männer. Das lag nur zum Teil an ihrer guten Figur und ihrem süßen Gesicht. Hauptursache war eben dieses Komm-mit-lauf-weg-Lächeln, das einem den Schlaf rauben konnte.

Die Raab Evi hatte (vielleicht sogar unbeabsichtigt) bei vielen viele Hoffnungen geweckt, aber keine dieser Hoffnungen hatte sich erfüllt. Später war sie nach Wien gegangen und erst vor ein paar Jahren wieder herausgezogen. Da war sie schon mit dem Grünsteidl zusammen gewesen. Bald darauf hatten die beiden geheiratet und wohnten jetzt in Langegg. Aber irgendwie brachte niemand die beiden miteinander in Verbindung. Man sah sie auch so gut wie nie zusammen. Traf sie einer in der Stadt, so dachte er bei sich: Schau, schau, die Raab Evi. Immer »die Raab Evi«, nie »die Grünsteidl Eva«. Deshalb hatten weder beim Sheriff noch beim Huber, ja nicht einmal bei der Lang Liesl die Glocken geläutet, als sie nachgedacht hatten, wie die Frau vom Grünsteidl wohl hieß.

Aber jetzt schien es dem G'schaftlhuber so logisch, dass er sich ein bisschen schämte, nicht schon früher draufgekommen zu sein.

»Erstens ist der Dangl Hannes ein fescher Kerl gewesen.« Wie viele alleinstehende Männer hatte auch der Huber Hans die Angewohnheit, die Stille daheim gelegentlich durch kleine Selbstgespräche zu unterbrechen. Außerdem wirken Fakten gleich um einiges gewichtiger, wenn sie laut ausgesprochen werden, das ist fast, als würde man sie niederschreiben.

»Zweitens ist die Raab Evi eine fesche Frau. Drittens ist der Grünsteidl ein … was weiß ich. Also, auf jeden Fall hat er nicht die Klasse von der Evi. Viertens hatten sie die Gelegenheit, und die macht bekanntlich Diebe. Der Mann ein zeitraubendes Hobby, oft abwesend und die Heimkehr mit dem Fahrplan leicht zu berechnen. Der Dangl viel mit dem Fahrrad unterwegs, die Gegend waldreich, mit vielen versteckten Waldwegen und romantischen Plätzen bei den Wackelsteinen.« Er machte eine Pause und überlegte. Gab es noch was?

Es gab noch was.

»Fünftens heißt sie eben Evi, und sonst hat der Sheriff keine andere »E« im Umfeld vom Verein gefunden (mit Ausnahme der katholischen Erika). Sechstens passt so ein heimlicher Anhänger irgendwie zu ihr. Zum Hannes zwar weniger, aber wenn sie ihm so ein Liebespfand geschenkt hat, dann hat er es auch angenommen. Der Dangl war ein Gentleman.«

Währenddessen saß Frau Dr. Philippa Limbach im Wachzimmer von Heidenreichstein dem blauen Baron gegenüber und hörte aufmerksam zu.

»Ich weiß natürlich, liebe gnädige Frau Doktor, dass Ihre

Zeit kostbar ist, aber ich erachte es als meine Bürgerpflicht, Ihnen als zuständige Ermittlungsleiterin meine Wahrnehmung eines mit dem Verbrechen möglicherweise in direktem Zusammenhang stehenden Vorfalles zur Kenntnis zu bringen, auch wenn ich dabei eine mir schon lange persönlich bekannte und von mir auch durchaus geschätzte Person belaste, ja vielleicht sogar in die Nähe einer strafbaren Handlung treten lassen muss, was keineswegs meiner Absicht entspricht, was mich allerdings auch nicht davon abhält, ohne Rücksicht auf mögliche Konsequenzen meinem Gesetzesverständnis zu folgen, auch und nicht zuletzt weil ich mich der Wahrheit verpflichtet fühle und es für mich eine Selbstverständlichkeit darstellt, die Exekutive in allen Bemühungen mit ganzer Kraft bei ihren Bemühungen zu unterstützen, zum Wohle der Allgemeinheit ihres Amtes zu walten, um uns ein möglichst sicheres und angstfreies Miteinander im täglichen Leben zu gewährleisten.«

Die Limbach spürte, wie ihr Blutdruck stieg. Als der Mensch vor ein paar Minuten ins Wachzimmer gekommen war und sich, ohne Inspektor Höbarth zu beachten, direkt an sie gewandt hatte, war sie zunächst angenehm von seinen Umgangsformen und seinem höflichen Ton überrascht gewesen. Dass er sich ständig die Lippen leckte und seinen Blick dabei über ihre Figur wandern ließ, war zwar unappetitlich, beschädigte das Gesamtbild allerdings nur wenig. Die Limbach wollte den Mann schließlich nicht heiraten, sondern erhoffte sich einfach brauchbare Hinweise zum Fall. Als er nun aber seinen Einleitungssermon vom Stapel gelassen hatte, drängte sich der Verdacht in ihr auf, dass das ein örtlicher Spaßvogel war, der sie genauso verarschen wollte, wie es Hajdusic mit seinen übertrieben gespreizten Floskeln schon die ganze Zeit tat. Während sie aber auf die Provokationen von Hajdusic nicht reagieren wollte, musste sie sich hier keine falsche Zurückhaltung auferlegen und konnte dem Kerl Gleiches mit Gleichem vergelten.

»Es freut mich außerordentlich, sehr geehrter Herr …?«

»Pfeifenstein. Walther Viktor Pfeifenstein.«

»Richtig. Also, es freut mich außerordentlich, Herr Pfeifenstein, in Ihnen einen so aufmerksamen Beobachter und couragierten Mitbürger vor mir zu sehen, der nicht nur, was viele Menschen heutzutage leider völlig verabsäumen, mit offenen Augen durch die Welt geht und dann auch intellektuell in der Lage ist, das Gesehene, das Beobachtete sinnerfassend zu bewerten, in einen größeren Kontext einzuordnen, sondern sich dann, falls nötig, auch nicht davor scheut, seine Beobachtungen ebenso wie seine ebendiese Beobachtungen betreffenden Überlegungen einer amtlichen Stelle, hier namentlich der Polizei, vertreten durch meine bescheidene Person, zur Kenntnis zu bringen.« Nimm das, du Dorftrottel!

Den blauen Baron durchfuhr heftige Erregung. Er hatte den richtigen Ton getroffen. Sie stand auf hochgestochene Konversation. Vermutlich machte sie das heiß. Da war sie bei Walther V. Pfeifenstein an den Richtigen geraten!

»Danke, liebe gnädige Frau Doktor. Danke für Ihre offenen Worte, nicht nur bezüglich des in der Tat bedauernswerten Verlustes von ehrlicher Neugier im Sinne des Verlangens nach lebenslangem Bewahren der Fähigkeit zum Staunen und Lernen, die vielen unserer Mitbürger, die ich, Humanist, der ich bin, gerne als Mitmenschen bezeichne, tatsächlich schon großteils abhandengekommen zu sein scheint, sondern auch danke bezüglich Ihrer Worte über meine Bereitschaft, sozusagen Zeugnis abzulegen, die Sie in Ihrer Großmütigkeit so herausgestrichen haben, während sie für mich, wie schon erwähnt, nur einen Teil meiner Bürgerpflicht darstellt, den zu betonen es kaum der Mühe lohnt.«

Na, wie war ich? Er leckte sich die Lippen. Ungefähr drei Meter von den beiden entfernt hatte Höbarth längst aufgehört, seine Tastatur zu bearbeiten. Momentan mühte er sich damit ab, möglichst unauffällig die »Recorder«-Funktion auf seinem Handy zu finden, weil er das Gespräch unbedingt aufnehmen wollte.

»Ich bin es, lieber Herr Pfeifenstein, die zu danken hat. Leider, und das ist in diesem Fall nicht nur so dahingesagt, sondern ich bedaure diesen Umstand tatsächlich zutiefst, weil ich selten eine so geistreiche Unterhaltung genießen durfte, also wiederhole ich ausdrücklich: *Leider* muss ich Sie ein wenig zur Eile drängen, da mich eine unaufschiebbare dienstliche Pflicht in Anspruch nimmt, der nachzukommen ich schon in Kürze genötigt sein werde. Darf ich Sie daher bitten, mir Ihre hochinteressante Beobachtung kurz zu skizzieren, damit –«

»Aaaah … Jajajajaja-ha … Oh-ooh-oooh Uuaaaaahhh!« Das war eindeutig die Sagl Anni gewesen. Höbarth hatte statt der Recording- die Play-Taste erwischt. Die abgespielte Aufnahme war bei der kleinen After-Gschnas-Party zu dritt entstanden. Der junge Inspektor liebte akustische Erinnerungen an schöne Stunden. Jetzt saß er wie versteinert da, durchbohrt von den Blicken der Limbach und des Blauen. Dessen Gesichtsausdruck spiegelte allerdings ungeheucheltes Interesse wider.

»Inspektor Höbarth, verlassen Sie das Wachzimmer! Gehen Sie Streife oder sonst was. Über Ihre Angewohnheit, während des Dienstes Pornos am Handy zu schauen, werde ich Ihren Vorgesetzten informieren. Soll der sich mit Ihrer Dienstauffassung herumschlagen, ich fühle mich nicht dazu verpflichtet. Und jetzt raus!«

Höbarth verließ eilig den Raum. Er hätte sich in den Hintern beißen können. Durch Ungeschicklichkeit so eine Gelegenheit zu versäumen! Er genierte sich nicht für die Aufnahme, die war gut, daran gab es nichts zu rütteln. Aber jetzt konnte er weder den gespreizten Dialog der beiden aufnehmen, um ihn später in froher Runde abzuspielen, noch die Beobachtung des blauen Barons von Pfeifenstein bewerten.

Wahrscheinlich hat er eh nix G'scheites zu melden. Irgendeiner der Schmalspurfreunde wird ihm auf die Zehen gestiegen sein. Höbarth schlenderte über den menschenleeren Hauptplatz und hörte sich dabei das Audiofile der Sagl-Sisters nochmals an.

Koppensteiner beobachtete seinen Triebfahrzeugführer[1] aus den Augenwinkeln. Paschinger gefiel ihm gar nicht. Er schien müde, ja abwesend, tat seine Routinehandgriffe in der Lok schleppend, vergaß einiges, dann wieder schreckte er hoch und wurde hektisch, holte das Vergessene fahrig nach.

»Geht's dir nicht gut, Peter?«

»Was? Nein, nein, geht schon!«

»Ich mein ja nur. Du wirkst ein bisserl – müde. Lange Nacht?«

»Nein, nein! Das heißt – ja, aber nicht so, ich ... Momentan schlaf ich schlecht. Also zu wenig.« Das war eine glatte Untertreibung. In Wahrheit hatte er ziemlich genau eine halbe Stunde geschlafen. Wieder hatte er von der wilden Fahrt geträumt, dann hatte der Kopf von Dangl ihn angeheult, er war erwacht und nicht wieder eingeschlafen. Schließlich war er aufgestanden und ziellos durch die Nacht gewandert, um sich müde zu machen. Es hatte nicht funktioniert.

»Signal geben!«, rief der Koppensteiner jetzt. Paschinger erschrak und ließ die Lok pfeifen. In letzter Sekunde, bevor sie den Bahnübergang einer Forststraße erreichten.

Es war strenge Vorschrift, das Herannahen des Zuges vor jeder unbeschrankten Kreuzung anzukündigen – und davon gab es eine ganze Menge. Es war sowohl ihm als auch dem Hintringer in Fleisch und Blut übergegangen, alle paar hundert Meter ein akustisches Signal zu geben. Dass er es soeben ohne Koppensteiner beinahe vergessen hätte, sorgte für einen gewaltigen Schweißausbruch. Er war wirklich ziemlich angeschlagen. Angestrengt sah er die Schienen entlang, bereit, jederzeit eine Notbremsung einzuleiten.

»Wir sind ein bisschen gar langsam, oder?«, schrie Koppensteiner, um sich akustisch gegen das laute Stampfen der

1 Das schöne, in Österreich liebevoll gepflegte Amtsdeutsch hat auch im Sprachgebrauch der Bundesbahnen seinen Niederschlag gefunden. Es gibt keine Lokführer oder Lokomotivführer, sondern Triebfahrzeugführer. Auch wenn im alltäglichen Betrieb niemand auf die Idee käme, von einem Triebfahrzeug zu sprechen.

Maschine durchzusetzen. »Wenn du nicht ein bisschen mehr gibst, bleiben wir am Berg hängen.«

Paschinger schüttelte den Kopf. »Geht sich schon aus, lieber auf Nummer sicher gehen.« Aber schon ein paar hundert Meter später musste er feststellen, dass es sich eben nicht ausging – die Steigung, ohne Schwung genommen, war zu viel für das Gewicht des Zuges, die Räder der Lok begannen durchzudrehen. Sie mussten unter großem Hallo und Gelächter der Passagiere halten und wieder weit zurückschieben, um es mit mehr Schwung noch mal zu versuchen. Diesmal gab Paschinger mehr Dampf. Koppensteiner verkniff sich ein »Ich hab's ja gleich gesagt«.

Den Leuten gefielen derartige Einlagen, da hatten sie zu Hause gleich mehr zu erzählen. Das Ganze war also kein Drama, aber Sorgen um seinen Triebfahrzeugführer machte er sich doch. Beim zweiten Anlauf, als der Zug beinahe die Zwanzig-Kilometer-pro-Stunde-Schallmauer durchbrochen hätte, war diesem wieder der Schweiß in Strömen übers Gesicht gelaufen.

Die wilde Fahrt

»Was macht er?« Die Frage galt dem Zimmel Gitz, der sich strategisch gut positioniert hatte und den Bezirksinspektor Hajdusic unter laufender Beobachtung hielt.

»Blöd schauen.«

Der Dimmel lachte ins Telefon. »Das denk ich mir, aber wohin will er gehen? Oder hat er ein Taxi bestellt?« Das wäre natürlich das Beste gewesen, denn die Taxifahrten in Heidenreichstein und Umgebung wurden zu fünfundneunzig Prozent von denselben drei Fahrern durchgeführt. Dem Dimmel Fritz, dem Zimmel Gitz und dem Schimmel Spitz, der eigentlich Hagenauer hieß. Die Bergauer Mary war immer daheim, weil sie sich um ihren bettlägerigen Mann kümmerte. Als solche war sie die ideale Taxizentrale. Sie gab dann die Fahrten weiter, in Ausnahmefällen, wenn alle drei Musketiere verhindert waren, nach Gmünd, seltener nach Litschau, wo der alte Weber fuhr, meistens jedoch an die drei von der Tankstelle.

»Ich muss auflegen, der Spitz ruft an«, sagte der Dimmel und übernahm das zweite Gespräch.

»Wo soll ich hinfahren mit der ›Leiche‹ im Kofferraum?«, wollte der Schimmel wissen.

»Sag ich dir gleich, wenn wir wissen, wohin er geht, momentan schaut er noch blöd und tut nichts.«

»Na gut, dann wart ich solang.«

Hajdusic war unschlüssig. Hatten ein paar Lausbuben das Rad gestohlen, oder war er aufgeflogen und die drei von der Tankstelle hatten es weggeschafft, um ihn an der Verfolgung zu hindern?

Wie auch immer, er hatte Blut geleckt, und er würde den Lieferwagen kriegen. Als ein dunkler Peugeot die Straße entlangkam, hob er gebieterisch den Arm und trat auf die Fahrbahn. Damit hatte der Fahrer nicht gerechnet. Die Reifen quietschten, und um ein Haar wäre es das letzte Geräusch gewesen, das der Bezirksinspektor in seinem Leben gehört hätte.

»Sag einmal, bist du b'soffen, du Wahnsinniger?« Der Peugeot-Fahrer war aus dem Auto gesprungen und kam drohend auf Hajdusic zu.

»Polizei, ich beschlagnahme Ihr Fahrzeug!«

»Was?«

»Steigen Sie ein und folgen Sie dem Lieferwagen«, schrie Hajdusic und sprintete zur Beifahrertür. Der andere sah sich um. Weit und breit war kein Lieferwagen zu sehen. Hatte er es nicht mit einem Besoffenen, sondern mit einem Wahnsinnigen zu tun?

»Los jetzt, ich sag Ihnen schon, wo Sie hinfahren sollen!«

Waldviertler sind vieles, aber sicher nicht obrigkeitshörig. Auf Zuruf geht gar nichts. Der Peugeot-Fahrer rührte sich nicht von der Stelle und stemmte die Hände in die Seiten.

»Ich fahr nirgends hin.«

»Sie verhindern eine Polizeiaktion!«

»Da musst du zuerst einmal beweisen, dass du von der Polizei bist! Ausschauen tust du nämlich nicht so. Gibt's einen Ausweis oder so was?«

Hajdusic brach die Diskussion ab, indem er um den Wagen herumlief, fahrerseitig einstieg und den abgewürgten Motor startete. Der Peugeot-Fahrer traute seinen Augen nicht.

»Heh! Bist du deppert?«

Aber da war der Kriminalbeamte schon mit durchdrehenden Rädern losgebraust. Vom Kassahäuschen der Tankstelle aus hatten Dimmel und Zimmel das Geschehen beobachtet. Jetzt hob der Zimmel das Telefon: »Er kommt, in einem blauen 407er Peugeot, fahr langsam los.«

»Okay«, antwortete der Schimmel, der ungefähr einen halben Kilometer entfernt in einem kleinen Waldweg gewartet hatte, wie sich die Sache entwickeln würde. Er fuhr gemütlich los, bis er endlich im Rückspiegel den Peugeot auftauchen sah. Dann stieg er aufs Gas.

Die Limbach hatte den Anruf Ihres Assistenten nicht entgegengenommen. Was auch immer der Trottel wollte, es konnte warten. Sie selbst war nämlich von einem anderen Trottel auf eine wesentlich handfestere Spur gebracht worden. Der Lippenlecker mit seiner gespreizten Schwafelei mochte vielleicht ungustiös sein, aber er war der erste Einheimische, der Bereitschaft zur Zusammenarbeit signalisiert hatte, und die Beobachtung, die er ihr umständlich erzählt hatte, war zumindest eine Überprüfung wert. Es ging um den Lokführer des Unglückszuges. Der Lippenlecker hatte behauptet, dass er diesen Peter Paschinger dabei beobachtet hatte, wie er mehrmals völlig verwirrt im nächtlichen Heidenreichstein herumgegeistert sei.

»Und was schließen Sie daraus?«, hatte die Limbach gefragt und diesmal auf alle sprachlichen Verzierungen verzichtet.

»Dass der Mann fertig ist.«

»Kein Wunder, er hat den anderen ja tatsächlich getötet, wenn auch nicht mit Absicht.«

»Das eben, hochverehrte gnädige Frau, ist die Frage.«

»Das ist keine Frage, er war ja bei Hin- und Rückfahrt auf der Lok, er kann das Opfer also schlecht auf die Schienen gelegt haben.«

»Er nicht. Aber vielleicht sein Komplize. Ich behaupte, dass er eingeweiht war, dass das ein Komplott gewesen ist. Sonst würde er nicht so völlig verrückt durch die Gegend rennen. Vergessen Sie nicht, dass er mich schon einmal tätlich angegriffen hat. Das leibhaftige schlechte Gewissen. Wenn er nicht beteiligt war, würde er sich die Sache nicht so zu Herzen nehmen. Alle Lokführer haben ein paar Tote zu beklagen. Aber sein Verhalten ist – irre. Eigentlich unverantwortlich, dass man ihn noch den Zug fahren lässt.«

Nachdem Pfeifenstein gegangen war, überlegte die Limbach. Natürlich war es möglich, dass gar nichts dahintersteckte. Vielleicht wollte er sich für die erhaltenen Schläge rächen. Aber er war bereit, vor Gericht zu schwören, dass er Paschinger völlig verwirrt beobachtet hatte. Egal, was es brachte, es lohnte sich auf jeden Fall, dem Lokführer auf den Busch zu klopfen. Und zur Sicherheit würde sie die Vorschrift einhalten und zu zweit bei Paschinger auftauchen. Der Sheriff war in einer wichtigen dienstlichen Angelegenheit nach Gmünd gerufen worden. Vermutlich hatten sie dort in diesem Monat noch zu wenige Strafzettel ausgestellt und holten ihn nun zu Hilfe. Sie musste also wohl oder übel den anderen mitnehmen. Sie rief Höbarth über Funk – und tatsächlich antwortete dieser schon nach dem fünften Ruf.

»Einrücken. Sie fahren mit mir zu einem Zeugen!«

»Wenn's sein muss.«

Der junge Inspektor war überraschend schnell zur Stelle, was vor allem daran lag, dass der Gastgarten seines Lieblingscafés ungefähr zwanzig Schritte neben dem Wachzimmer lag.

»Wohin fahren wir denn?«

»Zu dem Lokführer. Haben Sie die Adresse?«

»Ja, aber der ist jetzt nicht daheim.«

»Woher wissen Sie das?«

»Weil heute gefahren wird. Zweimal. Hin und retour. Und momentan ...«, er sah auf die Uhr, »... ist er gerade bei Aalfang und in gut zehn Minuten oben im Bahnhof.«

Die dienstliche Angelegenheit, die den Sheriff nach Gmünd gerufen hatte, war in fünf Minuten erledigt gewesen. Er hatte sich einen gewaltigen Anschiss von seinem direkten Vorgesetzten abgeholt, weil der blaue Baron sich an höherer Stelle (also in Gmünd) beschwert hatte. Angeblich waren in der Angelegenheit »Pfeifenstein versus Paschinger« die Aussagen des Blauen in der Niederschrift verdreht wiedergegeben worden, wodurch es so aussah, als wäre er der Aggressor gewesen. Der Sheriff hatte sich den Anschiss mit unbewegtem Gesicht gefallen lassen und sich vorgenommen, ihn ungebremst an Höbarth, der die Anzeige schließlich aufgenommen hatte, weiterzugeben. Dann hatte er salutiert und den Gmünder Posten verlassen.

Er war schon außerhalb der Stadt, als ihm seine Schwester

einfiel. Unverzüglich kehrte er um. Eigentlich hatten sie ein etwas schwieriges Verhältnis. Sie arbeitete in einer Buchhandlung, er bei der Polizei. Er hielt ihren Beruf für unnötig, sie den seinen für unmöglich. Sie fand, dass er ein pedantischer und verklemmter Möchtegerndiktator war, er fand, dass sie ein weltfremder Gutmensch war, der unnötigerweise stundenlang in irgendwelchen Büchern las. Dennoch musste er sie heute aus einem ganz bestimmten Grund sehen.

»Griaß di! Was machst denn du da? Hast du Lesen g'lernt?«, fragte seine Schwester Elisabeth, als er die Buchhandlung betrat.

»Sehr witzig. Hast du Kochen g'lernt?«, gab der Sheriff zurück. Sie lachte. »Das ist das Wichtigste bei einer Frau, gell? In deiner Welt hat eine Frau nur drei Funktionen. Kochen, Putzen und … Na ja, bei dir täten vielleicht sogar zwei genügen.«

»Jetzt reicht's aber dann, gell! Kannst du einmal normal reden mit mir?«

»Nein, mit dir kann man nicht normal reden.«

Der Sheriff fluchte innerlich. So war sie schon immer gewesen, nie um eine Antwort verlegen und immer das letzte Wort. Typisch große Schwester.

»Hör zu, ich brauch was.«

»Meinst du damit: Könntest du so freundlich sein und mir bitte helfen, liebe Schwester?«

»Ja, hab ich doch gesagt, ich brauch was.«

»Wurscht, was es is, wennst kein ›Bitte‹ über die Lippen bringst, kannst es dir aufzeichnen, von mir kriegst du's nicht.«

»Du tust gerade so, als wollt ich weiß Gott was von dir, dabei brauch ich nur eine Auskunft.«

»Ach so! Na, das is was anderes. Eine Auskunft kriegst schon für ein ›Bitte, Elisabeth‹. Super, oder?«

Es war zum Aus-der-Haut-Fahren. Immer wusste sie was. Am besten, man hätte gar keine Schwester.

»Also gut, bitte, liebe Elisabeth, kannst du mir helfen?«

»Aber mit dem größten Vergnügen, lieber Franz!«

»Pass auf, du kennst doch die Raab Evi.«

»Wir sind miteinander in die Schule gegangen. Aber die heißt jetzt nicht mehr Raab, die Evi, die heißt –«

»Grünsteidl. Eva Grünsteidl.«

»Wenn du's eh weißt, was fragst du dann?«

»Das war ja nicht die Frage.« Der Sheriff schwitzte. Seine Schwester schaffte es immer in kürzester Zeit, ihn auf die Palme zu bringen.

»Was ich wissen will: Hast du sie wieder getroffen, seit sie wieder da ist?«

»Wie sie von Wien zurückgekommen ist, meinst du? Ja, sicher hab ich das. Ein paarmal sind wir uns über den Weg gelaufen.«

»Kennst du ihren Mann auch, den Grünsteidl?«

»Auch nur vom Sehen. Der ist doch bei dem Schmalspurverein, oder?«

»Genau. Weißt du, wie die Ehe so ist?«

»Wie die Ehe ist?«

»Na, ob sie gut ist oder schlecht oder ...«

»Na, darüber haben wir nicht geredet, so gute Freundinnen waren wir jetzt auch nicht, wir haben mehr so das Übliche geredet, über früher, was macht die, was ist aus dem geworden, kannst du dich noch an das und das erinnern. Solche Sachen halt.«

»Und von anderen hast nichts über sie oder ihn gehört? Wird nichts getratscht?«

»Mein lieber Bruder, ich weiß, dass dein Weltbild im Allgemeinen recht schlicht ist und dein Frauenbild im Besonderen noch etwas schlichter. Aber dass du glaubst, ich habe nichts Besseres zu tun, als den ganzen Tag herumzulaufen und mir anzuhören, was andere über Dritte erzählen, ist jetzt doch ein bisserl beleidigend.«

»Ja, ja, sei nicht eing'schnappt. Ich hab ja nicht behauptet, dass du eine Tratsch'n bist. Aber es hätte ja sein können, dass du unabsichtlich was g'hört hast, oder?«

»Hab ich nicht.«

»Aber so von der Art her, was meinst du, hätte sie ein Pantscherl[1] mit wem haben können? Also, traust du ihr das zu, dass sie heimlich, nebenbei …? Also, du weißt schon?«

»Eine heimliche Liebschaft? Das traue ich eigentlich allen Menschen zu. Außer dir vielleicht.«

»Danke.«

»Bitte.«

»Also weißt du nichts. Aber vielleicht kannst du dich einmal umhör'n, ob wer was weiß oder ob jemand wen kennt, der was g'hört hat, oder ob –«

»Warum interessierst d' dich so für die Raab E–, ich mein, die Grünsteidl Evi?«

»Darüber darf ich nicht reden. Laufende Ermittlungen.«

»Dann kannst du mich gernhaben. Such dir wen anderen, der sich umhört. Tschüss. Hab jetzt laufende Arbeit.«

»Also gut. Es geht um die Dangl-G'schicht.«

»Den Mord auf den Schienen? Aber was soll denn die Evi damit zu tun haben?«

»Deshalb mein ich ja: Kannst du dir vorstellen, dass die was mit dem Dangl g'habt hat?«

»Ach so.« Jetzt dachte Elisabeth ernsthaft nach. Sie hatte den Dangl vom Sehen aus gekannt, kein unschöner Mann.

»Also die Evi von früher eher nicht. Nichts Ernsthaftes jedenfalls. Vielleicht ein bisschen schöne Augen machen, vielleicht ein bisschen seufzen, aber dann – ach, lieber nicht. Aber wer weiß, wie sie sich in Wien entwickelt hat? Vielleicht macht sie ja mittlerweile Nägel mit Köpfen.«

Der G'schaftlhuber war mit seinem Latein am Ende. Klarerweise wollte er die Raab Evi, die jetzt Frau Grünsteidl war, alleine sprechen. Aber zuerst wurde gefahren, und er war im Heidenreichsteiner Bahnhof eingeteilt, dann wollte er sich davonstehlen, während die anderen noch bei der Liesl saßen,

---

1 Ein Pantscherl ist eine heimliche Affäre, gerne auch neben einer bestehenden festen Beziehung. Vermutlich kommt das Wort von »pantschen«. So, wie beim Pantschen der Wein verwässert wird, kann auch eine außereheliche Affäre zur »Verwässerung« der Ehe beitragen.

aber gerade als er ins Auto stieg, kam auch Grünsteidl aus dem Wirtshaus, wünschte ihm einen schönen Abend und meinte, dass er heute zum Essen heimfahren würde, weil seine Frau sonst sauer wäre. »Die ist eh ein bisserl schwierig in letzter Zeit«, wie er im Einsteigen noch sagte. Da war natürlich nichts mit einem unauffälligen Besuch. Er überlegte eine Weile hin und her, dann entschied er sich, dem Sheriff einen Besuch abzustatten. Vielleicht wusste der ja etwas Neues.

Zur gleichen Zeit hatte der Schimmel Spitz viel Spaß. Er war in Heidenreichstein aufgewachsen und hatte fast sein ganzes Leben in der Gegend verbracht, von ein paar unfreiwilligen Aufenthalten in staatlichen Einrichtungen einmal abgesehen. Es war also kein Wunder, dass er in der Umgebung jede Straße, jeden Waldweg, jedes Hintaus und jedes Promillestraßerl[1] kannte wie die Taschen seines ölverschmierten Overalls.

Seit zwei Stunden zeigte er Hajdusic, der ihn immer noch mit dem konfiszierten Peugeot verfolgte, nun schon die schönsten Plätze des Waldviertels. Immer darauf bedacht, den anderen gerade so weit hinter sich zu halten, dass dieser einerseits die Spur nicht verlor, aber andrerseits auch nicht nahe genug kam, um irgendwelche Dummheiten zu machen. Mittlerweile hatten ihm der Dimmel und der Zimmel das Okay gegeben, die Aktion zu beenden.

»Die Werkstatt ist sauber, das Lager ist sauber, von uns aus kann er ein ganzes Einsatzkommando schicken, die werden nichts finden.«

Dass eine solche Aktion kommen würde, war klar. Aber mittlerweile waren die Abfüllanlage, die Etikettiermaschine, alle Flaschen und noch etliche nicht ganz legale Kleinigkeiten ausgelagert worden, und die Polizei konnte kommen.

»Jetzt ist alles okay, wir sind fertig, du kannst ihn jetzt wo einparken.«

1 Promillestraßerl: eine Verbindung von A nach B, die man nimmt, wenn der Abend etwas länger gedauert hat. Meist handelt es sich um recht abenteuerliche Fahrwege, aber dafür ist die Chance, dort auf den Sheriff zu stoßen, äußerst gering.

»Okay. Was is eigentlich mit dem Fahrer von der Kist'n, die er g'nommen hat?«

»Der hat einen Tobsuchtsanfall gekriegt, wir haben ihm versprochen, die Aktion zu bezeugen, und der Gitz hat ihn nach Hause gebracht. Wohnt in Eisgarn. Er wollte gleich von uns aus die Polizei in Gmünd anrufen, zum Glück hat er kein Handy dabeigehabt, das war im Wagen. Wir haben es ein paarmal probiert, kannst dir eh vorstellen, wie, aber leider, leider immer besetzt. Jetzt ruft er von zu Hause aus an. Bin gespannt, was da rauskommt.«

»Okay. Ich stell den Typen irgendwo ab.«

»Im Moor am besten.«

»Eh klar.«

Das Heidenreichsteiner Moor ist kein Sumpf, wo man ein Auto so mir nichts, dir nichts verschwinden lassen kann, das wäre ja auch ein Verbrechen, somit eigentlich verboten, und einen richtigen Mord wollte sich der Spitz momentan nicht aufhalsen. Momentan! Es ging hier ja auch mehr darum, dem Polizisten einen kleinen Schreck einzujagen, ihm nasse Füße zu bescheren und vielleicht aus sicherer Entfernung mit dem Handy schöne Erinnerungsfotos zu schießen.

Mittlerweile waren sie im Wald südlich des Städtchens, und der Spitz dachte kurz daran, den anderen in den Gemeindeteich fahren zu lassen. Aus humanitären Gründen (schließlich wurde dort gebadet, und man konnte nie wissen, wie so ein Kieberer das Wasser verseuchte) entschied er sich um und führte ihn zu der Kraftbuche.

Ganz in der Nähe zweigte ein halb verwachsener Weg Richtung Osten tiefer in den Wald ab, nach knapp zweihundert Metern sah er das Wasser. Er fuhr langsamer, der andere schloss auf. Der Spitz grinste. Als Kinder hatten sie den Weiher immer Büffelteich genannt und Indianer gespielt. Es war eigentlich nicht mehr als ein zehn mal zehn Meter großes Wasserloch, trotzdem ausreichend. Der Weg ging linksherum. Er fuhr rechtsherum, wo das bemooste Ufer kaum mehr vom überwachsenen Wasser zu unterscheiden war. An einer geeigneten

Stelle blieb er stehen. Der andere hielt ebenfalls. Der Schimmel trat aufs Gas und bog im rechten Winkel zwischen zwei Bäumen ab. Die Räder wühlten sich tief in den Schlamm, um ein Haar wäre er stecken geblieben, schaffte es aber dann doch noch. Der Dreck hinter ihm schleuderte meterhoch.

Hajdusic wollte ihm nach, rutschte aber in die tiefen, matschigen Spurrinnen, die der Lieferwagen gezogen hatte, und blieb stecken. Mit durchdrehenden Rädern schlingerte der Wagen ein bisschen auf der Stelle, dann gab der Untergrund nach, und das Hinterteil des Peugeot sackte gut vierzig Zentimeter ab. In Panik stieg Hajdusic nochmals aufs Gas, wieder wurde der Untergrund von den Vorderrädern durchgeackert. Umsonst. Wie in Zeitlupe rutschte der Wagen mit dem Heck voran in den Büffelteich. Hajdusic blieb einen Moment lang völlig starr, dann begann er hektisch den Verschluss des Sicherheitsgurtes zu öffnen. Als er sich endlich aus dem halb versunkenen Wagen befreien konnte, schoss der Schimmel Spitz sein letztes Foto, dann fuhr er in Rallye-Manier im Slalom zwischen den Bäumen davon.

Spukgeschichte

Er war sich sicher, dass er schrie, aber er hörte nichts. Er war sich sicher, dass Dangls blutiger Schädel gegen sein Gesicht geprallt war, aber er spürte nichts. Er war sich sicher, dass er mittlerweile das freie Feld nach dem Langegger Wald erreicht haben musste und dass es da etwas heller sein musste, aber er sah nichts. Es war ihm, als rase er in ein unendlich tiefes schwarzes Loch.

***

Eine Dampflok parkt man nicht einfach ein, versperrt sie und geht seiner Wege. So, wie man um drei Uhr, vier Uhr in der Früh beginnen muss, sie zu heizen und das Wunderwerk der Ingenieurskunst Schritt für Schritt hochzufahren, wenn man um zehn Uhr losfahren will, so dauert auch die Nachbereitung noch geraume Zeit. Als Paschinger zur letzten Kontrolle kam, war es bereits dunkel, und außer dem Zirpen der Grillen in der schwülen Sommernacht war ringsum nichts zu hören.

Das »Heizhaus«, wie es die »Schmalspurfreunde« breit- und großspurig nannten, war eigentlich nur ein Lokschuppen, der mit ein paar feuerpolizeilich angeordneten Baumaßnahmen notdürftig für das Unterstellen einer Dampflokomotive adaptiert worden war. Paschinger und Koppensteiner hatten den halben Abend gearbeitet, die ganze Maschine überprüft, geschmiert und das Fahrwerk abgeklopft, dann waren sie zur Liesl gefahren. Dann hatte Koppensteiner nochmals kontrolliert, telefonisch Bescheid gegeben und war heimgegangen. Der letzte Kontrollbesuch blieb dem »Triebfahrzeugführer« vorbehalten.

Er kletterte auf den Führerstand und leuchtete mit seiner Taschenlampe die Armaturen ab. Die insgesamt sechs Neonröhren des Lokschuppens erhellten diesen gerade genug, um nicht zu stolpern, aber im Inneren der Lok blieb es fast dunkel. Und dann verloschen auch noch die Neonröhren.

Paschinger fluchte und kletterte, die Taschenlampe zwischen den Zähnen, nach unten, um die Sicherung wieder einzuschalten. Er kam bis knapp vor die Lok, dann erhielt er einen Schlag auf den Kopf, und ihm wurde schwarz vor den Augen.

»Frau Doktor, ich verstehe Sie nicht ganz«, säuselte Magister Bischof, der außerdem noch Oberst und Polizeichef von Niederösterreich war, ins Telefon. »Das heißt, ich habe den Teil verstanden, in dem Sie mir erklärt haben, dass Bezirksinspektor Hajdusic seine Katastrophenmission auf eigene Faust durchgeführt hat. Aber was ich nicht verstehe, ist, warum er das überhaupt konnte. Warum hat der Mann Zeit, eine Tankstelle zu beobachten, einem wildfremden Menschen den Wagen wegzunehmen wie in einem amerikanischen Krimi, mit diesem Wagen dann zwei Stunden herumzufahren und ihn schließlich im Naturschutzgebiet in einem Tümpel zu versenken. Wie geht das? Haben Sie ihm einen freien Tag gegeben? Oder haben Sie Ihren Mitarbeiter einfach nicht unter Kontrolle?«

»Sie haben mir diesen subversiven Trottel zugeteilt«, zischte die Limbach ins Telefon. Angriff ist die beste Verteidigung.

»Frau Doktor, tun Sie das nicht. Erschüttern Sie nicht meinen Glauben an Ihre Fähigkeit, vernünftig zu argumentieren. Egal, ob ich Ihnen einen Trottel oder einen Nobelpreisträger zuteile, egal, ob der Mann ein Genie ist oder ein Wahnsinniger, egal, ob er wild um sich schießt oder kleine Mädchen belästigt, verantwortlich für ihn sind Sie. Sie, Sie, Sie – und niemand anderer. Ich werde also gegen Hajdusic ein Disziplinarverfahren einleiten und eine interne Überprüfung Ihrer Führungskompetenz veranlassen. Sie bleiben noch bis morgen im Waldviertel, dann kommen zwei Kollegen, die den Fall übernehmen. Ich erwarte mir eine umfassende Einweisung in die Sachlage durch Sie, und dann sehen wir drei uns hier zu einem klärenden Gespräch. Und sorgen Sie dafür, dass

Bezirksinspektor Hajdusic in der Zwischenzeit nicht die Burg anzündet. Guten Abend!«

Huber hatte den Sheriff nicht gefunden, weil dieser mit Höbarth zur Tankstelle gefahren war.

»Ihr glaubts doch nicht, dass ihr damit davonkommts, oder?«, fragte Kienast die drei Musketiere, die es sich mit ein paar Flaschen Bier im Kassenraum bequem gemacht hatten.

»Was weiß ich, warum der hinter mir hergefahren ist. Ich wollt Gerümpel entsorgen. Hab ein passendes Platzerl gesucht, sicher. Weiß eh, dass das verboten ist, Umweltverschmutzung und so. Hab eh einen Baucontainer gesucht. Früher war alles einfacher. Sperrmüllsammlung. Aber jetzt musst du ins Abfallzentrum und vorher trennen und nachher zahlen und was weiß ich.« Der Schimmel Spitz zuckte mit den Schultern. »Aber okay, ich hab's eingesehen. Ist verboten, wird nicht gemacht. Keine Umweltverschmutzung. Das Klumpert ist eh noch im Lieferwagen, habts ja eh g'seh'n.«

Ja, das hatten sie. Die Kollegen aus Gmünd hatten sich den Lieferwagen angesehen, trotzdem hatte es sich auch der Sheriff nicht nehmen lassen, den Laderaum nochmals zu kontrollieren. Ein paar Kanister mit Altöl, ein alter Sack, ein paar Meter Teerpappe, eine Vogelscheuche, ein paar kaputte Stoßstangen und so weiter.

»Und die Vogelscheuche?«

»Vom letzten Fasching übrig geblieben, die haben wir da an der Tankstelle aufgestellt gehabt, mit einer nackerten Gummipuppe im Arm. Hat vielen Kunden gefallen. Die Gummipuppe haben sie uns gestohlen, also brauchen wir die Vogelscheuche auch nicht mehr.«

»Du hast den Kriminalbeamten in den Tümpel gelotst.«

»Ich? Das hat er schön selber gemacht. Was kann ich dafür, wenn der nicht Auto fahren kann. Hätt mir ja nicht nachfahren müssen.«

Natürlich wussten der Sheriff und Höbarth genau, dass es sinnlos wäre, die Tankstelle zu durchsuchen. Was auch immer an illegalem Zeug hier gewesen war – durch das Ablenkungsmanöver hatten die anderen beiden genug Zeit gehabt, es wegzubringen. Insgeheim waren die zwei Polizisten auch gar nicht scharf darauf, etwas zu finden. Das hätte der Aktion von Hajdusic im Nachhinein vielleicht doch noch eine Berechtigung verschafft. Aber Sheriff Kienast hatte die Schottersammelaktion, zu der ihn der andere sinnloserweise verdonnert hatte, noch nicht vergessen.

Bezirksinspektor Hajdusic hatte keinen schönen Abend gehabt. Vielsagende Blicke und Gesten der Feuerwehrleute, die den Peugeot aus dem Wasserloch gezogen hatten. Hämische Fragen der Kollegen aus Gmünd, vom Sheriff und Höbarth einmal ganz zu schweigen. Und dann das Schlimmste, die Limbach, die ihn vor allen zur Sau gemacht hatte.

Normalerweise hätte er ihr Konter auf seine Art gegeben. Das Dumme war nur – hier gab es nichts zu kontern, er hatte es voll vergeigt. Sicher, dass er alleine unterwegs gewesen war, das hatte zum Teil die Limbach zu verantworten. Aber sonst? Er war auf einen plumpen Trick hereingefallen, hatte das große Verbrechen gewittert und sich deshalb hinreißen lassen, den Wagen zu konfiszieren. So ein Scheiß aber auch! Als er den Lieferwagen eingeholt hatte, versuchte er ihn so unauffällig wie möglich zu verfolgen. Das Verfolgen war überraschend leicht gegangen, das Unauffällige war schon schwieriger, die Straßen und Wege im Waldviertel können sehr einsam und verlassen sein.

Und dann kam das Gefühl, dass da was nicht stimmte. Eine Ahnung stieg in ihm auf – aber da war es schon zu spät, er wusste, dass ihn der andere längst entdeckt hatte, und eigentlich hätte Hajdusic einfach den Notruf wählen sollen und ein Kommando zur Tankstelle schicken und in aller Ruhe zurückfahren und den Peugeot mit angemessener Erklärung und Entschuldigung seinem Besitzer aushändigen müssen, mit dem Hinweis auf eine Entschädigung seitens der Polizei und bla, bla, bla – nachher ist man immer klüger. Aber während der

Fahrt war seine Wut gestiegen, und er hatte nur noch eines gewollt. Sich nicht abhängen lassen und dem Typen vor ihm zeigen, dass man ihn nicht verarschen konnte. Er würde ihn kriegen und dann ein paar unfeine Methoden anwenden. Aber ganz unfeine!

Und dann war das Wasserloch gekommen. Und das Arschloch hatte auch noch Fotos gemacht. Er wäre gern mit den Kollegen zur Tankstelle gefahren und hätte das Handy dort in einen Schraubstock gespannt. Aber die Limbach hatte ihm praktisch Hausarrest befohlen.

Naturgemäß war er nicht in der Gaststube geblieben, sondern hatte sich in seinem Zimmer verkrochen, um seine Wunden zu lecken. Er fluchte zum ungefähr zwanzigsten Mal. Wahrscheinlich würde er suspendiert, und falls nicht, dann auf einen demütigenden Posten versetzt, wo er bis zur Pension vergammeln konnte. So wie er das sah, gab es nur eines, was ihn noch retten konnte: Er musste diesen Fall aufklären! Aber wie sollte das gehen, wenn er doch eigentlich nicht rausdurfte? Wenn er nochmals eine Aktion auf eigene Faust unternahm und dabei erwischt wurde und sie führte nicht zur unmittelbaren Wende in den Ermittlungen – dann war es endgültig aus.

Andrerseits – er war schon ganz unten, es konnte also nur mehr besser werden. Und weil er ohnehin nicht einschlafen würde können, beschloss er, die Nacht anderweitig zu nutzen. Denn – interessant war das schon, warum die drei von der Tankstelle so einen Aufwand getrieben hatten, um ihn von seinem (offensichtlich von ihnen frühzeitig entdeckten) Beobachtungsposten fortzulocken. Wer so ein Theater veranstaltet, hat mehr zu verbergen als ein paar nicht ganz legal erworbene Autoteile und ein bisschen Whisky.

Acht Minuten später verließ er den Gasthof am Stadtplatz mit einem der E-Scooter, die das Wirtshaus seit Neuestem für die Gäste bereitstellte. Mit einer vollen Batterieladung sollte er leicht bis zur Tankstelle bei Kleinpertholz und zurück kommen.

Der steinerne Gast

»Was willst du? Ich bin im Dienst.« Der Sheriff war doppelt nervös. Erstens, weil er das Handy ohne Freisprecheinrichtung benutzte, und das im Dienst in Anwesenheit eines Untergebenen. Er hatte ganz automatisch reagiert, Klingelton gehört und abgehoben, ganz automatisch. Sicher hatte es Höbarth bemerkt, und wenn er Pech hatte, wusste es morgen halb Heidenreichstein. Der sonst so vorbildliche Gesetzeshüter als Gesetzesbrecher!

Zweitens war er nervös, weil die Anruferin seine Schwester Elisabeth war. »Dir auch einen schönen Abend, geliebter Bruder!«

Wenn einen das nicht nervös machte, was dann? Der Sheriff versuchte es mit einer Variation: »Ich bin im Dienst. Was willst du?«

»Ich wollt nur fragen: Bist du im Dienst?«

»Ja! Hab ich doch schon gesagt, ich bin im Dienst!«

»Ach soooo! Na, das ist was anderes, und ich hab geglaubt, du bist im Dienst. Hab dich beim ersten Mal nicht richtig verstanden.«

Höbarth sah angestrengt aus dem Seitenfenster des Wagens. Der Sheriff schnaubte. Er setzte gerade zu einer besonders scharfen Erwiderung an, als ihnen plötzlich ein E-Scooter mit völlig unzureichender Beleuchtung entgegenkam. Ehe der Sheriff registrierte, worum es sich handelte, war das Gefährt auch schon vorbeigesaust. Ungläubig sah er ihm über die Schulter nach.

»Achtung!«, schrie Höbarth. Sie waren von der Spur abgekommen und bewegten sich beängstigend schnell auf einen Baum zu. Im letzten Moment konnte Kienast ausweichen.

»Scheiße, das war knapp!« Höbarth sah den Sheriff anklagend an.

»Den holen wir uns, der ist ja wohl wahnsinnig!«, schrie

dieser, hauptsächlich, um von seinem Fehler abzulenken. Er blinkte vorschriftsmäßig und wendete.

»Das hört sich ja an, als wenn du im Dienst wärst«, tönte es gespielt aufgeregt aus dem Hörer.

»Du kannst mich –«

»Schön sprechen, kleiner Bruder! Sonst sag ich dir auch nicht, was ich über die Eva Grünsteidl herausgefunden habe.«

»Über wen?« Der Sheriff hatte nicht richtig zugehört, er hatte wieder beschleunigt und war in Gedanken schon bei dem Fahrer des unbeleuchteten E-Scooters.

»Über die Raab Evi.«

»Ach so, die! Was hast du herausgefunden?«

»Hab mich umgehört. Die dürfte wirklich ein Pantscherl haben.«

»Wohl eher gehabt haben.«

»Kann sein, ja. Aber er dürfte irgendwas mitgekriegt haben.«

»Er?«

»Mein Gott, bist du begriffsstutzig, ihr Mann, der Grünsteidl natürlich!«

»Ach so, ja, eh klar. Und wieso weißt du das?«

»Weil du mich so lieb darum gebeten hast, hab ich mich umgehört, weißt du, nicht nur im Wirtshaus erfährt man was, sondern auch in einer Buchhandlung. Das ist ja auch ein Ort des Gedankenaustausches und der Kommunikation. Und die reinste Fundgrube für Hobbypsychologen. Anhand der Auswahl ihrer Bücher kannst du Kunden schon einmal gut grob einschätzen. Und je nachdem, wie sie dann den Inhalt wiedergeben, welche Stellen ihnen besonders gut gefallen haben, wie sie über die Protagonisten denken – da breiten sie eigentlich ihr ganzes Inneres aus.«

»Ja, ja!« Der E-Scooter war wie vom Erdboden verschluckt. Hatte der Kerl sie bemerkt und sich versteckt? Langsam zweifelte der Sheriff daran, dass es eine gute Idee gewesen war, das Blaulicht einzuschalten.

»Ist das fad, was ich dir erzähl, Bruderherz? Oder soll ich lieber nächste Pfingsten wieder anrufen?«

»Nein, verdammt! Ich bin dir sehr … also, vielen … Ja, also, danke, dass du dich umgehört hast, Elisabeth.«

»Na, geht doch, Brüderlein fein!«

»Also, würdest du mir jetzt bitte sagen, was du weißt und von wem du es weißt?«

»Meine Quellen darf ich nicht preisgeben. Ich hab mein persönliches Zeugenschutzprogramm. Buchhandlungen sind Orte des Vertrauens. Die geheimen Sehnsüchte unserer Leserinnen werden von uns behandelt wie das Beichtgeheimnis. Aber es ist eine Frau aus der Nachbarschaft der Grünsteidls, die erstens bescheinigt, dass die Raab Evi, immer wenn ihr Mann Eisenbahn spielen gegangen ist, ziemlich aufgebrezelt das Haus verlassen hat und dann immer vor ihm heimgekommen ist.«

»Das muss aber noch nichts heißen.«

»Mein Bruder, der Frauenkenner. Franzl, bitte! Red ich vielleicht g'scheit übers Tiefseetauchen? Nein. Und weißt du, warum? Weil ich nix davon versteh. Also erklär du mir bitte nicht, wie Frauen ticken. Es heißt was, wenn sich eine Frau so benimmt, glaub es mir. Und zweitens hat die Spionin meines Vertrauens noch was berichtet. Letzte Woche gab es einen ziemlichen Krach im Hause Grünsteidl. Da sind die Fetzen g'flogen, hat sie gesagt. Und angeblich nicht nur verbal. Sie hat sich echt Sorgen um die Evi g'macht und überlegt, ob sie die Polizei rufen soll, aber dann ist ihr eingefallen, dass ja du die Polizei bist, und da hat sie es sein lassen.«

»Was?« Der Sheriff war unkonzentriert. Er hatte gehalten. So weit konnte der E-Scooter nie gekommen sein. Er wendete also nochmals.

»Was ›Was?‹? Hast du mich nicht verstanden? Hier noch mal in einfacher Sprache: Die Raab Evi, die was jetzt Eva Grünsteidl heißt, is fix fremdgegangen, und ihr Alter is ihr fix draufgekommen und hat ihr in die Papp'n g'haut! Ois kloar?«

»Ja. Ich hab's verstanden. Ich knöpf mir den morgen vor. Oder besser noch, zuerst sie.«

»Das dürft schwierig werden, meine Informantin sagt nämlich, dass sie die Evi seit dem Streit nicht mehr g'sehen hat.«

»Sagts einmal, ihr seids doch die vom Zug, oder?« Sie kannten den Mann, der soeben eingetreten war, nur vom Sehen. Er arbeitete im Lagerhaus – und das wiederum grenzte an den Bahnhof.

»Wieso? Brauchst eine Fahrkarte?«, fragte Ableidinger.

Der andere schüttelte den Kopf, er machte keinerlei Anstalten, sich zu setzen oder bei der Liesl etwas zu trinken zu bestellen.

»Ich wollt nur sagen, da oben spielt sich's ab. Irgendwer ist da in dem Lokschupfen und macht einen Mordswirbel.«

»Was?«

»Doch nicht die Lok, oder?«

»Blödsinn, das Feuer haben der Koppensteiner und der Paschinger schon vor zwei Stunden ausg'macht und den Dampf ablassen. Die Lok macht keinen Wirbel.«

»Warst du jetzt grade oben, oder was?«

»Ich hab mir den Lastwagen g'holt, weil ich morgen eine Frühzustellung hab. Dann bin ich schiffen g'angen, und da hör ich was ausm Schupfen.«

»Warst du dort? Hast reing'schaut?«

»Nein. Das heißt, dort schon, reing'schaut nicht. War ja abg'sperrt. Und dann seh ich einen zur Bahnhofstiege rennen, seh ihn nur so von der Weite, aber die Figur, ich kenn den von irgendwoher, aber mir fällt nicht ein, von wo.«

»Geh, Heinzi, ruf den Paschinger an und gleich den Koppensteiner auch, der muss raufkommen, vielleicht waren's Einbrecher oder Randalierer, wenn die was mit der Lok … Ich fahr rauf«, sagte Biedermann.

»Ich auch.«

»Bin dabei.«

Nach drei Minuten hatten alle bezahlt, und die Liesl blieb alleine in der Wirtsstube zurück. Sie sperrte ab, räumte die letzte Partie in den Gläserspüler und schaltete das Hauptlicht in der Gaststube ab. Gerade als sie nach oben gehen wollte, klopfte es heftig an der Tür.

Nachdem der Polizeiwagen zum dritten Mal vorbeigefahren war, senkte sich wohltuende Waldviertler Stille über die Landschaft. Am Himmel waren ein paar Sterne zu sehen, und Hajdusic atmete auf. Nicht auszudenken, wenn der Dorftrottelsheriff und der Gemeindestierinspektor ihn erwischt hätten. Eigentlich stand er zwar eh nicht unter Hausarrest oder sonst was, auch wenn die Limbach das fast so formuliert hatte, also rein rechtlich hätten sie ihm den Schuh aufblasen können, da war sicher nichts zu holen, außer dass der E-Scooter keine Beleuchtung hatte. Aber die Peinlichkeit, hier von ihnen erwischt zu werden, das versteckte hämische Grinsen vom Sheriff und das unversteckte, noch hämischere Grinsen vom jungen Höbarth konnte er jetzt nicht gebrauchen, und noch weniger konnte er die Fragen gebrauchen, was er denn da wollte.

Er erhob sich hinter dem Gebüsch, wo er neben dem Scooter gelegen und in die Sterne geschaut hatte, stieg auf sein Gefährt und nahm wieder Kurs auf die feindliche Tankstelle.

»Die werden mir nicht glauben. Die werden glauben, dass ich das gewesen bin.« Der blaue Baron wischte sich den Schweiß von der Stirn. Liesl Lang beobachtete ihn genau. Wenn er schauspielerte, dann war das hier Gebotene besser als alles, was er jemals auf der Bühne zusammengebracht hatte.

»Und warum kommst du ausgerechnet zu mir?«, fragte sie ihn und schenkte ihm sein drittes Glas Rotwein ein. Eine Wirtin bleibt eben eine Wirtin.

»Weil ich sie alle gerade da wegfahren hab sehen, die sind jetzt da oben beschäftigt, aber dann werden sie glauben, dass ich dem Paschinger das angetan hab – und dann kommen sie zu mir. Ich brauche Polizeischutz, ich trau mich nicht heim, wir müssen da auf die Polizei warten.« Der Blaue zitterte.

»Jetzt noch einmal ganz langsam, was genau dem Paschinger angetan?«

»Ihn eingesperrt. Im Lokschuppen. Und dann den steinernen Gast gespielt.«

Die Liesl war keine furchtsame Frau. Geheimnisvolle Geräusche im nächtlichen Wald machten ihr ebenso wenig Angst wie pöbelnde Betrunkene. Eher hatte sie Spundus davor, dass ihr ein Rahmbeuschel nicht perfekt gelungen war. Aber was der blaue Baron da von sich gab, ließ sie doch einen gewissen Sicherheitsabstand einnehmen.

»Ein steinerner Gast war im Lokschuppen eingesperrt?«

»Ja. Nein! Ich –«

»Ganz ruhig. Erst einmal, was hast du um die Zeit oben beim Bahnhof gemacht?«

»Na ja, ich wollt schon den Paschinger, wie soll ich sagen, ein bisschen nervös machen.«

»Du wolltest mit ihm reden?«

»Äh, ja, ich – also eigentlich wollt ich ihn erschrecken.«

»Wie, erschrecken? So mit ›Buuh!‹, oder was? Warum?«

»Nein, ein bisschen mehr als ›Buuh!‹ wollte ich schon. Schau, es ist vielleicht nicht ganz fein von mir, aber ich weiß, dass er momentan ein bisschen mit den Nerven fertig ist, und da wollte ich noch ein Schäuferl nachlegen und ihn so erschrecken, dass er an seinem Verstand zweifelt und Angst bekommt. Kennst du die alte Sage von der ›Wilden Fahrt‹?«

»Wo ein Kutscher irgendeinen z'sammführt, und dann lässt ihn der Teufel oder irgendwer in einem Moorloch versinken?«

»Ja, die hab ich ihm erzählt, weil – da sind doch Parallelen zu seiner Todesfahrt, nicht wahr?«

»Todesfahrt?«

»Na, für den Dangl Hannes schon.«

»Und du Arschloch wolltest dem Paschinger seine Gewissensbisse ausnutzen!« Die Liesl kam jetzt doch näher an den Blauen heran. Wenn sie wütend war, vergaß sie jede Vorsicht.

»Ja. Nein. Ich meine, ich wollte, aber dazu ist es nicht gekommen, weil er mich niedergeschlagen hat.« Der Blaue beugte den Schädel nach vor und deutete auf eine nun doch recht ansehnliche Beule am Hinterkopf, die der Liesl bisher entgangen war.

Diese wunderte sich immer mehr: »Der Paschinger hat dich niedergeschlagen?«

»Nein. Doch nicht er. Der steinerne Gast.«

Als die Partie beim Bahnhof ankam, war es ruhig im »Heizhaus«. Hintringer sperrte auf und öffnete eines der Tore.

»Paschinger!«

»Wo bist du, Peter?«

»He du! Wo bist du?«

Irgendwoher kamen Geräusche, die sie nicht gleich zuordnen konnten. Aber eine Antwort war das nicht. Dann hörten sie doch eine Stimme. Sehen konnten sie nichts, weil sich das Licht im Schuppen nicht einschalten ließ. Ableidinger rannte zurück zu seinem Wagen und holte eine Taschenlampe. Hinter der Lok fanden sie den stöhnenden Paschinger, der auf dem Boden saß. Er sah sie mit stumpfem Gesichtsausdruck an. Den Schnaps konnte man meterweit riechen.

»Der ist irgendwo abgebogen.« Inspektor »Joe« Höbarth war es langweilig geworden. »Fahren wir zurück, das bringt nichts.«

»Inspektor Höbarth, danke für den Tipp, aber die Entscheidung, wann wir wohin fahren, treffe ich«, versetzte der Sheriff missmutig.

Natürlich hatte auch er erkannt, dass der Scooterfahrer sie offenbar abgehängt hatte. Normalerweise wäre jetzt sein Jagdinstinkt erst richtig geweckt gewesen. Er wusste ja, in welche Richtung der Mensch unterwegs gewesen war, ergo hätte er sich seinerseits ein nettes Plätzchen ein, zwei Kilometer weiter vorne gesucht, den Wagen an den Waldrand gestellt und im Dunkeln auf den Verbrecher gelauert. Auf diese Weise hatte er schon viele Führerscheine und Bußgelder kassiert. Aber, wie gesagt, das hätte er normalerweise getan.

Heute aber gab es etwas Wichtigeres. Die Familie Grünsteidl. Wenn es stimmte, was seine Schwester erzählt hatte (und es stimmte leider fast immer, was sie erzählte), dann war Eva Grünsteidl verschwunden. Das war ein bisschen blöd, weil er ja zuerst mit ihr unter vier Augen reden wollte. Vielleicht war sie aber auch gar nicht verschwunden, sondern ging nur nicht aus dem Haus, weil sie zum Beispiel bei dem Streit mit ihrem Mann ein blaues Auge davongetragen hatte, das sie nicht unbedingt in der Öffentlichkeit herzeigen wollte. Wie auch immer, er würde also zuerst mit ihrem Mann reden. Und weil der Sheriff natürlich um die psychologische Wirkung eines nächtlichen Besuches wusste, wollte er das sofort in Angriff nehmen.

Dumm war nur, dass der junge Höbarth seinerseits vorgeschlagen hatte, die E-Scooter-Suchaktion abzublasen. Wenn sie das jetzt taten, sah es so aus, als nahm er den Vorschlag des anderen an. Aber ein Untergebener ist eben nicht gleichwertig – und Höbarth war ohnehin zu anmaßend. Seinem Naturell entsprechend beschloss der Sheriff also, noch ein bisschen die Landstraße auf und ab zu fahren.

Höbarth wiederum hatte seinen Fehler bereits bemerkt. Er dachte zwar die meiste Zeit an die schönen Dinge des Lebens, also die Sagl-Sisters, Handball und Bier mit seinen Freunden, aber den Sheriff kannte er mittlerweile in- und auswendig.

»Bei der letzten Kurve vor der Tankstelle ist doch das kleine Wäldchen, dort könnten wir uns auf die Lauer legen. Wenn er auf der Landstraße unterwegs war, wollte er sicher nach Langegg oder so, da muss er doch vorbeikommen«, sagte er und versuchte, aufgeregt zu klingen.

Er war nicht gerade ein begnadeter Schauspieler, daher wirkte das Jagdfieber auch ein bisschen gekünstelt. Bei anderen Gelegenheiten hätte ihm der Sheriff nicht geglaubt, aber heute schnappte er nur zu gern nach der Karotte.

»Die Entscheidung, wann wir uns wo postieren, treffe ich, Inspektor Höbarth«, erklärte er würdevoll. »Im Übrigen werden wir uns nirgendwo postieren, weil ich soeben einen entscheidenden Hinweis in der Mordsache erhalten habe und wir einen Verdächtigen verhören müssen.«

Dann trat er entschlossen aufs Gas und fuhr in Richtung von Grünsteidls Haus, ohne seinen Kopf weiter nach links und rechts zu schwenken.

»Wir müssen die Polizei holen«, beharrte Wadlegger auf seiner schon ein paarmal geäußerten Meinung.

»Nein, das ist Blödsinn, zuerst müssen wir selber rauskriegen, was da eigentlich los war«, widersprach Biedermann. »Wo ist der verdammte G'schaftlhuber, wenn man ihn einmal braucht?«

»Hab ihn schon angerufen, genauso wie den Koppensteiner und den Grünsteidl. Sie kommen gleich!«, meldete Hintringer, der Paschinger gemeinsam mit Wadlegger auf eine ausrangierte Waggonbank gezogen hatte. Dieser versuchte gerade zu erbrechen. Es war kein schöner Anblick, und der Schnapsgeruch machte es nicht besser. Koppensteiner, der ganz in der Nähe wohnte, kam im Laufschritt durch das Tor und leuchtete ihnen mit der Taschenlampe ins Gesicht.

»Was ist los? Warum drehts ihr kein Licht auf?«

»Hab ich schon probiert. Jemand muss die Leitung durchgezwickt haben, an den Sicherungen liegt's jedenfalls nicht«, erklärte Wadlegger.

»Also, was war jetzt?«

»Einer vom Lagerhaus ist zur Liesl gekommen und hat gemeint, dass er Geräusche aus dem Lokschupfen gehört hat. Er wollt nachschauen, aber das Tor war zug'sperrt. Also hat er uns geholt.«

»Das Tor hab ich versperrt. Vor … über drei Stunden schon. Weil der Paschinger ja eh einen Schlüssel hat«, sagte Koppensteiner.

»Eh. Der ist vor gut anderthalb Stunden los, zur letzten Kontrolle, also muss er aufg'sperrt haben und hinein sein.«

»Aber der sperrt doch nicht hinter sich zu.«

»Hat aber der Lagerhaushansl g'sagt.«

»Ja, weiter, und dann?«, drängte Koppensteiner.

»Na, wie wir gekommen sind, war das Tor zu'gsperrt, es war finster im Schupfen, und da is er g'legn.«

Koppensteiner beleuchtete Paschinger, der es mittlerweile geschafft hatte, sich zu erleichtern.

»Hat er schon im Wirtshaus zu viel gehabt?«

»Überhaupt nicht! Ein, zwei kleine Bier vielleicht, kennst ihn eh.«

»Stimmt.« Koppensteiner nickte, dann schüttelte er den Kopf. »Na ja, er steht unter Druck, macht sich ein schlechtes Gewissen, aber dass er sich ansauft … Oder hat er das Tor von innen zugesperrt? Nein, das geht, glaub ich, gar nicht – von der Konstruktion von dem Schloss her. Da ist was faul an der G'schicht.«

»Ja, eh. Der Lagerhaushansl hat wen wegrennen sehen – glaubt er.«

»Wen? Wann?«

»Na, wie er beim Tor war, bevor er uns geholt hat. Er hat g'sagt, dass ihm der von irgendwoher bekannt vorgekommen ist, aber er hat sich nicht erinnert, woher.«

»Sabotage! Das ist eine klare Sabotage!«, ereiferte sich Höller. »Vielleicht sind das die Radlfanatiker von der ›Waldviertler Radlbahn‹, die wollen uns fertigmachen, damit sie ihren scheiß Radlweg schneller bekommen.«

»Das glaub ich nicht, nein, nein … da ist was anderes dahinter«, murmelte Koppensteiner. Sie hörten einen Wagen kommen, der am Parkplatz scharf abbremste, gleich darauf wurde der Motor abgestellt, und die Tür schlug.

»Wenn man euch einmal alleine lässt«, keuchte der Huber, der im Laufschritt durchs Tor kam. »Was ist los, wieso machts ihr kein Licht?«

Die Tankstelle war geschlossen. Für Nachtschwärmer, die unbedingt noch Treibstoff brauchten, waren an zwei Zapfsäulen Tankautomaten mit Bankomatzahlung in Betrieb. Kassenraum, Werkstatt und Waschbox waren versperrt und dunkel. Nur aus einer Garage drang noch Licht durch die blickdichten Fenster nach draußen. Es war genau die Box, in der der Zimmel Gitz am Nachmittag die Vogelscheuche eingerollt und in den Lieferwagen verfrachtet hatte.

Hajdusic näherte sich der Box von der Rückseite, genau wie beim ersten Mal. Etwa zwanzig Meter bevor er das Gebäude erreichte, blieb er stehen.

Was, wenn sie irgendwo einen Bewegungsmelder hatten, der ein Warnsignal auslöste? Dann folgte vielleicht wieder eine inszenierte Geschichte, an deren Ende er dumm dastand. Oder es folgte gar nichts, weil sie einfach heimgehen und ihn in der Dunkelheit sitzen lassen würden. Eine neue Blamage, die er sich nicht leisten konnte. Eigentlich konnte er sich nur eines leisten: den Fall aufzuklären. Dass die drei etwas damit zu tun hatten, sagte ihm sein Bauchgefühl, und auf das konnte er sich üblicherweise verlassen. Er musste die drei nervös machen, aufscheuchen und in einen Fehler treiben. Dringend! Er hatte eine Idee.

»Liesl Lang, die Wirtin unseres Verdauens«, stand auf dem Holzschild eingebrannt, das über dem Stammtisch hing. Die »Schmalspurfreunde« hatten es ihr zum Fünfziger verehrt, der auch schon wieder ein paar Jahre her war. Der blaue Baron, der sich sonst kaum hierherverirrte, las den Spruch zum ersten Mal, aber aufheitern konnte ihn dieser nicht. Zu groß war seine Angst. Die Liesl hatte ihm eine Redepause verordnet, damit sie besser nachdenken konnte. Der Blaue war ihr ja reichlich unsympathisch, aber trotzdem sollte er nicht um sein Leben fürchten müssen, wenn ihn die »Schmalspurfreunde« erwischten. Seine Geschichte klang halbwegs plausibel, aber der springende Punkt war doch: Wer außer ihm konnte dem Paschinger was Böses wollen?

»Wie war das noch mal mit dem steinernen Gast in der G'schicht?«

»Der steinerne Gast ist eine Statue. Die Statue stellt den Gouverneur dar, den Don Juan getötet hat. Der übermütige Don Juan lädt die Statue zum Abendessen ein. Die kommt wirklich und stürzt mit ihm in die Hölle.«

Donnerwetter, dachte die Liesl. Wenn's ihm nass reingeht, kann er sogar kurz und bündig antworten.

»Und diesen steinernen Gast hast du im Lokschupfen gesehen?«

»Ja. Nein! Ich bin ja kein Kind oder irgendein Trottel, der auf eine Spukgeschichte hineinfällt. Ich sage, ich hab einen Menschen gesehen, der sich als steinerner Gast ausgegeben hat. Oder zumindest als Besucher aus der Hölle.«

In bewährter Jägermanier parkte der Sheriff nicht direkt bei Grünsteidls Haus in Langegg, sondern zwei Häuser entfernt. »Man soll die Pferde nicht scheu machen, Inspektor Höbarth«, ließ er den jungen Kollegen an seiner Weisheit teilhaben. Der versuchte, dankbar auszusehen, was ihm nicht ganz gelang.

Gerade als sie aussteigen wollten, sahen sie Grünsteidl aus dem Haus kommen. Offenbar hatte er es ziemlich eilig. Er sprintete förmlich zu seinem gelben Golf, und ehe sie sich zu einer Reaktion entschlossen hatten, war er losgefahren – direkt an ihnen vorbei, ohne den geparkten Polizeiwagen auch nur eines Blickes zu würdigen.

»Das ist interessant. Mitten in der Nacht fährt er los, als wäre der Teufel hinter ihm her. Ob er weiß, dass wir mit ihm reden wollten?«, überlegte Höbarth laut.

»Woher soll er das wissen?«

»Stimmt. Aber normal ist das nicht. Immerhin – jetzt wär eine gute Gelegenheit, mit seiner Frau zu sprechen.«

»Nein«, entschied der Sheriff und hatte auch schon den Motor angelassen und gewendet. »Zuerst will ich wissen, was den Herrn Grünsteidl mitten in der Nacht aus dem Haus treibt. Wir folgen ihm unauffällig.« Dann stieg er nachhaltig aufs Gas.

Höbarth kam aus dem Staunen gar nicht mehr heraus. Sein Chef, den er im Freundeskreis gerne als »Sheriff Fuzzi, der Paragrafenreiter« bezeichnete, verzichtete nicht nur auf das bei ihm sonst so inflationär eingesetzte Blaulicht und Folgetonhorn, sondern fuhr auch weit über der gesetzlich vorgeschriebenen Höchstgeschwindigkeit. Und als die Rücklichter von Grünsteidls Wagen in Sicht kamen, tat er etwas für ihn ganz und gar Unglaubliches. Er schaltete die Scheinwerfer aus.

»Äh … sehen Sie genug, Postenkommandant?«, fragte Höbarth, der eigentlich keine ängstliche Natur war, der aber die Fahrkünste seines Chefs kannte und diesem einen Blindflug nicht zutraute.

»Ausgezeichnet«, sagte der Sheriff, der sich jedoch weit über das Lenkrad gebeugt hatte und angestrengt versuchte, auf dem schwarzen Band der Straße zu bleiben, das sich kaum von der Umgebung abhob. Glücklicherweise würde es nach der nächsten Kurve etwas heller werden. Die berühmte Tankstelle hatte zwar um diese Zeit nur die Nachtbeleuchtung eingeschaltet, aber die erhellte auch die Fahrbahn ein wenig. Außerdem dürften die drei Musketiere heute vergessen haben, auf die Nachtschaltung umzustellen, der Lichtschein strahlte wie der Weihnachtsstern.

Nach der Kurve wussten sie auch, warum.

Geständnisse

Der G'schaftlhuber war ein bisschen aufgeregt. Das war verständlich, weil die Raab Evi doch die erste Frau – na ja Frau, sagen wir, das erste Mädchen – gewesen war, das er geküsst hatte. Und sie hatte ihm dabei die Zunge in den Mund gesteckt! Fast vier Sekunden lang! Dann war sie weggelaufen.

»Ganz schön lang her, oder?«

Sie meinte natürlich nicht den Zungenkuss, sondern das letzte Mal, dass sie miteinander geredet hatten. Das war noch vor der Wien-Zeit gewesen. Seit sie Frau Grünsteidl geworden war, hatten sie sich ein paarmal von Weitem gegrüßt. Zu den geselligen Zusammenkünften der »Schmalspurfreunde« hatte ihr Mann sie nie mitgenommen.

»Ja, sind schon ein paar Jährchen.«

Ein weiterer Grund für Hubers Aufregung war, dass es mittlerweile drei Uhr nachts war, und wenn einen mitten in der Nacht die Raab Evi anruft, dann kann das Herz schon ein bisschen schneller schlagen – auch wenn sie mittlerweile nicht mehr die Raab Evi ist.

»Du wunderst dich sicher, dass ich dich angerufen hab.«

»Na ja, irgendwie schon.«

Der dritte Grund für seine Aufregung war natürlich auch die Sache mit dem Paschinger und dem Attentäter im Lokschuppen.

Zuerst hatte er seinem Spitznamen alle Ehre gemacht, hatte versucht, aus dem Paschinger etwas Vernünftiges rauszubringen, hatte das halbe Gelände mit der Taschenlampe nach möglichen Spuren abgesucht. Den Lagerhausmenschen, der gleich nach seiner Meldung im Wirtshaus heimgefahren war, kannte er dem Namen nach, also hatte er extra bei der Auskunft nachgefragt, um dessen Nummer zu erfahren, und ihn angerufen. Er hatte sich die Situation und die Beschreibung der weglaufenden Gestalt dreimal schildern lassen, dann hatte er den anderen davon abgeraten, die Polizei zu verständigen, er wollte zuerst alleine mit dem Sheriff reden, und dann – hatte sein Handy geklingelt, er hatte abgehoben, und die Evi war dran gewesen. Fünf Minuten später hatte er die »Schmalspurfreunde« unter einem Vorwand verlassen, und noch ein paar Minuten später hatte er die Evi in sein Haus gelassen, vor dem sie gewartet hatte. Halb versteckt hinter einem geparkten Lastwagen.

»Es ist so, dass ich momentan in einer blöden Situation bin. Ich wollte dich fragen, ob ich heute hier übernachten kann.« Sie lächelte entschuldigend.

»Aha.« Momentan wusste er nichts anderes zu sagen. Das war ein bisschen überraschend gekommen. Sie saßen in seiner Küche, und er genierte sich, weil die ziemlich unaufgeräumt aussah. Den Grund für den Nachtasylantrag der Evi ahnte er bereits, die dicke Schminkschicht konnte vielleicht die Verfärbung ihrer linken Gesichtshälfte überdecken, aber die Schwellung verriet dennoch, was los war.

»Na ja, du kannst …« Er räusperte sich. »Du kannst sicher hier übernachten, das ist kein Problem.«

»Danke!« Sie lächelte wieder, aber ihre Augen schimmerten verdächtig.

»Brauchst du vielleicht Hilfe? Ich mein, anderweitig? Ich mein, soll ich einen Arzt … oder –«

»Nein. Nein! Nichts, ich brauch gar nichts, nur ein Quartier für heute Nacht, weil …« Sie brach in Tränen aus, und der G'schaftlhuber suchte verzweifelt nach Papiertaschentüchern in seiner Küche.

»Es ist so, ich bin ausgezogen von zu Hause. Vorübergehend. Zu einer Freundin, nur einen Tag, dann zu einer anderen für zwei Tage und dann … aber die kennt er alle, und er hat mich bei der Lari gefunden und bei der Hanne auch. Und er ist … also ich will die zwei da nicht mit hineinziehen. Jetzt hab ich überlegt, wen ich kenne, den er nicht kennt. Ich mein, Blödsinn, natürlich kennt er dich, aber zwischen uns stellt er keine Verbindung her, also …«

»Keine Angst«, sagte der Huber leise. »Du musst nicht weiterreden. Du kannst dableiben, so lange du willst. Du bist in Sicherheit.«

Das war ein ganz besonderer Blick, den sie ihm da jetzt zuwarf, und dass ihre Augen dabei schwammen, ließ den Huber schwer schlucken. Dennoch musste er sie quälen, weil er wissen musste, was es zu wissen gab. Schließlich war er der G'schaftlhuber.

»Macht er das öfter? So hätte ich ihn nicht eingeschätzt …«

»Nein, eh nicht. Es ist meine Schuld.«[1]

»Deine Schuld, dass diese Sau dich grün und bl–«

»Bitte red nicht so von ihm. Er ist kein schlechter Mensch. Er hat was trunken g'habt, und da … es war ein Streit, ich hab ihn ja auch ang'schrien. Er hat sich aufg'regt, weil ich …«

Huber wartete schweigend, dass sie weiterredete. Jetzt würde er das Motiv für den Grünsteidl endlich aus erster Hand erfahren. Und richtig:

»Ich bin fremdg'gangen«, sagte die Evi und senkte den Blick.

Was zuerst wie eine Katastrophe aussah, war in Wirklichkeit nur ein Stapel alter Reifen, den Hajdusic mit ein wenig Altöl übergossen und angezündet hatte. Den Abstand zu den Zapfsäulen hatte er mit Kennerblick als ausreichend beurteilt. Das kleine Freudenfeuer hatte dennoch seine Wirkung gehabt, die drei Musketiere waren aus der Garage gelaufen und hatten mit den Löscharbeiten begonnen. Hajdusic wiederum hatte sich in die Garage geschlichen und sich in aller Ruhe umgesehen. Noch bevor der Dimmel, der Zimmel und der Schimmel der Flammen Herr geworden waren, bremste der Polizeiwagen ohne Licht neben ihnen.

»Das entzünden von Gegenständen im Bereich einer Tank-

1 Damit steht Eva Grünsteidl (geb. Raab Evi) nicht allein da. Nach einer deutschen Studie aus dem Jahre 2017 geben sich dreiundsechzig Prozent der Frauen, die Opfer häuslicher Gewalt wurden, selbst die ganze oder zumindest eine Teilschuld an der Gewalteskalation des Täters.

anlage gefährdet die öffentliche Sicherheit und ist streng verboten!«, rief der Sheriff aus dem offenen Seitenfenster.

»Leck mich am Arsch!«, schrie der Dimmel.

»Siehst du nicht, dass wir löschen? Das war ein Brandstifter«, setzte der Zimmel nach.

»Leck mich am Arsch!«, wiederholte der Schimmel Dimmels Vorschlag.

Der Sheriff kämpfte mit sich. Einerseits sah er, dass das Feuer keine Gefahr darstellte, es gab also keinen Grund, hier zu verweilen, während sich Grünsteidls Vorsprung ständig vergrößerte. Andrerseits ging es nicht an, dass hier einem Beamten ungestraft eine analhygienische Maßnahme von einem nicht vorgesetzten Organ befohlen wurde. Zum Glück wurde ihm die Entscheidung vom Funk abgenommen.

»Heinrich eins von Gmünd Leitstelle, kommen!«

»Hier Heinrich eins«, meldet sich Höbarth.

»Wir haben einen Anruf vom Bahnhof Heidenreichstein. Sabotageverdacht, keine Gefahr im Verzug, mehrere Zeugen anwesend. Können Sie übernehmen?«

»Heinrich eins übernimmt, Ende«, bestätigte Höbarth.

»Verstanden, Ende!«, schloss der Kollege in Gmünd.

Der Sheriff schloss das Seitenfenster, drehte das Licht auf und gab Vollgas. Drei Sekunden später schaltete er Blaulicht und Folgetonhorn ein. Die drei Musketiere schauten dem Polizeiwagen noch ein paar Sekunden nach.

»Leck mich am Arsch«, schloss sich nun auch der Zimmel der Meinung seiner Vorredner an. Dann setzten sie die Löscharbeiten fort.

Dr. Philippa Limbach hatte nur eine einzige Chance, ihre Karriere wie geplant fortzusetzen. Sie musste den Fall aufklären. Bevor morgen die Ablöse kommen würde. Sie war fest entschlossen, es zu schaffen. Und sie ging methodisch vor. Zuerst hatte sie Hajdusic in den Hausarrest verbannt, damit er ihr nicht im Weg war und keinen Unfug anstellte, dann hatte sie sich am Polizeiposten mit allen Unterlagen eingenistet. Einen

Schlüssel hatte ihr der Sheriff widerwillig überlassen, bevor er mit Höbarth davongefahren war. Dann hatte sie einige Stunden mit Aktenstudium verbracht – umsonst. Kein Hinweis, kein Verdächtiger, keine Idee. Und dann war die Wirtin Liesl Lang mit dem blauen Baron aufgetaucht.

»Eigentlich wollten wir zum Sher– zu Bezirksinspektor Kienast, aber mir ist es eh lieber, wenn ich mit Ihnen reden kann, Sie schauen mir kompetenter aus«, eröffnete die Liesl das Gespräch.

»Was führt Sie her?«, fragte die Limbach, die sich ein bisschen geschmeichelt fühlte.

»Der da«, die Wirtin deutete auf den Blauen, der ziemlich kleinlaut danebenstand und seine Beule betastete, »muss etwas melden.«

»Wenn Sie eine Anzeige wegen Körperverletzung erstatten wollen, sind Sie bei mir falsch. Für Raufhandel bin ich nicht zuständig«, meinte die Limbach.

»Nein, nein«, erklärte die Wirtin. »Er hat etwas beobachtet. Oben am Bahnhof. Eine komische Sache.«

Die Limbach überlegte. Sie glaubte zwar nicht recht daran, dass der eitle Trottel, der ihr schon einmal die Zeit gestohlen hatte, tatsächlich etwas Relevantes liefern konnte, aber er war momentan ihr letzter Strohhalm.

»Was haben Sie beobachtet?«

»Eigentlich wollte ich dem Peter Paschinger Angst einjagen, dem Lokführer.«

»Am Bahnhof? Mitten in der Nacht?«

»Gerade in der Nacht. Da sind die Menschen am empfänglichsten für Emotionen und auch am ängstlichsten. Ich habe mich im Laufe meiner schauspielerischen Karriere naturgemäß intensiv mit der menschlichen Psyche auseinandergesetzt – das machen nicht alle Kollegen so, aber für mich ist ein professioneller Ansatz unumgänglich und das einzig probate Mittel, um sich in der Kunst –«

»Wenn Sie wieder anfangen zu schwafeln, brechen wir ab«, warnte die Limbach gereizt. »Kommen Sie zum Punkt. Was haben Sie gemacht, was haben Sie gesehen? Warum wussten Sie, dass Paschinger mitten in der Nacht am Bahnhof sein würde?«

»Weil er nach der Lokomotive sehen muss. Das machen die immer so.«

»Bis die kalt ist, schauen Heizer und Lokführer abwechselnd nach dem Rechten«, erklärte die Liesl.

»Und die letzte Runde macht der Paschinger immer so gegen elf. Ich war also etwas früher oben und hab mich versteckt. Die Lok war im Schuppen, der war abgesperrt, aber ich hör was drinnen und schau durchs Fenster, seh aber nichts, weil es dunkel ist, dann seh ich den Lichtschein einer Taschenlampe und denk mir noch, dass das der Paschinger sein muss, und überlege, warum er das Tor von innen abgesperrt hat, aber dann hör ich was vom Bahnhof her und seh den Paschinger von dort kommen. Also war wer anderer im Lokschuppen.«

»Der sich dort offenbar eingesperrt hat«, ergänzte die Limbach. »Vielleicht der Heizer? Vielleicht wollte er noch etwas an der Lok kontrollieren? Wie heißt der?«

»Das ist immer ein anderer, keine Ahnung, wer heute dran war«, sagte der Blaue.

»Der Koppensteiner«, half die Liesl aus.

»Ja. Aber erstens schrauben die nicht mitten in der Nacht an der Lok herum, und zweitens hätte er sich dazu nicht eingesperrt. Außerdem wäre ja auch das Licht eingeschaltet gewesen«, erklärte der Blaue. »Wie auch immer, ich blieb in meiner Ecke. Ich wollte sehen, wie es weiterging.«

»Und wie?«

»Der Paschinger hat aufgesperrt, hat das Licht im Schupfen aufgedreht und ist zur Lok, das hab ich noch durchs Fenster gesehen, dann ist das Licht ausgefallen, vielleicht hat er eine Taschenlampe eingeschaltet, aber das muss auf der anderen Seite von der Lok gewesen sein, weil gesehen hab ich dann eine ganze Weile nichts mehr. Ich wollte schon reinschauen, aber dann hab ich doch lieber abgewartet, und so nach zehn Minuten sind sie dann mit der Scheibtruhe rausgekommen.«

»Mit der Scheibtruhe?« Die Limbach runzelte die Stirn.

»Mit der sie normalerweise Kohlen führen. Der Paschinger ist auf der Scheibtruhe gelegen, und der steinerne Gast hat ihn geschoben.«

»Wer?«

»Ein Mensch, irgendwie verkleidet, er hat so komisch schwerfällig ausgesehen. Vielleicht ein Kostüm oder vielleicht so ein Schutzanzug. Nicht gerade steinerner Gast, aber trotzdem unheimlich. Das Gesicht hab ich nicht erkannt. In dem Bereich vom Bahnhof ist die Beleuchtung ganz schlecht.«

»Und wohin ist der unheimliche Unbekannte mit dem Paschinger am Schubkarren gefahren?«

»Zur Draisine. Und mit der ist er dann auch weggefahren.«

G'schaftlhuber

Dem G'schaftlhuber ging es gar nicht gut. Genauer gesagt war seine Lage sehr bescheiden. Er war zwar nie ein Freund übertriebener sportlicher Betätigung gewesen, aber ein bisschen bewegt hätte er sich jetzt schon ganz gern. Ging aber nicht. Dafür saßen die Fesseln leider zu eng.

Mit dem Sehen war es wieder eine andere Sache. Da hätte er sich eher gewünscht, die Augen verbunden oder einen Sack über den Kopf gestülpt bekommen zu haben. Einfach irgendetwas, damit ihm der An- und Ausblick erspart geblieben wäre. Denn der war wenig erfreulich.

***

Knappe zwanzig Stunden zuvor war die Welt noch ganz in Ordnung gewesen:

»Was denkst du jetzt von mir?« Die Evi sah ihn an wie ein kleines Kind, das etwas angestellt hat, dann mit gesenktem Kopf vor der Mutter steht und schuldbewusst zu ihr hochschielt.

»Weil du fremdgegangen bist? Keine Ahnung … so was gibt's, das passiert alle Tag. Das steht mir gar nicht zu, da zu urteilen. Ich find nur die Reaktion von deinem Mann ziemlich …«

»Was?«

»Arg. Überzogen. Krank! Ich hab nicht gewusst, dass er gewalttätig ist.«

»Nein, nein. Normalerweise ist er gar nicht gew–«

»Evi, hör auf, das schönzureden, er ist gefährlich!«

»Nein!«

Es war erbarmungswürdig, wie krampfhaft sie die Augen vor der Realität verschloss. Jemand musste sie ihr öffnen. Er wäre nicht der G'schaftlhuber gewesen, wenn er sich nicht augenblicklich dazu berufen gefühlt hätte. Das würde jetzt ein bisschen wehtun.

»Gut, er ist nicht gefährlich«, sagte er langsam und deutlich, »und warum bist du dann von zu Hause weg, versteckst dich bei irgendwelchen Freundinnen? Wohlgemerkt, du versteckst dich, du bist nicht einfach ausgezogen, damit ihr Abstand voneinander habt oder so, nein, du versteckst dich. Jetzt sogar bei mir, aus Angst, dass er dich bei deinen Freundinnen findet. So. Und das alles, weil er so harmlos ist?«

Das war leider notwendig gewesen. Der G'schaftlhuber hielt sich selbst zugute, dass er taktvollerweise nicht erwähnt hatte, dass der Mustergatte den zweiten am Ehebruch Beteiligten auf die Schienen gelegt und damit einen Kopf kürzer gemacht hatte.

Währenddessen standen die »Schmalspurfreunde« im Schein der Straßenlampen auf dem Parkplatz neben den Abstellgleisen dem Sheriff Rede und Antwort.

»Also, was ist jetzt genau der Sabotageakt?«

»Na, uns sabotieren sie. Wahrscheinlich. Also konkret, den Paschinger haben sie sabotiert.«

»Seids ihr sicher, dass er sich nicht selber die Kant'n geben hat?«, fragte Höbarth und deutete auf die Trage, mit der gerade die beiden Sanitäter vorbeimarschierten.

»Der war nicht so, das müssts ihr doch wissen.«

»Trotzdem, vielleicht war das alles ein bisschen zu viel für ihn, da kann man sich schon einmal die Festplatte neu formatieren.«

»Nein, sicher nicht, dem ist der Alkohol eingeflößt worden, ich hab mir das angeschaut, der meiste Schnaps ist ihm vom Hals runter ins Hemd geronnen.«

»Und warum sollte euch wer sabotieren?«

Das ging noch eine Weile so hin und her. Höbarth wurde es langweilig. Er umrundete die ganze Gruppe, ging rüber auf den Parkplatz und wechselte noch ein paar Worte mit den Sanitätern. Dann beschloss er, eine zu rauchen. Der Rettungswagen setzte sich in Bewegung und gab den Blick auf einen gelben Golf frei. Grünsteidls Golf! War der etwa …? Höbarth marschierte zurück zur Gruppe und musterte die Gesichter im Halbdunkeln. Da war er. Stand dabei und tat, als wäre er gar nicht auf der Flucht. Aber vielleicht war er das ja auch gar nicht. Vielleicht hatte er es nur eilig gehabt, einem Anruf der »Schmalspurfreunde« zu folgen, die wegen der »Paschinger-Sabotage« eine nächtliche Versammlung einberufen hatten. Wie auch immer – im Anschluss würden sie ein paar Worte mit Grünsteidl reden.

»Also, meine Herrschaften«, erklärte der Sheriff soeben, »so kommen wir nicht weiter. Wenn ihr Anzeige erstatten wollt, dann muss die einen konkreten Sachverhalt als Basis haben. Der Verdacht, dass jemand den Paschinger –«

In dem Moment tauchte der Tesla der Limbach am Parkplatz auf, und nur wenige Sekunden später stand die Fahrerin höchstselbst vor ihnen und stellte die entscheidende Frage.

»Wo ist die Draisine?«

»Du bleibst hier, lässt es dir gut gehen, schläfst dich einmal aus und alles … Ich muss da noch etwas erledigen. Sperr zu und lass keinen rein, obwohl – viel werden eh nicht kommen um die Zeit«, sagte der Huber und lachte. Die Evi nickte brav. Zuvor hatte er ihr das »Gästezimmer« gezeigt, einen Raum, der als G'schaftlhuber'sches Privatmuseum diente und hauptsächlich Fund- und Erinnerungsstücke seiner ebenso langjährigen wie vielfältigen Vereinstätigkeiten beherbergte. Aber auf dem Bett lagen nur ganz wenige Sachen, und die Evi hatte mehrmals versichert, dass sie sich schon ein Platzerl freiräumen würde.

Er hatte vor, zum Sheriff zu fahren und diesen an seinem Wissensstand teilhaben zu lassen. Am besten wäre es, wenn der den Grünsteidl noch in derselben Nacht festnahm. Hatte Huber bisher selbst noch leise Zweifel gehabt, so war das geschwollene Evi-Gesicht Beweis genug für Grünsteidls Täterschaft. Wer es schaffte, in so ein Gesicht zu schlagen, dem war alles zuzutrauen.

Das Wachzimmer war versperrt, die Fenster waren dunkel. Sicher, auch der eifrigste Sheriff hatte einmal Dienstschluss und fuhr heim schlafen. Huber überlegte. Sollte er noch rauf zum Bahnhof fahren? Aber die anderen hatten den angeschlagenen Paschinger in der Zwischenzeit sicherlich schon versorgt und waren ebenfalls heimgegangen. Also würde er dasselbe machen. Wobei er sicher war, dass er nicht gut schlafen konnte, wenn die Raab Evi ein paar Meter entfernt im Gästezimmer lag.

Als die drei Musketiere den brennenden Reifenstapel gelöscht hatten und zurück in die Garage gingen, um bei einem Bier zu überlegen, welcher Saubär das Feuer gelegt hatte, erlebten sie eine Überraschung. Die Hecktür des Lieferwagens stand offen. Sie sahen sich an. Wollte sich da einer bedienen? In breiter Front gingen sie langsam auf den Lieferwagen zu.

»Ist da wer?«

Eine gute Frage. Quasi als Antwort fiel das Licht in der Garage aus. Dann hörten sie das Eingangstor. Als sie endlich im Schein ihrer Feuerzeuge hingefunden hatten, mussten sie feststellen, dass es von außen blockiert war.

»Rüber zur Waschboxtür«, befahl Zimmel, und sie liefen zum einzigen weiteren Fluchtweg aus der Garage. Aber auch diese Tür war blockiert. Sie waren gefangen.

»Also, ich fasse den Ablauf zusammen«, sagte die Limbach. »Jemand schlägt diesen Herrn Paschinger im Dunkeln bewusstlos, verfrachtet ihn dann auf die Draisine, fährt mit ihm spazieren und flößt ihm Alkohol ein. Nach der Rückkehr sperrt er ihn in den Lokschuppen. Pfeifensteiner, der schon die Abfahrt der Draisine beobachtet hat, bleibt beim Bahnhof, weil er vermutet, jemand will den Bewusstlosen entsorgen, wird danach wiederkommen, Pfeifensteiner wird ihn dann erkennen und der Polizei melden. Aber die Draisine kommt mit beiden wieder zurück. Die vermummte Gestalt kann er immer noch nicht erkennen. Er versucht, durch die Fenster zu schauen, aber da wird er selbst niedergeschlagen.« Sie sah abwechselnd den Sheriff und Höbarth an. Diese schauten zurück. Überzeugt war keiner von beiden.

»So ähnlich hat es Pfeifensteiner erzählt«, ergänzte die Limbach.

»Na ja, der Motor von der Draisine war noch lauwarm, sagen wir, anderthalb Stunden braucht der zum Abkühlen, also von der Zeit her könnte es schon so gewesen sein. Und dass ein bissl Öl unter der Draisine ist, spricht auch dafür, dass sie in Betrieb war«, murmelte Höbarth. »Diese alten Reib'n verlieren immer ein bissl Öl, wenn sie laufen.«

»Dass der Paschinger auf der Draisine war, glaub ich auch«, meinte der Sheriff jetzt. »Der Wadlegger hat erzählt, dass er die ganze Zeit von einer ›wilden Fahrt‹ gelallt hat – mit Lärm und Schreien und dem Schädl vom Dangl, der ihm entgegengeflogen ist …«

»Aber wozu soll das Ganze gut sein?«, fragte die Limbach nachdenklich und vergaß ganz, dass sie sich in Gesellschaft von Kleinstadtpolizisten befand, die rangmäßig und intellektuell weit unter ihr standen.

»Theoretisch könnte der Blaue das auch alles erlogen haben. Er könnte selbst den Paschinger niedergeschlagen haben. Als Revanche, dass der ihn verdroschen hat«, meinte Höbarth zögernd.

»Und dann macht er mit ihm eine Geisterbahnfahrt, damit der dann nervlich am Ende ist, sodass er nicht mehr Theater spielen kann und Pfeifensteiner endlich die Rolle kriegt, auf die er so scharf ist«, führte der Sheriff Höbarths Gedanken zu Ende.

»Wie ist das mit so einer Draisine«, ließ sich jetzt die Limbach sogar herab, das gemeine Polizistenvolk zurate zu ziehen, »kann jeder mit der fahren? Ich meine konkret, kann das auch Pfeifensteiner? Er wirkt nicht gerade wie ein Techniker oder Maschinist aus Leidenschaft.«

»Theoretisch ist das schon möglich«, brummte der Sheriff. »Wer Auto fahren kann, kann auch eine Draisine fahren.

Und er ist sicher öfters mitgefahren bei den Nostalgiefahrten. Manchmal haben sie auch so Rahmenveranstaltungen gehabt, Führungen und so, da hat er vielleicht gesehen, wie das geht. Die Frage ist nur …«

»… wo die den Schlüssel hängen gehabt haben«, ergänzte Höbarth.

»Richtig«, pflichtete die Limbach bei, »das ist natürlich ein interessanter Aspekt. Wo war der Schlüssel?«

»Das werden wir jetzt am besten den da fragen«, sagte der Sheriff und deutete auf Grünsteidl, den sie als Einzigen der »Schmalspurfreunde« noch hierbehalten hatten und der jetzt hinten im Polizeiwagen saß und sie nervös beobachtete.

Der Yin-Yang-Anhänger

»Warum musst du deine große Nase auch in alles hineinstecken, G'schaftlhuber?«

Die Frage hatte er schon oft im Leben gehört. Zuletzt vor ein paar Minuten, als er unsanft hier abgeladen worden war. Und so wie es aussah, würde es diesmal das letzte Mal gewesen sein, dass ihm diese Frage gestellt wurde.

***

Dabei hatte der Tag so gut angefangen!

Als der Huber aufwachte, war die Evi schon aufgestanden und hatte Kaffee gemacht. Für einen, der schon lange alleine lebt, ist es ein regelrechter Schock, beim Aufwachen plötzlich von Kaffeeduft umfangen zu werden. Und wenn der Alleinstehende dann schlaftrunken in die jahrelang leere Küche tapst, kann der Anblick einer Evi, die schon mehr eine Eva ist, ebenfalls einen Schock auslösen. Und wie! Aber einen positiven Schock.

»Guten Morgen, ich hab mir gedacht, ich mach schon einmal Kaffee.«

»Geh, das hätt ich doch machen können.«

»Nein, nein, ich wollt mich revanchieren für das Nachtasyl. Ich hätt ja auch Semmeln geholt, aber ich ... will momentan eigentlich nicht raus. Weißt eh, dann sieht mich eine, die es in aller Unschuld einer anderen erzählt, und dann weiß es noch wer, und dann ...«

... erfährt es dein Mann, ergänzte der Huber in Gedanken. »Ist schon klar«, sagte er laut. »Die hol ich jetzt, die Semmeln.« Und wie ein junger Bursche sprang er die Stiegen zur Eingangstür hinunter, schnappte sich den Schlüssel vom Bord, riss die Tür auf und – prallte gegen Grünsteidl.

Ein paar Stunden zuvor hatte bei der Tankstelle folgender Dialog stattgefunden.

»Ihr schreibts jetzt auf, wo ihr das Zeug hin'bracht habts. Dann fahr ich hin, schau nach, ob's stimmt, und wenn ich was find, hol ich die Polizei, und die holt euch raus. Was haltets ihr davon?«

»Du kaunst mi am Oasch leck'n!«[1]

»Mi ah!«

»Und mi sowieso!«

»Gut«, sagte Hajdusic hinter der Waschboxtür. »Dann bleibts ihr noch ein bissl drinnen, und ich lass ein bissl Benzin ausrinnen. Das kostet Geld. Das macht euch vielleicht nichts, weil ihr mit eurer Hehlerei, eurer Schmuggelei und eurer Umetikettiererei eh genug verdient habts, aber was noch ärger ist, das Benzin versickert, und wenn dann die Umweltbehörde verlangt, dass das kontaminierte Erdreich entsorgt wird, dann kostet das noch viel mehr Geld, und die Tankstelle ist monatelang geschlossen, und verantwortlich für den Umweltskandal sind die Betreiber, und das seids ihr. Was meints ihr dazu?«

»Du kaunst mi am Oasch leck'n!«

»Mi ah!«

»Und mi sowieso!«

»Da Dimm'l Fritz, da Zimm'l Gitz, da Schimm'l Spitz, gengan in Häfen, des ist fix«, sang Hajdusic jetzt leise durch die Tür. Dann ging er nach draußen, holte den Kanister, den er vorbereitet hatte, kam wieder in die Waschbox, ließ Wasser aus einem Schlauch in den Kanal laufen, sodass das Plätschern deutlich zu hören war, näherte sich leise der verschlossenen Tür zur Garage und schüttete aus dem Kanister ein bisschen Benzin auf den Boden davor. Sofort breitete sich der typische Geruch aus, ein wenig Benzin rann sogar unter der Tür durch.

»Du bist wahnsinnig, Oida!«, schrie jetzt der Dimmel Fritz aus der Garage.

---

1 Aus lautmalerischen Gründen wechseln wir hier wieder kurz ins original Waldviertlerische.

»Ich hoff, ihr seids alle Nichtraucher«, sagte Hajdusic. »Ihr wissts ja: ›Rauchen kann Ihre Gesundheit gefährden.‹«

Der Sheriff war todmüde. Er hatte nicht geschlafen. Er schrieb im Auftrag der Limbach gleich mehrere Berichte. Erstens über die Körperverletzung und die zeitweilige Entführung des Peter Paschinger. Zweitens über die Befragung des Ernst Grünsteidl, die leider keinen Grund zu einer sofortigen Verhaftung ergeben hatte. Drittens über die Aussagen des Walther V. Pfeifenstein. Die Limbach war ins Golfresort gefahren, um sich frisch zu machen. Für den späten Vormittag hatte sie ihre Rückkehr angedroht. Höbarth war ins Café am Stadtplatz gegangen, um zu frühstücken. Der Sheriff tippte lustlos vor sich hin und kämpfte gegen den Schlaf. Irgendwas hatten sie übersehen, irgendwas war bei der Befragung von Grünsteidl schiefgelaufen. Oder hatte sich die Limbach täuschen lassen?

Nachdenklich holte er die Kette mit dem bewussten Anhänger aus seiner Brieftasche und betrachtete das Yin-Yang-Symbol und das »J« und »E«. Wohlweislich hatte er die bei der Befragung in der Nacht nicht ausgepackt, obwohl er es gerne getan hätte, um Grünsteidl aus der Reserve zu locken. Aber dann hätte er der Limbach gegenüber zugeben müssen, dass er Beweismittel unterschlagen hatte, um eigene Ermittlungen anzustellen. Er betrachtete den Anhänger noch, als Höbarth zur Tür hereinkam. Zuerst wollte er die Kette schnell einstecken, aber da war Höbarth schon neben ihm, und es wäre zu auffällig gewesen. Also legte er den Schmuck ganz nebenbei zur Seite, neben einen Papierstapel.

»Ah, da ist es!«, rief Höbarth. »Ich hab mich schon gefragt, wo ich das Ketterl ausgestreut hab. Danke!«, sagte er und nahm das Stück an sich.

Die Limbach kam aus der Dusche, als ihr Handy energisch nach Aufmerksamkeit verlangte. Als sie sah, dass Bischof anrief, wollte sie sich zunächst gar nicht melden. Sie war erfolgsverwöhnt, und diese Waldviertelgeschichte war für sie ein einziger Misserfolg, und nachdem ihre Ablöse von diesem Fall unmittelbar bevorstand, fühlte sie sich ohnehin schon gedemütigt genug, da musste sie nicht auch noch nackt mit dem Polizeichef telefonieren.

Aber dann nahm sie das Gespräch doch an.

»Sie haben Glück, Frau Kollegin, es haben sich zwei noch größere Deppen gefunden als … Lassen wir das. Kurz gesagt, Sie und Ihr verhaltensorigineller Kollege bleiben doch noch ein paar Tage im Waldviertel. Ihre Ablöse hat auf der Fahrt in den hohen Norden einen kapitalen Unfall gebaut und sich dabei verletzt. Nichts Dramatisches, aber momentan sind alle beide im Horner Unfallkrankenhaus, und das wird auch noch ein, zwei Tage so bleiben. Sie haben also die Chance, sich und diesen Hajdusic zu rehabilitieren, indem Sie den Fall lösen, ohne weitere Schäden anzurichten oder unseren Ruf nachhaltig zu gefährden.«

»Ich verstehe«, sagte die Limbach steif.

»Viel Glück, Sie hören von mir.«

Die Limbach legte das Handy weg, trocknete sich ab und zog sich an. Dabei dachte sie fieberhaft nach. Ihr Chef hatte recht, es war eine Chance. Aber wie sollte sie jetzt weiter vorgehen? Hatte sie überhaupt eine realistische Chance, den Fall zu lösen? In der Nacht hatte sie gemeinsam mit dem Sheriff einen Ernst Grünsteidl befragt, dessen Frau offenbar mit dem Opfer fremdgegangen war. Damit hatte er natürlich ein starkes Motiv für den Mord an Dangl. Leider auch ein Alibi. Nicht wasserdicht, aber doch. Und warum sollte er den Lokführer entführen und mit ihm eine regelrechte Geisterbahnfahrt veranstalten? Das ergab doch keinen Sinn!

»Das ergibt doch keinen Sinn!«, rief Grünsteidl verzweifelt. Sie saßen im Huber'schen Wohnzimmer, keine fünf Meter von der Küche entfernt, in der die Evi wahrscheinlich vor Angst schlotternd ihren Kaffee trank. Ohne Semmeln.

»Ich versteh dich«, sagte der G'schaftlhuber, vorsichtig um Deeskalation bemüht. »Andrerseits, wenn ich mich in die Lage vom Sheriff und von den Kriminesern reinversetz, versteh ich die auch. Du musst zugeben, dass es schon … na ja, von der Optik her ein bissl …«

»Was – von der Optik her?«, schnaubte Grünsteidl jetzt.

»Ich mein, ich versteh, dass du eine Wut auf den Dangl g'habt hast.«

»Wut? Geh, mir ist das doch wurscht, was der gemacht hat mit seinen Radlbahnfreunden. Außerdem ist er tot.« Der Grünsteidl machte eine wegwerfende Handbewegung.

»Ja, eben. Tot. Und es war dir sicher nicht wurscht, dass er mit der Evi … also mit deiner Frau … also quasi …«

»Was? Sag einmal, Huber, spinnst du? Die Eva und der Dangl? Die Polizei glaubt den Blödsinn scheinbar auch.«

Das war jetzt ein wenig heikel. Dementsprechend zögerte der G'schaftlhuber auch mit der Antwort. Lieber überlegte er noch ein bisschen. Sollte er von dem Anhänger mit dem »J« und dem »E« erzählen? Und sollte er erzählen, dass er vor wenigen Stunden kaum fünf Meter entfernt ein astreines Fremdgehgeständnis aus Evas eigenem Mund vernommen hatte? Wie würde Grünsteidl reagieren? Gewalttätig? Vielleicht. Aber wenn er herausfand, dass seine Frau immer noch da war, dann sicher.

Huber sah sich im Wohnzimmer unauffällig nach einer Verteidigungswaffe um. Dann stutzte er. Etwas fiel ihm ein. Bei Evas Geständnis war tatsächlich kein Name gefallen! Er hatte es für taktlos gehalten, extra noch in den offenen Wunden der Liebschaftswitwe herumzustochern, und sie hatte Dangl auch mit keinem Wort erwähnt. War ja in seinen Augen nicht notwendig gewesen, sie wussten ja beide, um wen es sich handelte. Und jetzt doch nicht? Er verstand gar nichts mehr!

»Ich versteh gar nichts mehr. Wer war's dann?«, rutschte es ihm raus, und als der andere jetzt langsam auf ihn zukam, wurde ihm bewusst, dass das ein Fehler gewesen war.

»Das würde ich auch gerne wissen«, sagte Grünsteidl.

Krisensitzung

Er war blöd gewesen. So blöd! Vor allem aber unvorsichtig, und dann hatte er auch noch zu spät geschaltet. Und – er hatte den anderen unterschätzt, hatte gedacht, dass er es »nur« mit einem Mörder zu tun hatte, aber nun wusste er, dass es sich um einen Wahnsinnigen handelte – um einen absolut Wahnsinnigen. Aber das nützte nun auch nichts mehr. Das G'schaftlhuber'sche Leben würde nur noch ein paar Minuten dauern. Das hier war seine Endstation. Endstation Waldviertel …

***

Ungefähr zehn Stunden zuvor hatten sich die Eisenbahnfreunde zu einer Krisensitzung bei der Liesl eingefunden. Gefehlt hatten nur drei. Paschinger, der zur Beobachtung im Spital lag, sowie Huber und Grünsteidl, die auch telefonisch nicht zu erreichen waren.

»Was machen wir?«, fragte Höller in die Runde. »Es muss was passieren, bevor noch was passiert.«

Die andren nickten zustimmend.

»Wissts ihr, wie mir das vorkommt?«, fragte Wadlegger. »Als wie wenn sich wer am Paschinger rächen will – für den Dangl.«

»Ja. Es hat wer auf den Paschinger abgesehen«, stimmte Koppensteiner zu. »Und das zeigt auch schon Wirkung. Bei der letzten Ausfahrt, wie ich sein Heizer war, war er ganz schön fertig. Und jetzt diese komische Entführung … Lang hält der das nicht durch.«

»Wenn der Paschinger durchdreht, dann bleibt die Lok stehen.«

Betretenes Köpfenicken ringsum.

»Na ja«, meinte Hintringer, »so ist es ja auch nicht, ich bin ja auch noch da. Wir sind jahrelang mit Diesel gefahren, da wird die Welt nicht gleich untergehen, wenn wir das in Zukunft wieder machen.«

»Außerdem«, meinte Ableidinger, »vielleicht lässt er ja die 298.2er dem Verein? Auch wenn er nicht mehr selber fährt. Was will er denn sonst damit machen? Geld hat er genug, warum sollte er sie verkaufen? Du könntest umschulen, Hintringer. Ein paar Wochen Ausbildung in Strasshof[1], und du bist Dampflokprofi. Triebfahrzeug bleibt Triebfahrzeug, an den Vorschriften für den Fahrtbetrieb ändert sich ja nichts, und das technische Zeugs für Dampf, das kriegst du schon hin. Es müsste halt jemand diesbezüglich reden mit dem Paschinger.«

»Na ja«, murmelte Hintringer. »Darüber müsste ich erst einmal nachdenken.«

Der Huber rannte wie der Blitz aus dem Haus.

Das war aber nicht die Schuld vom Grünsteidl und auch nicht die Schuld Evas[2], die im Wohnzimmer aufgetaucht war, gerade als ihr Ehemann schon gehen wollte. Der G'schaftlhuber war erstarrt und hatte sich näher an die Weinflasche geschoben, die auf dem Kasten gestanden war. Sicher – nicht die beste Waffe, aber wenn man schnell genug damit zuschlug, konnte man einen rabiaten gehörnten Ehemann schon für ein paar Minuten ausschalten.

»Was machst du da beim Huber?« Der Ehemann war mehr verblüfft als erzürnt gewesen.

»Ich hab mich vor dir versteckt.«

»Du hast dich … beim Huber? Wieso beim Huber?« Immer noch Verblüffung.

Jetzt war der G'schaftlhuber ein bisschen beleidigt. Der Grünsteidl schien ihn nicht einmal ansatzweise im Verdacht

---

1 In Strasshof gibt es ein großes österreichisches Eisenbahnmuseum mit zahlreichen Lokomotiven, Heizhaus, Werkstätten, Abstell- und sonstigen Gleisen, Waggons und sonst noch vielem, was das Bubenherz begehrt.

2 Eifrige Bibelleser wissen ja, dass es eigentlich die Schuld der Schlange war. Die hat Eva den Apfel gegeben.

zu haben, der Liebhaber seiner Frau zu sein. Das war irgendwie – ernüchternd.

»Weil ich geglaubt hab, dass du mich da nicht findest.«

»Ich hab dich da auch gar nicht gesucht. Ich war wegen was anderem da. Die Polizei glaubt, dass ich den Dangl ermordet hab, weil du was mit ihm gehabt hast.«

»Mit dem Dangl? So ein Blödsinn!«

»Sag ich ja! Du musst mir helfen! Wenn du es mir schon nicht sagst, dann geh wenigstens hin und sag es dem Sheriff oder dem Höbarth. Bitte, Eva!«

»Ich glaub, mindestens einer von denen weiß es schon«, hatte die Eva daraufhin zögernd ihr Geständnis begonnen.

Dann hatte ein Wort das andere gegeben, und irgendwann hatte der Grünsteidl den Huber gefragt, ob er auch glauben würde, dass er den Dangl umgebracht hatte. Und dann hatte wieder ein Wort das andere gegeben, und am Schluss von dem Hin und Her war es dem G'schaftlhuber gedämmert, dass er sich komplett in die Eifersuchtsmordgeschichte verrannt hatte.

Das war der Zeitpunkt, als er aus dem Haus lief. Er musste da was überprüfen. Noch während er ins Auto stieg, wählte er die Nummer von der Sedlacek Mitzi.

***

»Wie du die Mitzi Sedlacek angerufen hast, hab ich gewusst, dass du was weißt. Oder sagen wir, dass du einen Verdacht hast. Das war blöd. Für mich. Oder für dich, wie man's nimmt. Für mich war es ein Glück, dass die Mitzi gleich danach mich angerufen und mich gefragt hat, was mit dir los ist. Da hab ich gewusst, dass es Zeit wird. Alles oder nichts. Die Mitzi selber ist keine Gefahr. Du weißt ja, sie ist nicht gerade die Hellste.«

Der Huber hätte jetzt etwas sagen können. Wenn er gekonnt hätte. Er hätte sagen können, dass er mit der Mitzi Sedlacek in die gleiche Klasse gegangen war. Und dass sie in der Hauptschule die Klassenbeste gewesen war. Damit hätte er die Behauptung, sie sei nicht gerade die Hellste, glatt widerlegen können. Wenn er gekonnt hätte. Aber das Gafferband über seinem Mund saß zu fest.

***

»Okay, du Arschloch, wir sagen dir, wo der depperte Whisky ist.« Der Zimmel war einsichtig.

Hajdusic grinste. Klar, aus Zimmels Sicht war es immer noch besser, einer von ihnen übernahm die Verantwortung und ging ein paar Monate in den Bau, als die Tankstelle würde komplett versaut und von der Umweltbehörde zugedreht. »Ich höre.«

»Lass uns raus, und wir bringen dich hin.«

»Haha, der war gut. Gibt's den auch für Erwachsene?«, lachte Hajdusic. Er war tatsächlich sehr vergnügt. Die Sache lief unerwartet gut.

»Okay, dann lass von mir aus mich und den Dimmel da eingesperrt und nimm nur den Spitz mit. Der zeigt dir das Versteck, aber dreh jetzt das scheiß Benzin ab.«

»Weißt du was, ich hab eine bessere Idee. Wozu war ich bei den Pfadfindern? Du sagst mir, wie ich hinkomm, ich dreh da derweil ab und geh alleine nachschauen. Ich fürcht mich auch nur ganz wenig …«

Eine Weile beratschlagten die drei Musketiere gedämpft, Hajdusic hörte das Gemurmel hinter der Tür, dann erhob wieder Zimmel seine Stimme. Er klang resigniert.

»Na schön. Also, du fährst Richtung Langegg, biegst aber kurz vor Aalfang rechts ab und –«

»Aalfang« war das Letzte, was Hajdusic hörte. Den Schlag selbst spürte er kaum, es wurde einfach nur sehr still und dunkel um ihn.

»Das Ketterl war der Urstress für mich«, beklagte sich Inspektor Höbarth, von seinen Freunden nur »Joe« genannt, beim Sheriff. Er war plötzlich in die ungewohnte Rolle des Verhörten gedrängt worden. »Ständig hab ich es rauf- und runtertun müssen. Wenn ich mich mit ihr getroffen hab, war's natürlich oben, das hat sie erwartet, dazu hat sie es mir ja geschenkt. Sie ist so eher der romantische Typ. Ist vielleicht das Alter auch ein bisschen, sie ist ja fast doppelt so alt wie ich. Aber im Bett: Hallo! Da können sich die Sagl-Sisters anhalten. Gut, dafür singen die immer im Duett, das hat auch was, aber was ich eigentlich sagen wollt: Wenn ich dann ab und zu eine andere getroffen hab, war es der Urstress, manchmal waren wir schon kurz davor, und ich denk mir dann: Hab ich jetzt das Ketterl oben oder nicht? Ich hab's dann meistens in der Hosentasche gehabt, damit ich es schnell bei der Hand hab. Das war aber auch nicht ideal. Einmal greift mir die Sagl Anni in die Hosentasche und holt ihn raus – also den Anhänger – und hat natürlich geglaubt, er ist von der Evi, also nicht von *der* Evi, der Eva, sondern von ihrer Schwester, der Sagl Evi! Das war ein Theater, weil sie sich ja feierlich geschworen haben, mich immer nur zu zweit zu … besuchen, sie wissen ja, dass ich genug für beide hab.«

So genau wollte es der Sheriff aber gar nicht wissen. Er war ziemlich sauer. Er spürte, dass das Eifersuchtsmordmotiv sich gerade in Luft auflöste. Ärgerlich fasste er dienstlich zusammen: »Also, Inspektor Höbarth, das Ketterl mit dem Anhänger hat Ihnen die Eva Grünsteidl geschenkt. Weil Sie ein – ähm – Verhältnis mit ihr hatten. Und Sie haben das Ketterl bei der ersten Besichtigung des Tatortes verloren. Kann man das so sagen?« Er sah Höbarth scharf an.

Dieser nickte. »Sag ich doch.«

Überraschung

Eigentlich hatte es schon wochenlang nicht geregnet. Eigentlich war auch gar kein ausgesprochenes Gelsenjahr. Eigentlich war Mitte Juli ohnehin noch zu früh. Trotzdem hörte er ständig das unangenehm hohe Singen der Blutsauger, und sein Gesicht war schon so zerstochen, dass die Neuankömmlinge ihre liebe Mühe hatten, ein freies Plätzchen für einen Stich zu finden. Aber das war nicht das Hauptproblem des Huber Hans.

***

Sechs Stunden zuvor:

»Du? Damit hab ich jetzt nicht gerechnet. Das ist aber nicht dein Handy, oder?« Der Huber saß im Auto, er hatte gerade aussteigen und ins Wachzimmer gehen wollen. Es war zwar nur ein unbestimmter Verdacht, aber nach dem Telefonat mit der Mitzi Sedlacek war der Verdacht doch schon ein bisschen bestimmter. Und da war es gut, eine andere Meinung zu hören oder zumindest einen zweiten Menschen einzuweihen. Selbst wenn es sich nur um den Sheriff handelte.

»Ach so. Ja, okay, dann … ja, klar, ich komm, aber … sollen wir nicht die Polizei … ah, eh schon … okay!«

Er startete den Wagen, schlängelte sich durch die schmalen Straßen rund um den Stadtplatz und beschleunigte dann für Huber'sche Verhältnisse enorm, um Heidenreichstein bald hinter sich zu lassen und die Straße nach Langegg zu nehmen. Als er an der Tankstelle vorbeifuhr, luden die drei Musketiere gerade eine große Rolle Teerpappe in den Lieferwagen. Er grüßte flüchtig und erhöhte das Tempo noch ein wenig. »Drück auf die Tube«, hatte der Anrufer gesagt, und es hatte sich ziemlich ernst angehört.

Die Abzweigung in das Waldstück, in dem Dangl den Kopf verloren hatte, fand er auf Anhieb. Aber er war ja seit der Sache auch schon ein paarmal da gewesen, um Spuren zu suchen und sich den Ort des Grauens noch mal in Ruhe anzusehen. Mittlerweile kannte er das Waldstück fast wie sein Wohnzimmer.

Trotzdem hätte er den Wagen vom Hintringer beinahe übersehen. Er stand gute zehn Meter neben dem Weg in einer leichten Mulde, optimal getarnt zwischen ein paar niedrigen Nadelbäumen, es war reiner Zufall, dass er ihm ins Auge fiel. Er selbst parkte nicht so kunstvoll, sondern stellte seinen Corsa einfach neben der Eisenbahnkreuzung ab. Dann lief er die Schienen entlang zu der bewussten Stelle.

»Na endlich«, sagte der Hintringer und deutete auf die Puppe, die neben den Gleisen lag.

»An die Fenster hat der Sautrottel nicht gedacht«, wiederholte der Schimmel Spitz zum x-ten Mal. »So weit hat's dann doch nicht gereicht, das Kiebererhirn.«

»Der G'schaftlhuber«, stellte der Zimmel fest, der mit kaum erhobener Hand und zwei mittelmäßig gestreckten Fingern dem vorbeifahrenden Auto einen nachlässigen Gruß hinterherschickte.

»Wurscht, wir führen halt eine Rolle Teerpappe weg. Da ist nichts dabei«, zerstreute Dimmel gleich jeden möglichen Einwand gegen das Vorhaben. »Wenn er sich später überhaupt daran erinnert.«

»Ja, eh. Also dann. Du sperrst die Tankstelle wieder auf, und wir führen den Mist weg«, knurrte der Zimmel und stieg in den Lieferwagen. Der Dimmel nickte und marschierte in Richtung Kassenhäuschen. Gleich darauf sprang auch der Schimmel Spitz in den Wagen, und der schoss mit durchdrehenden Reifen davon. Für Hajdusic sah es nicht besonders gut aus.

»Ich hab mir gedacht, wenn es stimmt, was der Paschinger gelallt hat, dann kann es logischerweise nur eine Stelle geben, wo der den Dangl (oder was er halt für den Dangl gehalten hat) gesehen hat – nämlich den Unfallort. Also da.«

Der G'schaftlhuber nickte. Er hielt bewusst ein wenig Abstand, stets bereit, sich zu verteidigen oder die Flucht zu ergreifen. Etwas stimmte hier nicht, das war ganz klar.

»Und da hab ich mir weiter gedacht, dass es ja da Spuren geben muss. Wenn einer dem Paschinger den toten Dangl vorführen will, muss er ja irgendwas haben, eine Puppe, ein Plakat, ein Wasweißich, und er muss es ja auch beleuchten irgendwie. Da bin ich heute in der Früh rausgefahren – und siehe da, da find ich die Puppe.«

Es war eine relativ primitiv gemachte Puppe. Man hatte einfach einen Overall genommen, allerlei Stoffe und Papier hineingestopft, Ärmel und Hosenbeine abgebunden, damit das Füllmaterial nicht rausfiel, und fertig war der Dangl-Ersatz.

»Einen Kopf hat es nie gegeben, wahrscheinlich hat er den alten Hut dort auf ein Holzstück neben dem Gleis gelegt, das hat schon genügt, durch das Licht von der Draisine und der Taschenlampe, die er dort auf den Kilometerstein gelegt hat.«

Der G'schaftlhuber nickte nur noch. In seinem Hirn arbeitete es auf Hochtouren.

»Und ich hab richtig gedacht, dass er ja seine Spuren nicht während der Fahrt beseitigen hat können, sondern erst nachher. Also heute. Wenn du so willst, dann hab ich mich auf die Lauer gelegt. Und er ist gekommen, wie ich es mir gedacht hab«, erklärte der Hintringer, der in der Zwischenzeit ziemlich nahe an den Huber Hans herangekommen war.

»Und du sagst, dass du den Sheriff eh schon angerufen hast?«, fragte der jetzt den Hintringer vorsichtig und wich möglichst unauffällig ein paar Schritte zurück.

»Na ja, um ganz ehrlich zu sein«, grinste Hintringer und breitete entschuldigend die Arme aus, »wollte ich damit noch ein bisschen warten, bis er gestanden hat. Vor Zeugen gestanden hat, verstehst du? Und der Zeuge bist du. Du bist doch der Zeuge, oder?« Seine Stimme hatte einen Unterton, der Huber gar nicht gefiel. Dem Koppensteiner übrigens auch nicht.

»Huber! Er ist wahnsinnig! Glaub ihm kein Wort! Oder von mir aus glaub ihm alles, was du willst, aber ruf bitte sofort den Sheriff an. Oder, noch besser, die richtige Polizei – die in Gmünd.«

»Sei ruhig, Koppensteiner. Von dir will ich nur eines hören. Ein Geständnis«, zischte Hintringer böse.

Der Angesprochene saß mit einem Abschleppseil an einen Baum gebunden ein paar Meter neben dem Gleis. Aus seinem Blick sprach nackte Angst.

»Andrerseits, was spricht dagegen, dass der Sheriff mit von der Partie ist, wenn er gesteht?«, fragte Huber betont gleichgültig und holte sein Handy raus. »Ist ja nichts dabei. Ich ruf ihn schnell –«

»Schnell« war das Letzte, was er sagte, bevor ihm Hintringer das Ding aus der Hand schlug. Der G'schaftlhuber erstarrte. Für einen Moment hatte er Hintringers wutverzerrtes Gesicht gesehen und Todesangst bekommen.

»Entschuldige, Huber«, sagte der andere jetzt ein wenig zu laut, »das wollt ich nicht.« Seine Gesichtszüge hatten sich wieder entspannt, er lächelte sogar, wenn auch ein bisschen verkrampft. »Warte, ich heb's dir auf.«

Der G'schaftlhuber war weder ein Killer noch ein Schläger. Übrigens auch kein Held oder ein besonders mutiger Mann. Er war auch nicht der Mensch, der in jeder Situation intuitiv reagiert und das Richtige tut. Aber jetzt reagierte er wirklich blitzschnell und vorbildlich. Denn sogar er hatte erkannt, dass er gegen den Hintringer, der jünger, kräftiger und massiger war als er, keine Chance haben würde. Keine – außer vielleicht diese. Und er nutzte sie.

Als der andere nach dem Handy griff, gab ihm der Huber einen Tritt in den Allerwertesten. Normalerweise keine besondere Kampftaktik, aber in dem Fall äußerst wirkungsvoll. Hintringer stürzte kopfüber in den kleinen Graben neben dem Gleiskörper und überschlug sich regelrecht. Diese Zeit nutzte der Huber und wuchtete eine der herumliegenden Holzschwellen hoch. Die warteten immer noch auf den Abtransport, seit sie im Frühjahr durch solche aus Beton ersetzt worden waren.

»Huber, du bist –«, schrie Hintringer, der sich gerade mühsam aufrappelte, aber dann ließ ihn der Schlag mit dem Eisenbahnschweller verstummen und vornüberfallen.

Im Moor

»Huber, du bist der größte Trottel auf Gottes Erdboden!«, schrie der Hintringer, und der so Titulierte freute sich.

Normalerweise freut man sich ja eher nicht, wenn man als größter Trottel auf Gottes Erdboden bezeichnet wird, aber der G'schaftlhuber hatte bis vor wenigen Augenblicken gar nicht gewusst, dass er Gesellschaft hatte. Und er hatte auch nicht gewusst, dass der Hintringer noch lebte. Das heißt, dass er den Hieb mit der Eisenbahnschwelle überlebt hatte, war schon klar gewesen, schließlich hatte er sich schon bald wieder bewegt und sogar versucht aufzustehen. Zu dem Zeitpunkt hatte Huber dem Koppensteiner die Fesseln aber schon abgenommen und ihm aufgeholfen gehabt.

»Danke«, hatte jener gesagt. »Das war knapp, ich hab schon geglaubt, mein letztes Stündlein hat geschlagen.«

»Und was machen wir jetzt mit ihm?«, hatte der Huber gefragt und war mit dem soeben frei gewordenen Abschleppseil zu dem Liegenden geeilt. Statt einer Antwort war ein Schlag auf seinen Kopf gekommen – womit genau, hatte er nicht mehr feststellen können, denn um ihn herum war alles dunkel geworden.

»Huber, du bist der größte Trottel auf Gottes Erdboden!«, schrie der Hintringer nochmals.

»Mmhmpf«, antwortete der Huber, während er versuchte, das Gafferband auf seinem Mund an einem neben ihm liegenden Stein abzuschaben. Als es ihm gelungen war, spürte er seine Lippen nicht mehr.

»Wo sind wir hier?«, fragte er jetzt in die Finsternis.

»Im Arsch! Wir sind im Arsch daheim!«[1], rief Hintringer wütend. »Er lässt uns da absaufen, und daran bist du schuld!«

Der G'schaftlhuber erinnerte sich daran, dass er davon er-

1 Waldviertler Originalton: »Im Oasch! Mia san im Oasch daham!«

wacht war, dass ihn der Koppensteiner recht unsanft aus dem Kofferraum gezogen und dann ein Stück über den Waldboden geschleift hatte.

»Hör auf, Koppensteiner, mach das nicht«, hatte Huber einen schwachen Versuch gestartet.

»Ich hätte dir das gerne erspart, ich hab nichts gegen dich. Du hättest mein Heizer sein können, aber nein, du musst deine große Nase ja in alle Angelegenheiten stecken, und jetzt bleibt mir nichts anderes über, als dich zu entsorgen.«

»Dein Heizer?«

»Wenn der Paschinger mit den Nerven am Ende ist und deshalb nicht mehr fährt, sind der Hintringer und ich die Einzigen, die die Triebfahrzeugprüfung haben. Und auf der Dampflok bin ich sowieso besser ausgebildet. Der Paschinger hätte mich fahren lassen und mir sein Baby anvertraut. Ganz sicher. Glaubst du, dass ich jahrelang nur zum Spaß Schwellen austausche und Vereinssitzungen mitmache und Schaffner spiele und Heizer bin und sonst was? Ich will Lokführer sein. Das wollte ich schon als Kind, und jetzt ist die Zeit, sich seine Träume zu erfüllen. Ich jedenfalls tue das, und niemand wird mich aufhalten!«

Das war nicht der Koppensteiner gewesen, den er gekannt hatte. Der ruhige, besonnene ehemalige Mathematiklehrer, der sich, ähnlich wie der Dangl, für keine Arbeit zu schade gewesen war. Das war ein Verrückter, der anscheinend den Dangl als Ablenkung und als Kollateralschaden in Kauf genommen hatte, um Paschinger zum nervlichen Wrack zu machen und ihn am Führerstand der Dampflok abzulösen.

»Du bist wahnsinnig! Du hast den Dangl vom Zug überrollen lassen, damit du –«

»Der Dangl hatte Krebs. Endstadium. Er hat die Chemo abgelehnt, weil keine Hoffnung war. Er hat es mir einmal erzählt, und er hat mir auch erzählt, dass er, wenn die Schmerzen anfangen, einen Abgang mit Schlafmitteln machen will. Ich hab ihn halt ein paar Wochen früher erlöst. Ohne sein Wissen, damit er keine Angst hat. K.-o.-Tropfen und Alkohol. Der hat nichts mitbekommen und gespürt auch nichts. Ich bin ja kein Monster! Und dann hab ich mir den Paschinger hergerichtet. Das hätte alles ohne große Wellen funktioniert. Der Sheriff wäre sein Lebetag nicht draufgekommen und sonst auch niemand, und die Sache wäre im Sand verlaufen. Aber du hast nachgebohrt und nachgeforscht und dann die Sedlacek angerufen. Da hab ich gewusst, dass du mir auf der Spur bist. Die Sedlacek Mitzi hat natürlich gewusst, dass ich, immer wenn ich Fahrdienstleiter war, zwischen der Abfahrt und der Ankunft vom Zug für eine halbe Stunde heimgeh. Braucht mich ja keiner. Aber das hat nur sie mitgekriegt. Diesmal bin ich nicht heim, sondern habe den Dangl in den Wald geführt. Im Kofferraum ist er ja seit der Früh schon gelegen. Aber wie du das mit dem Heimgehen von der Mitzi gehört hast, war natürlich mein Alibi beim Teufel. Der Hintringer war dann noch die Draufgabe.«

Und dann hatte ihn der Koppensteiner vom Weg gestoßen. Zuerst hatte der Huber geglaubt, er wäre nur in einer Lacke gelandet, aber es hatte schon wochenlang nicht geregnet, und es gab keine Lacken in den Wäldern. Außer – am Rande von Tümpeln.

In den letzten zwei Stunden war er dann auch immer weiter abgerutscht, er hatte versucht, sich zu befreien, die Fesseln loszuwerden, aber je mehr er gestrampelt hatte, desto tiefer war er ins Wasser gerutscht, desto mehr hatte der Matsch unter ihm nachgegeben, und er war immer mehr eingesunken.

»Hintringer«, sagte er jetzt. »Kannst du irgendwie zu mir herkommen? Zu zweit können wir uns vielleicht die Fesseln gegenseitig lösen.«

»Einen Scheiß kann ich! Mir steht das Wasser bis zur Brust, und jedes Mal wenn ich mich bewege, sinke ich noch mehr ein.«

»Ich auch«, sagte der G'schaftlhuber resignierend.

»Hilfe!«

»Das hat keinen Sinn«, erklärte er. »Das hört niemand.«

»Was?«

»Na, dein ›Hilfe‹ hört niemand.«
»Ich hab gar nicht ›Hilfe‹ geschrien.«
»Ich hab aber –«
»Hilfe!«

Jetzt hatte Huber es auch bemerkt, dass der Hilferuf nicht von Hintringer stammen konnte. Er kam nämlich von der anderen Seite, irgendwie näher, aber trotzdem wie von weit her, weil er durch irgendetwas gedämpft wurde. Huber versuchte, sich ein wenig mehr in die Richtung zu drehen, und streifte mit der Wange etwas Raues, Scharfkantiges. Wenn es nicht so verrückt gewesen wäre, hätte er auf das Ende einer Rolle aus Teerpappe getippt.

Endstation

Es war eine lange Nacht gewesen. Viele Menschen scheitern ja immer wieder glorreich bei dem Versuch, mit gefesselten Händen einen Hilferufer aus einer Rolle Teerpappe zu befreien. Sicher, das Material lässt sich reißen, aber leider immer nur Stück für Stück, und wenn man das mit den Zähnen machen muss, hat man ganz schnell einen widerlichen Geschmack im Mund. Als er Hajdusic endlich freigebissen hatte, hatte Huber einen Muskelkater im Kiefer. Der solcherart Freigebissene konnte die G'schaftlhuber'schen ebenso wie die Hintringer'schen Fesseln lösen. Dann hatte der Irrweg durch den Wald begonnen, erst nach Sonnenaufgang fanden sie einen vernünftigen Weg und stellten fest, dass sie genau in dem Tümpel ihrem Schicksal überlassen worden waren, in dem Hajdusic fast mit dem konfiszierten Wagen versunken war.

»Nicht blöd von den Tankstellenbrüdern und auch nicht blöd vom Koppensteiner«, wie Hintringer anerkennend bemerkte, »die Spuren dort hätte jeder der Bergungsaktion vom Wagen zugeschrieben und den Tümpel links liegen gelassen. Wer sucht schon dort, wo eh erst kürzlich alles durchwühlt worden ist? Wenn uns überhaupt wer gesucht hätte …«

Irgendwann, es war schon Vormittag, waren sie dann zu dritt bei der Liesl eingetroffen. Mit zitternden Knien, vollkommen geschwächt, nervlich am Ende, nass bis auf die Knochen und unbeschreiblich dreckig.

»Essen gibt's aber erst in einer Stunde«, sagte die Wirtin.

Ungefähr eine Stunde später waren in Heidenreichstein und Umgebung mehr Polizeiwagen unterwegs als zivile Fahrzeuge. Gmünd, Waidhofen, Horn – sogar Zwettl hatte zwei Einheiten geschickt. Die drei von der Tankstelle hatte man schnell kassiert, aber von Koppensteiner fehlte jede Spur.

»Er muss dem Paschinger schon zuvor Alkohol und K.-o.-

Tropfen eingeflößt und ihn dann bäuchlings vorne auf die Draisine gebunden haben. Dann ist er mit ihm Geisterbahn gefahren. Wahrscheinlich hat er ihm Kopfhörer mit irgendwelchen Gruselfilmgeräuschen aufgesetzt, um den Alptraum perfekt zu machen«, mutmaßte Sheriff Kienast.

»Ich wusste es die ganze Zeit, dass ich auf der richtigen Spur bin, die drei Musketiere habe ich noch als Draufgabe geliefert, Fall gelöst, danke schön, keine Ursache, Frau Doktor«, protzte Hajdusic, der nun wieder obenauf war und keine Gelegenheit ausließ, sich vor der Limbach aufzuspielen.

Diese schäumte zwar vor Wut, war aber innerlich erleichtert, wenigstens mit einem positiven Ergebnis aus dem Waldviertel zurückzukehren.

»Den Koppensteiner haben wir auch bald«, erklärte Höbarth in der Mittagspause der Sagl Anni. Diesmal waren sie ausnahmsweise nur zu zweit, weil Annis Schwester beim Zahnarzt war. Sie nutzten die Zeit aber trotzdem gut und fuhren in das kleine Wäldchen südlich des Gemeindeteiches. »Er kann nicht weit gekommen sein, und wir suchen ihn praktisch unter jedem Stein.«

Aber die Anni war mit den Gedanken ganz woanders. »Im Polizeiwagen wird mir immer besonders heiß«, grinste sie den Inspektor von der Seite her an und griff ins Volle. »Kannst du das Blaulicht aufdrehen?«

Gegen Abend saßen wieder alle Eisenbahnfreunde bei der Lang Liesl und hörten mit offenen Mündern den abwechselnd vom Hintringer und vom G'schaftlhuber vorgetragenen Geschehnissen der letzten Nacht zu. Bei der dritten Wiederholung steckten die beiden schon bis über den Mund im Morast, das Wasser bedeckte die Oberlippe und stieg rasch.

»Da war ich froh, dass ich so eine große Nase hab«, erklärte der G'schaftlhuber, »die hab ich in die Höhe gehalten wie einen Schnorchel, und so hab ich Luft gekriegt.«

»Sagts einmal, was ist jetzt wieder los auf eurem Spielzeugbahnhof?« Der Lagerhausmensch vom letzten Mal war unbemerkt eingetreten. »Ich wollt mir wieder den Lastwagen holen für die morgige Tour, und da hör ich wieder was und schau rüber, und ich muss sagen, bei eurem Lokschupf'n spielt es sich ganz schön ab.«

Drei Minuten später waren sie oben. Fünf Minuten später war der Sheriff mit dem Höbarth da. Acht Minuten später Limbach und Hajdusic im Tesla. Zwölf Minuten später der erste Streifenwagen aus Gmünd. Das verriegelte Tor und die Seitentür hatten sie trotzdem nicht aufgebracht. Während die Limbach, der Sheriff und der per Funk zugeschaltete Kommandant aus Gmünd noch über die Einsatzleitung stritten, löste sich das Problem ganz von allein – das Tor ging auf.

Koppensteiner musste schon seit Stunden unbemerkt gearbeitet haben. Er hatte die Lok angeheizt, vermutlich zur Kohle Brandbeschleuniger gemischt und einen mörderischen Kesseldruck erzeugt, denn die 207er schob sich durch das Tor, als wäre es Papier, schob sich im Schritttempo an ihnen vorbei, schob sich vom Lokschuppen über das Nebengleis nach vor zum Bahnhof, schob sich am Bahnhof vorbei auf die Kreuzung mit der Straße zu und nahm immer mehr Fahrt auf.

Die ersten paar Sekunden hatten alle dem Schauspiel wie erstarrt zugesehen. Dann war Chaos ausgebrochen. Der Sheriff hatte den Katastrophenschutz angerufen und wollte, dass alle Ortschaften die Sirenen entlang der Strecke heulen ließen. Hajdusic hatte die Dienstwaffe gezogen (ohne die er keinen Schritt mehr machte) und der Lok nachgeschossen, worauf die Limbach ihm eine Ohrfeige versetzte. Höbarth wiederum war losgesprintet, auf die Lok aufgesprungen, bereit, Koppensteiner zu überwältigen, aber der war mit einer Dose Kriechöl bewaffnet im Seitenfenster des Führerhauses aufgetaucht und hatte ein brennendes Feuerzeug unter den Sprühnebel gehalten. Dieser improvisierte Flammenwerfer hatte dem Inspektor eine Augenbraue versengt und ihn zum Abspringen gebracht. Der G'schaftlhuber war mit Ableidinger in den Wagen gesprungen und losgefahren – entlang der Strecke gab es unzählige Bahnübergänge, sie mussten möglichst viele vor der rasenden Lok sichern.

Oben auf der 207er machte der ehemalige Mathematiklehrer Koppensteiner die Fahrt seines Lebens. Er war Lokomotivführer und Heizer zugleich, schaufelte wie ein Besessener, kontrollierte die Manometer, öffnete und schloss Ventile, schaufelte wieder, schob die Regler hin und her, schaufelte, schaufelte, schaufelte und schaufelte. Dazwischen beugte er seinen nackten Oberkörper zur Seite aus dem Führerhaus, ließ sich vom Fahrtwind kühlen und atmete die Freiheit tief ein.

Die 207er hatte längst das Moormuseum passiert, war auch schon beim Dorfwirt Kleinpertholz vorbei und fuhr mit Volldampf auf Aalfang zu. Ein knapp acht Meter langes Stahlmonster, über siebenundzwanzig Tonnen schwer, beschleunigte immer weiter – und hatte die erlaubte Maximalgeschwindigkeit von zwanzig Kilometern pro Stunde längst hinter sich gelassen. Der Kesseldruck lag mittlerweile bei fast zehn bar und stieg weiter.

Koppensteiner schaufelte und schaufelte, er war der Herr des Untiers, der Meister des stählernen Todes. Er verschwendete keinen Blick an die Stelle im Langegger Wald, wo er Dangl auf die Schienen gelegt hatte, er kümmerte sich nicht um die Eisenbahnkreuzung mit der Bezirksstraße mitten im Wald, er registrierte nur mit Genugtuung, dass die Lok immer noch beschleunigte, das Abwärtsstück mit der stärksten Neigung war erreicht und somit auch bald sein Ziel. Er, der Lokführer des Teufels, kletterte aus dem Führerstand, kletterte hinauf auf den Kessel, kroch vor, saß dann im Reitersitz hinter dem Schornstein, und als die Stelle kam, stand er auf und breitete die Arme aus.

Ein Stück im Wald, schon in der Nähe der Ergo-Fabrik, ungefähr bei Kilometer zwei Komma fünf, macht die Strecke einen scharfen Linksknick. Zu scharf für eine 207er, die mit über vierzig Kilometern pro Stunde durch die Nacht raste. Die Maschine sprang funkensprühend aus den Gleisen, raste weiter, grub sich förmlich in den Waldboden, knickte Bäume um, sank bis zu den Achsen ein und schob Unmengen von Erde vor sich her, bis sie endlich mit der rechten Seite in das kleine Bett des Gamsbachs geriet und dadurch kippte. Aus der offenen Feuerbüchse waren glühende Kohlenstücke rausgeschleudert worden, und der staubtrockene Waldboden fing sofort Feuer.

Als die Feuerwehren am nächsten Tag gegen Mittag »Brand aus« melden konnten, stand für Hintringer fest, dass die Dieselära auf der Strecke Heidenreichstein–Alt-Nagelberg eine neue Blüte erleben würde. Er und seine 2091er hatten jetzt die Hauptrollen, und sie würden sie auch noch lange behalten.

Danksagung

Ein besonderer Dank gilt meiner verstorbenen Großmutter Rosa Pfeifer. Sie hat mir als Kind viele schöne Stunden bei Ausflügen ins Waldviertel beschert. Die Fahrten mit den Schmalspurbahnen waren dabei stets der Höhepunkt.

Dem Team vom Theater Westliches Weinviertel bin ich für viele G'schichteln, Sprüche und Wortkreationen dankbar, die den Figuren in meinen Büchern eine lebendige Sprache verleihen.

Gerhard Hohlstein danke ich für über fünfunddreißig Jahre Freundschaft und das gemeinsam gepflegte »Blödreden«, das man gar nicht genug üben kann.

Meine Dankbarkeit gilt Franziska Wohlmann-Pfeifer für Ideen, konstruktive Kritik und Unterstützung in allen Lebenslagen – vor allem aber für ihren Humor.

Ein Dankeschön dem gesamten Team vom Emons Verlag und meinem Lektor Lothar Strüh für die professionelle Betreuung.

Günther Pfeifer

DER LETZTE STERZ

Broschur, 288 Seiten

ISBN 978-3-7408-0428-2

In der Nähe von Stainz wird ein Toter gefunden – in Beton gegossen und als Erzherzog-Johann-Skulptur ausgestellt. Ein Affront gegen den Fortschritt, galt doch der Erzherzog als Garant für wirtschaftlichen und kulturellen Aufschwung in der Region. Die Kommissare Hawelka und Schierhuber aus Wien stehen vor einem Rätsel und müssen bald auf einer steirischen »Huabm« um ihr eigenes Leben fürchten.

»Ein von leichter Hand erzählter, stilistisch sehr spannend umgesetzter Kriminalroman aus dem Weinviertel.« Die Wein4tlerin

www.emons-verlag.de

Günther Pfeifer

DAS LETZTE ACHTEL

Broschur, 288 Seiten

ISBN 978-3-7408-0534-0

Rohrweihen sind Greifvögel und eher unauffällig. Aber wenn siebenunddreißig Stück tot im Kreis liegen, kann das schon ein bisschen auffallen. Und wenn in der Mitte des Kreises ein Toter liegt, fällt das auf jeden Fall auf. Dabei ist Retz eigentlich ein ganz reizender Ort: eine Windmühle, ein Kellerlabyrinth unter dem historischen Hauptplatz – und natürlich das Weinlesefest. Aber das kann auch verdammt tödlich enden. Zum Glück bringen Hawelka und Schierhuber Licht ins mörderische Dunkel.

»Flott geschrieben, komische Dialoge, lebendige Charaktere – das ergibt gute Unterhaltung, nicht nur für Retz-Fans.«

Die Presse am Sonntag

www.emons-verlag.de